書下ろし

初代北町奉行 米津勘兵衛⑧

風月《ふうげつ》の記《き》

岩室 忍

祥伝社文庫

目次

第一章　初手柄

元和《げんな》五年（一六一九）。この頃は、まだ与力《よりき》も同心《どうしん》もご用聞きも、十手《じって》というものは使わなかった。ただ丸腰では心細いことは心細いが、捕《と》り縄《なわ》が大切な武器だった。

やがて五十年ほど後に、与力や同心の身分を証明するものとして十手が使われる。腰に差すものではなく、懐《ふところ》に入れておいて、必要な時に出して自分の正体を明かした。鑑札《かんさつ》のようなものだった。

腰に差して人に見せびらかすようなものではない。

同心もご用聞きも、十手は奉行所に置いておくことが多く、捕り物の時など必要な時に奉行所に取りに来て使うようになる。

紐《ひも》をつけて投げたり、振り回して悪党を追いつめたという。

その十手も使ったり使わなかったり、長さもまちまちだったことから、享保《きょうほう》の頃、江戸も中期に入る八代将軍吉宗《よしむね》の頃になって、十手についての取り扱いなどが整備される。

十手術という武芸は戦国の頃から存在していた。

幕府が採用したのは身分の証明であって、腰に差して見せびらかし、人々を威《い》嚇《かく》するようなものでは決してなかった。

米津勘兵衛《よねづかんべえ》が北町奉行《きたまちぶぎょう》の頃は、幕府も成立したばかりで、そのような気の利《き》いたものは何一つなかった。刃物を持てない三五郎《さんごろう》などは、鉄の棒を持って歩いたりする。

新たに仲間に加わった鬼七《おにしち》こと五十七《いそしち》は、勘兵衛と出会ったことで人が変わったように働き始めた。益蔵《ますぞう》に預けられ、女房のお国《くに》とともに昼夜をいとわず仕事に励んだ。

やがて正蔵《しょうぞう》は、働き者の豆観音《まめかんのん》ことお国に、浅草寺境内《せんそうじけいだい》で団子屋《だんごや》をやらせる。

浅草寺の本尊は大川《おおかわ》を流れてきた観音さまだという。一寸八分（約五・五センチ）の小さな観音さまといわれ、秘仏で誰も見ることができなかった。

お国はその豆観音さまだったのかもしれない。

お千代《ちよ》を「姉さま……」と呼んで慕《した》った。男たちには鬼より怖いお千代とお信《のぶ》だが、二人は歳《とし》の離れた妹ができたようにお国を可愛《かわい》がった。

　夏になると勘兵衛は、潮見坂《しおみざか》の百姓家から和助《わすけ》と、八丁堀《はっちょうぼり》の役宅から本宮《もとみや》長《ちょう》兵衛《べえ》の妻お鈴《すず》を呼んで、お香《こう》をお駒《こま》に代わる密偵《みってい》にすることを話した。

「このことはお香の望みでもある。そうだな、お香？」

「はい……」

「お奉行さま、亡《な》き正五郎《しょうごろう》に代わりましてお礼を申し上げます」

　和助が挨拶《あいさつ》した。

「お鈴も異存はないな？」

「はい、ございません」

　お香は大盗《たいとう》正五郎の女だった。それを勘兵衛は傍《そば》に置いてきた。喜与《きよ》によく仕《つか》えて働いた。

　その様子を見て勘兵衛は、嫁に行かせたお駒の代わりをさせることにしたのだ。お香はそれを望んでいる。

　和助とお鈴が帰ると、勘兵衛は上野《うえの》から直助《なおすけ》を呼んだ。

「親父《おやじ》、お香を預けるから、お駒のように育ててくれるか？」

「承知いたしました」

お駒がいなくなって寂《さび》しい直助は、二つ返事で引き受ける。

「幾松《いくまつ》に庄兵衛《しょうべえ》長屋を押さえさせてある。お駒と同じようにあそこにお香を置く。神田《かんだ》は奉行所にも近い。どこに行くにも便利だ。どうだ？」

「結構でございます」

「親父、お駒がいないからといって、しょぼくれちゃいけねえぜ。若いお香までしょぼくれちまう。元気を出しなよ……」

傍の喜与は、殿さまが自分自身に言っていると聞いた。

「ええ、お駒のことは今日限りきれいさっぱりと忘れます。必ず、お香さんをお駒以上にして、お奉行さまにお見せしますんで……」

「その意気だ。頼むよ、親父……」

直助は、孫のような娘を勘兵衛から預けられ、生きる張り合いが出てきた。年寄りでも忙しいと若返ってくる。

お香を連れて直助は江戸中を歩き回った。

自分の知るすべてをお香に伝授するという勢いだ。お香が正五郎の子分だったことは知っている。正五郎が見込んだだけあって、お駒のようにお転婆《てんば》ではなく、おとなしくて芯《しん》の強いなかなか勘のいい子だと思う。

「お香さん、密偵は足で稼《かせ》ぐ仕事でね、朝から晩まで江戸の隅々《すみずみ》を歩くことが大切なんだ」

「はい……」

「質《たち》の悪い奴《やつ》と出くわすと絡《から》まれるから気をつけることだ」

「ええ……」

「お駒は用心のため帯の後ろに刃物を忍ばせていた」

「刃物？」

「お駒は匕首《あいくち》を忍ばせていた。お香さんは使ったことあるかい？」

「いいえ、お頭は簪《かんざし》を使えとこれを……」

お香が、金と銀の美しい象眼《ぞうがん》の簪を髪から抜いた。

「ほう、長いな」

「お頭が特別に誂《あつら》えてくださった簪です」

「なるほど、なかなかいいものだ。念のためにこれも帯に挟《はさ》んでおきなよ……」

「短刀？」

「うむ、それはわしの義理の娘が持っていたもんだ。お奉行さまに助けられてわしの娘になった。お繁《しげ》といって今は上野で茶屋の女将《おかみ》をしている」

「そうですか……」

「それを抜くようなことはないと思うが、簪と同じ護身のためだ」

「はい……」

「浪人には気をつけろ、ひどく質の良くない者がいるから、近寄らないのが一番だが、そうもいっていられないこともある」

「ええ……」

直助は浅草《あさくさ》の正蔵やお千代、上野のお民《たみ》や七郎《しちろう》、神田の舟月《ふなづき》のお文《ぶん》、日本橋《にほんばし》の鬼屋長五郎《おにやちょうごろう》、吉原《よしわら》の庄司甚右衛門《しょうじじんえもん》、品川《しながわ》の先の甘酒ろくごうの小春《こはる》など、奉行所に関係のある人々にお香を紹介して歩いた。

一人歩きをさせるのが心配で、直助は何日もお香と一緒に歩いている。早く独り立ちさせないと密偵は務まらないと思う。

そう思いながら、孫娘のようなお香が心配でならない。そんな時、お香が道端に立ち止まった。

「どうしたかね？」

「おじさん、今すれ違った縦縞《たてじま》の着物の男を見たことがあります」

「縞の着物？」

直助が振り向いて男の後ろ姿を見た。

踵《きびす》が返って、二人は四、五間（約七・二〜九メートル）先を歩いている男の後を追い始める。密偵らしいごく自然な動きだ。

「おじさん、どこで見たか思い出せないいんだけど？」

「それでいいんだ。お香さんは江戸にきてそう長くないから、旅の途中で出会ったか、江戸にきてから見たかそんなところだろう。あれっと思ったら追ってみることだ」

「はい……」

お香は確かに見た顔だと思うが、どこで見たのか思い出せない。

「つかず離れずが大切だ。あまり近づくと気配を感じる奴がいる。前だけでなく後ろにも気をつけろ……」

「ええ……」

男は日本橋を越えて神田の方に向かっているが、目的があって歩いているようには思えない。ブラブラと店《たな》を覗《のぞ》き、大店の前では立ち止まる。

「野郎、店を物色していやがるな……」

直助が慎重になった。仕事をする店を探していると思う。

「あの野郎、間違いなく怪しいな……」

「おじさん、思い出したよ。あの男は、正五郎お頭《かしら》を殺した松吉《まつきち》と話していた男だ」

「松吉は処刑になったはずだな?」

「ええ、子分じゃない。正五郎お頭にあんな子分はいなかった」

「仕事先を調べ上げて、盗賊に売りつける野郎だ」

「そんな……」

「この頃現れた商売の悪党だよ」

相変わらず、上野の商人宿《あきんどやど》には色々な噂が入ってくる。素性のはっきりしない怪しげな貧乏人が泊まる宿だ。今は直助の義理の息子の七郎が切り盛りしている。行商人の吹き溜《ふだま》りだが、江戸の噂《うわさ》の吹き溜りでもある。

「奴らはずいぶん詳しく調べているらしい」

「値段が高いんでしょう?」

「ああ、お店の図面などがつくと、五十両とか七十両とかするらしい」

男は尾行されたことに気づいていない。
四、五軒を見て回ると神田に向かって、幾松の女房お元《もと》が営《いとな》む小間物屋松屋《まつや》に近い旅籠《はたご》に入った。

「ずいぶん、いい旅籠に泊まるじゃねえか……」

直助は気に入らない顔だ。

「お香さん、ほんのちょっと見ていてくれないか、幾松親分を呼んでくるから。
七、八軒先だ」
「あたしが行ってきます」

お香は幾松と寅吉《とらきち》を知っている。走って行くと、小間物屋はまだ開いていた。

「あのう……」

「いらっしゃいまし……」

「お奉行所のお香と申しますが……」

お元はお香を知らない。

「お奉行所？」

「ええ、幾松親分さんはおられますか？」

「今、ちょっと……」

「あッ、お香さんッ！」

寅吉がお香の声に飛び出してきた。

「寅吉さん、親分は？」

「さっき、お奉行所に行ったんだ！」

「そう、この先の旅籠に直助のおじさんと男を追ってきたんだけど……」

「おう、直助の親父さんに助っ人だね？」

「そうなの！」

「女将さんッ、親分に伝えておくんなせい。行こう！」

尾行の名人寅吉とお香が走った。直助は物陰から旅籠を見張っている。

「親父さん……」

「寅吉、お前だけか？」

「親分は奉行所なんだ。すぐ戻ってくると思うけど……」

「お香さん、奉行所に行って、長野《ながの》さまから指図を聞いてきてくれるか？」

「はい！」

直助はお香の初手柄になると考え、奉行所に知らせるため走らせた。半刻（約一時間）ほどすると、お元から様子を聞いた幾松が駆けつけた。

「親父さん、不審な野郎だとか？」

「おそらく間違いない。お香さんが顔を覚えていた野郎だ。お店を物色してやがった」

「お香さんが？」

「行き違いだ。お奉行所へ知らせに行った」

「そうですか、こんないい旅籠に泊まるとは、羽振りのいい盗賊で……」

三人が見張っている旅籠の常盤屋《ときわや》は、盗賊が泊まるような安宿ではない。

「そこが気に入らねえのよ……」

直助が怒ると幾松がニヤリと笑う。直助の商人宿は、盗賊が居続けるような飛び切りの安宿だ。

その頃、奉行所に駆け込んだお香が、長野半左衛門《はんざえもん》と話し込んでいた。

「正五郎を殺した松吉か？」

「はい、見かけたのは尾張《おわり》だったように思います」

「清洲《きよす》か？」

「そこがはっきりいたしません」

「お奉行にお話ししよう。一緒に来い……」

半左衛門とお香が奥に行くと、勘兵衛は喜与と縁側に出て、庭を見ながら涼《すず》んでいた。

「お香……」

「お奉行、お香が、正五郎の子分松吉と関係のある男を見つけたようです」

「ほう、それはいい話だ」

「その男を直助と寅吉が見張っているとのことです」

「そうか、お香、手柄だな」

「恐れ入ります」

「日本橋界隈《かいわい》のお店を物色していたようです」

「よし、倉田甚四郎《くらたじんしろう》と朝比奈市兵衛《あさひないちべえ》にやらせろ、浅草から益蔵と鬼七を呼べ、その男をどこまでも追ってみればいい。必ず盗賊が出てくる」

「はッ、畏《かしこ》まりました」

「お香、少しはなれたか、気をつけるんだぞ」

「はい！」

半左衛門とお香が勘兵衛の部屋を出た。夕刻で見回りの同心が続々と戻ってくる。

勘兵衛が事件解決に選んだのは、与力の倉田甚四郎と同心の朝比奈市兵衛で、二人は奉行所に何人かいる剣の使い手だった。

奉行所に戻るとすぐ、お香と常盤屋に向かった。

その日、男がまだ明るいうちに常盤屋を出ると、幾松と寅吉がその後を追う。

男が向かったのは日本橋吉原だった。

「お香さん、わしらはここには用がなさそうですわ。家に帰りましょう」

吉原にお香を入れたくない直助が、倉田甚四郎に断って引き返した。

男は馴染《なじ》みなのか、入舟楼《いりふねろう》に吸い込まれて行った。

「寅吉、惣吉《そうきち》を呼んで来い」

「へい！」

幾松に命じられて、寅吉が忘八《ぼうはち》の惣吉を呼びに走った。

「倉田さま、いかがいたしましょう」

「うむ、浅草から益蔵と鬼七を呼んで、交代で見張るしかない。おそらく今日はここに泊まりだろう」

「承知しました」

寅吉が惣吉を連れて戻ると、その寅吉を浅草に走らせた。

「惣吉、入舟楼に縦縞の着物を着た三十半ばの野郎で、左の小鼻に小さな黒子《ほくろ》のある男のことを聞き込んできてくれるか？」

「へい、左の小鼻の黒子で？」

「面長《おもなが》の顔で、痩《や》せぎすの小柄な男だ」

「承知しやした」

惣吉が入舟楼に走って行った。日本橋吉原は、駿府城下《すんぷじょうか》の二丁町《にちょう》と同じ二町（約二一八メートル）四方の大きさで、男の多い江戸の中で最も繁盛《はんじょう》している。

甚四郎と市兵衛、幾松の三人が入舟楼を見ていると、吉原の惣名主庄司甚右衛門が一人で現れた。

「ご苦労さまです」

「入舟楼に入った男が不審だ」

「盗賊ですか？」

「そこはまだはっきりしないが、奉行所はそのように見ている」

「ここで捕らえますか？」

「いや、後ろに大物がいる気配なのだ。しばらく泳がしてみるつもりだ」

「さようで……」

惣名主は、吉原内での騒ぎは好ましくないと思っている。与力の倉田と惣名主は、立ったまましばらく話していた。

四半刻（約三〇分）が過ぎると、惣吉が入舟楼から戻ってきた。

「どうだった？」

「へい、野郎の名は金平《きんぺい》、君華《きみか》という女と馴染みで、今日は泊まりだそうで……」

君華は美鶯《みおう》ことお房《ふさ》の同僚だ。

「一休みされてはいかがですか？」

惣名主が誘ったが、甚四郎は「かたじけない」と言ったが持ち場を離れなかった。西田屋《にしだや》に戻った惣名主の甚右衛門は、惣吉に酒を持たせる。

「倉田さま、惣名主から差し入れのお茶にございます」

「おう、頂戴《ちょうだい》しよう」

万一を考え、張り込み中は持ち場を離れることはできない。

夜半近くになって、寅吉が、浅草から益蔵と鬼七、鶏太《けいた》の三人を連れて戻ってきた。

夏の朝は早い。

まだ薄暗い卯《う》の刻（午前五時～七時頃）前に、金平が大欠伸《おおあくび》をしながら入舟楼から出てきた。

江戸の人たちはどこも朝が早い。

常盤屋から続々と旅姿の人たちが吐《は》き出されてくる。その中に戻ったばかりの金平がいた。

「あの野郎、江戸を出るつもりだ」

「幾松と寅吉と鶏太の三人で金平を追え、益蔵と鬼七はその後からだ。この道を行けば本郷台《ほんごうだい》から巣鴨村《すがもむら》、板橋宿《いたばししゅく》から中山道《なかせんどう》か川越《かわごえ》街道に出る」

金平を見張っていた七人が一斉に動き出した。

「奉行所に戻って馬で追う。市兵衛、益蔵と行ってくれ！」

「承知しました」

事態が急転、大きく動いた。

倉田甚四郎は一旦奉行所に戻ると、半左衛門に経緯を話し、追跡の資金を預かって、市兵衛たちを馬で追いかけた。

第二章　泥鰌汁《どじょうじる》

朝比奈市兵衛が板橋宿にいた。

道端に立って、甚四郎が来るのを今か今かと待っている。

金平は半里（約二キロ）ほど先を歩き、追跡名人の寅吉が追い、その後ろから鶏太と幾松、益蔵と鬼七が追っていた。

絶対に金平を逃がさない。

常盤屋を出てから一休みもせず、金平は志村《しむら》の清水坂上《しみずさかうえ》まで来て茶屋に足を止めた。中山道最初の難所といわれる大きな坂だ。長さが一町半（約一六三メートル）余りの急坂で大きく湾曲していた。天気の良い日は富士山《ふじさん》が見える。

寅吉は頰《ほお》かぶりに板橋宿で買った笠《かさ》を被《かぶ》り、金平に顔を見られないようにして茶屋の前を通過、坂を下って舟渡《ふなど》に走ると、戸田《とだ》の渡しに先回りして荒川《あらかわ》を渡った。

この川は上流を入間川《いるまがわ》といい、下って荒川という。岩淵《いわぶち》付近で分岐して隅田川《すみだがわ》といい、忍川《しのぶがわ》や平川《ひらかわ》が流入して、海に近い下流部を大川という。

江戸にとっては、武蔵野《むさしの》の内陸部とつながる極めて大切な水路となった。

戸田の渡しは、志村の舟渡から戸田に渡り蕨宿《わらびしゅく》に入る。

この場所は江戸の防衛には極めて重要なところで、江戸期には一度も橋が架けられなかった。

やがて戸田の渡しには、川会所《かわかいしょ》が置かれて厳しく管理される。

寅吉は先に戸田の渡しを渡って、金平が来るのを待ち受けることにした。ところが、寅吉が物陰《ものかげ》に隠れて待てど暮らせど金平が現れない。

「あの野郎ッ、消えやがった……」

半刻（約一時間）が過ぎると寅吉は慌《あわ》てた。

辺《あた》りをきょろきょろ見ながら、戸田の渡しを志村の清水坂の方に戻ってきた。

志村は村の名を志という珍しい村だ。

篠《ささ》が多く茂《しげ》っていたそうで、古くは篠村《しのむら》といい、それが志村になったのだという。近隣には小豆沢村《あずさわむら》、前野村《まえのむら》、蓮沼村《はすぬまむら》など多くの村々が広がっていた。

寅吉が清水坂の近くまで戻ってくると、道端に幾松が立っている。

「親分、金平は？」

「心配ない。小豆沢村だ。鶏太が追っている」

「先走って……」

「いいんだ。戸田の渡しに先回りしたのは間違いではない。行くぞ！」

「へい！」

先走って金平を見失った寅吉はがっかりだが、幾松は先回りしたのは間違いではないと励《はげ》ました。先に金平が戸田の渡しを越えて姿を眩《くら》ましたら大ごとになるからだ。

二人が荒川より江戸寄りに並行して流れる内川《うちかわ》、または赤間川《あかまがわ》、不老川《ふろうがわ》、九十川《くじゅうがわ》などと呼ばれ、この後、川越城主の松平信綱《まつだいらのぶつな》が整備して新河岸川《しんがしがわ》となる川沿いに、桐ケ丘《きりおか》と呼ばれる辺りまで来ると、草むらに倉田甚四郎と朝比奈市兵衛が立っていた。

「寅吉、ご苦労だった。戸田の渡しを越えたか？」

「へい、向こう岸で渡し場を見張っておりました」

「うむ、それでいい、良い機転だ」

与力の甚四郎が寅吉を褒《ほ》めた。

「金平はこの辺りに？」

「幾松、三町（約三二七メートル）ほど先に一軒家が見えるだろ？」

「川の傍に？」

「そうだ。金平はあそこに入った。鶏太が近づけないでいる」

「倉田さま、あの一軒家に近づいたら危ない。こう丸見えでは近づけません……」

「うむ、益蔵に引くように言ってあるから、すぐここに戻ってくる」

「はい、舟で近づくのはどうでしょうか？」

「あの舟か？」

市兵衛が土手下の川舟を指さした。だが、川沿いの一軒家に近づくのは危険だ。中に何人いるのかわかっていない。

既《すで》に気づかれているかもしれない。

「幾松、夜を待とう。明るいうちに動くのは危険だ」

倉田甚四郎は慎重に考えている。

なんとか一軒家に半町ほどまで近づいた鶏太が、益蔵と鬼七と一緒に戻ってきた。

「中の様子はわかりません」

「中に人はいるのだな？」

「はい、金平を迎えた男が顔を出しました」

「お奉行のいわれた通りだ。中にいるのは盗賊たちに間違いないだろう」

「一網打尽《いちもうだじん》に？」

「うむ……」

七人は百姓家の傍の藪《やぶ》の中に隠れている。

傍の道を走れば一軒家はすぐだ。

「この川を下れば江戸に行けるな？」

甚四郎は盗賊が川を使って江戸に向かうのではと考えた。そうなると追うのが難しくなる。

「浅草まで下れます」

この川は新河岸川となり、江戸と川越を結ぶ隅田川の重要な支流になる。川越を暮れ七つ申《さる》の刻（午後三時〜五時頃）に出て、翌朝五つ（午前八時頃）には浅草の花川戸《はなかわど》に到着した。

この舟を川越夜舟《やしゅう》というようになる。

川越夜舟には並舟《なみぶね》と飛切《とびきり》ができた。

並舟は川越と江戸を七、八日で往復したが、飛切は速い。今日下って行き、翌日には上って来る特急だ。

浅草の二代目鮎吉《あゆきち》の正蔵は、この舟運で繁盛する。

江戸期も後半になると、七、八十石《こく》積で、八間（約一四・四メートル）余の大きな平田舟《ひらたぶね》を使うようになるが、江戸にとって周辺の川は城下の発展のため、江戸の防衛のため極めて重要なものだった。

「川を下られると厄介《やっかい》だな」

目の前の川を使われると、捕縛《ほばく》の配置が難しくなると甚四郎は考えた。

「舟を使うようであれば、乗る前に捕らえてしまいましょう。川に出られると追うのも捕らえるのも厄介になります」

市兵衛は早く捕縛したいと思っていたが、甚四郎は金平をもう少し泳がせて、金平に接触する他の盗賊も捕らえたいと欲張って考えている。

一軒家に入った金平が半刻ほどで出てくると道を引き返す。

「金平だ。隠れろ！」

藪に飛び込んで息を潜めると、前の道を金平が清水坂の方に戻って行った。

「幾松、寅吉、鶏太、金平の後を追えッ！」

寅吉が道端に飛び出すと、一町（約一〇九メートル）ほど離れて金平を追い始めた。半町ほどまで詰めるが、それ以上は近づかない。その間合いが寅吉は実にうまい。

後ろから行く鶏太が感心する。

鶏太のすぐ後ろに幾松がいた。

警戒はしているのだが、金平は尾行されていることにまったく気づいていない。

清水坂を上って金平は板橋宿まで来て旅籠に入った。

「鶏太、奉行所に走ってくれ。小豆沢村の援軍を長野さまに頼んで来い。あの一軒家に何人の盗賊がいるかわからない。急げ！」

「へい！」

鶏太が自慢の足で駆け出した。

その頃、暗くなりかけた一軒家から男が一人、辺りを警戒して出てくると、金平と同じように中山道の方に向かった。

しばらくすると、もう一人の男が下流に歩いて行った。その男は四半刻ほどで舟に乗って川を漕《こ》ぎ上がってきた。

甚四郎と市兵衛は、一軒家の半町近くまで来て藪に隠れている。

「舟が二艘《そう》になった」

「今夜、動くつもりでしょうか？」

「それがわからない……」

「もっと近くへ？」

「いや、これ以上近づくと気づかれる。戻ろう」

倉田甚四郎はどこまでも慎重だ。日が落ちると川の周辺は真っ暗になり、一軒家にポンと灯《ひ》が灯《とも》った。

「見てまいります」

益蔵と鬼七が一軒家に向かった。真っ暗な道を、わずかな星明かりを頼りに灯《あか》りへ近づいて行く。それを甚四郎は見ていたが、二人がすぐ闇《やみ》に吸い込まれて行った。

「一味は舟で江戸に入るつもりだと思われます」

「二艘だと一味の人数は七、八人というところか？」

「おそらく、十人以内ではないでしょうか？」

「奴らを斬《き》るか？」

「仕方ないかと……」

甚四郎と市兵衛は、戦いになれば何人か斬るしかないと思っていた。

「舟で江戸に行き、荒っぽい仕事をしてすぐここに戻ってくる。あの一軒家なら奉行所の目が届かないところです」

「見廻《みまわ》りは舟までは見ないか？」

「なかなかの奴らです。これまでもそうやって逃げたのかもしれません」

「舟とは考えたものだ」

二人は江戸で起きた皆殺し事件のうち、浅草で起きた二件が、この一味の仕業《しわざ》ではないかと考えた。一件は三人、もう一件は五人を殺している。二件とも未解決だった。

「何《な》んとしても捕縛しなければならんな」

江戸から少し離れたところに隠《かく》れ家《が》を作られると、なかなか見つけるのが難しい。だが、お香の見つけた金平の動きによって、遂《つい》にその尻尾《しっぽ》をつかんだ。

二人が道端に出て話していると、益蔵と鬼七が戻ってきた。

「どうだ？」

「中にいるのは五、六人ではないかと思います」

「酒でも飲んでいるか？」

「いいえ、仲間が集まるのを待っているようです」

「そういうことか、まだ全員ではないのか？」

「それならしばらく待とう」

一味の半分だけ捕まえても仕方がない。捕まえるなら一網打尽にしたい。今度は朝比奈市兵衛と益蔵が一軒家に向かった。

夜に一味が動き出すとは思えないが、警戒は怠《おこた》らない。

夜半を過ぎた頃、馬に乗った青木藤九郎《あおきとうくろう》が現れた。

「よくここが？」

「少し迷ったが、小豆沢村の川の傍と聞いたので、おおよその見当はついた」

「ご苦労さまです。金平はどこへ行きましたか？」

「板橋宿に泊まっているようだ。喜平次《きへいじ》と雪之丞《ゆきのじょう》の二人が援軍に出た」

「板橋宿……」

「江戸に入るのだろう。こっちの方は動いたか？」

「ええ、一人がどこかに出て行き、まだ戻っていないので警戒しています。どこに行ったのか？」

「隠れ家はあの灯りか？」

「そうです。今は市兵衛と益蔵が見張りをしています」

「この川で江戸に入れると聞いたのだが？」

「浅草だそうです」

「大川につながっているか、川に出られると厄介だな？」

「ええ、舟を二艘、土手下に繋《つな》いだようです」

「舟に乗る時が勝負？」

「そのつもりです」

　倉田甚四郎は藤九郎に作戦を話した。

「二、三日は見張ることになるか？」

「ここから舟で江戸に向かうには、明るいうちに出てくると思われます。江戸に隠れ家を持っていないでしょうから……」

「なるほど……」

　甚四郎は見張りが長引くようなら、近くの百姓家の小屋でも借りようかと、明るいうちに何ケ所か考えていた。一軒家に近い方がいい。

ところが夜に動きが出て、見張りが長引くと思えなかった。

明け方、上流から五人の乗った舟が一軒家の土手下に着いて、全員が隠れ家に消えたのである。

「仲間を呼びに行った奴が帰ってきたようだ……」

「三艘になったか？」

「舟に乗られると厄介だ。あの土手で勝負だな……」

「なるべく近くまで行って、一気に決着をつける」

「一味が動くのは午後だろう」

益蔵と鬼七が、一軒家の近くの藪に身を潜めていた。藤九郎と甚四郎に市兵衛の三人が百姓家の傍で話し合った。

三人は一味が集まってきたのを見て、今夜辺り動くだろうと予想した。

「腹が空いたな」

藤九郎はみんな腹が減っているはずだと思う。何か食わないことには仕事にならない。

「この百姓家に粥《かゆ》でも支度《したく》させましょう」

市兵衛が早朝の百姓家に入って朝粥を命じると、藤九郎と甚四郎が見張りに出て、益蔵と鬼七が粥を食いに戻ってきた。

一軒家の中に一味が何人いるのかわからないが、できるだけ斬らずに捕縛したいと考えている。だが、遠くて今一つはっきりしなかったが、夜明けに着いた舟に浪人が乗っていたように思う。

その頃、板橋宿に泊まった金平は、巣鴨村から雑司《ぞうし》が谷村《やむら》に歩いていた。その後ろを寅吉が追い、幾松と鶏太が追っている。その後に松野《まつの》喜平次と大場《おおば》雪之丞が見え隠れしていた。

金平は、雑司が谷村の鬼子母神《きしぼじん》近くの小屋に入った。

「野郎、こんなところに隠れ家を持っていやがったか？」

幾松がそうつぶやいて小屋に近づこうとした時、小屋から金平と三十がらみの小粋《こいき》な女が出てきた。

二人は鬼子母神にお詣《まい》りすると、高田村《たかだむら》に向かった。

金平の目的はこの女ではなく、その先の高田村か内藤新宿《ないとうしんじゅく》ではないかと思われた。

道の周囲は、田んぼや畑や雑木林で追うのが難しい。

二人は親しいようで、細い道をじゃれ合いながら暢気《のんき》だ。さすがの寅吉も半町以上離れて追跡しづらいようだ。

隠れる場所のない尾行は厄介だ。

金平と女は、高田村の先の角筈村《つのはずむら》の百姓家に着いた。

角筈村という奇妙な名の村は幕府領である。

この村の名は、開拓した渡辺与兵衛《わたなべよへえ》に由来するという。この男は少々変わり者だったようでその髪形が異様だった。牛の角に似た髪形で、人々は親しみを込めて、与兵衛のことを角髪《つのはつ》とか矢筈髪《やはずかみ》と呼んだ。

矢筈とは、掛け軸を高いところに引っかける鉤《かぎ》型の道具である。

その与兵衛に敬意を払って角筈村としたという。

金平と女の入った百姓家には六十歳を超えたと思える老人がいた。片肌を脱いで鉞《まさかり》を振り上げ、庭で薪割《まきわ》りをしている。

なかなか達者なようだが、独《ひと》り住まいのようで他に人影はない。

老人は縁側に脇差《わきざし》を無造作に置いている。その縁側に金平が腰を下ろし、女が家の中に消えた。

この老人は大橋十兵衛《おおはしじゆうべえ》という。

金平は、老人と二言三言《ふたことみこと》話しただけで縁側を立った。その後を寅吉と鶏太が追って、幾松は角筈村に残った。

喜平次と雪之丞は、面倒なことになってきたと思う。

雪之丞は奉行所に走り、喜平次は寅吉と鶏太を追った。何がなんでも金平を見失うことはできない。この男からは何が出てくるかわからないと喜平次は思った。なんとも得体の知れない男のようである。

その喜平次は、お夕《ゆう》を嫁にして幸せだ。

老母のお近《ちか》も、この頃は献身的なお夕を気に入っている。

喜平次は富田流《とだりゅう》の剣の使い手なのだが、怪我《けが》ばかりして生傷が絶えない。生死の境を彷徨《さまよ》ったことさえある。

十兵衛は薪割りが終わると、汗を拭きながら縁側に腰を下ろした。

さっきの女が茶を差し出す。

「お里《さと》、知らんふりをしていろ、金平がちょっと厄介な者を連れてきたようだな」

「厄介な者？」

「この家が見張られたようだ」

「見張り……」

「林の中だ。見るな！」

十兵衛は金平が来た時から気づいていた。幾松一人が見張りに着くと、奉行所の役人に嗅《か》ぎつけられたとわかった。

「面倒なことに？」

「気にするな。わしとお前は親子ということでいいだろう」

「おたかさんが……」

「そうか、おたかがいたな。あれはどう思うだろうな？」

おたかというのは、十兵衛を世話している近所の百姓の女房だ。

「お妾《めかけ》だと……」

「そうか、当たらずとも遠からずではないのか？」

「そんな……」

「今日からここに泊まれ……」

「いいんですか？」

「いいさ、わしが嫌いか？」

「大好きです」

「そうか、わしもお前が好きだ。ちょうどよいではないか、今夜抱いてやろう？」

「はい！」

お里が十兵衛の背中に抱きついた。林の中にいる幾松に見せつけている。そこに野菜の入った籠《かご》を背負ったおたかが現れた。

「仲のいいことで、旦那さん、今日は泥鰌《どじょう》を持ってきたよ」

「おう、泥鰌汁か、精がつくな今夜は？」

「ちょうどいいんじゃねえですか……」

おたかがケッケッと鶏《にわとり》のように笑った。

「お里さんもいっぱい食えば、旦那さんに負けねえよ」

そう言ってまたケッケッと笑う。

「嫌なおたかさん……」

「久しぶりじゃねえのか、旦那さんに抱いてもらうのは？」

「おたかさん、そんなことをいうとぶつからね！」

「あッ、赤くなった。初心《うぶ》だねお里さんは……」

そんな女のやり取りを聞きながら、十兵衛は目の端《はし》に幾松を捕らえている。役人ではなく、ご用聞きだと見抜いた。

「味噌《みそ》で、葱《ねぎ》をたっぷり入れて……」

「旦那さん、葱は精がつくけど臭いよ？」

「二人で食えば気にならん、なあお里……」

「はい……」

お里が十兵衛に抱かれたのは十七、八の若い頃だ。もう忘れてしまっている。

それ以来、偶《たま》にしか抱いてもらえなかった。

「おたかさんも食べて行くか？」

「子どもとうちのあれが腹を空かして待っていますんで……」

「貞三《ていぞう》は元気か？」

「旦那さん、元気なんてもんじゃねえのよ。毎晩だから子ができて……」

「またか？」

「そうらしいんで……」

「五人目か六人目か？」

「六人目……」

「お前は尻《しり》が大きいから何人でも産めるだろう。がんばれ！」

「それが困るんだな貧乏で……」

「貧乏はお互いさまだぞ、五人も六人も同じじゃないか?」

「そうなんですけど……」

貞三とおたかは仲のいい夫婦なのだ。仲が良過ぎるということもある。

その頃、後を追われていることに気づいていない金平は、江戸に入るのに充分なほど陽《ひ》が高いのに、内藤新宿の旅籠に入ってしまった。

第三章　不思議な書状

その日の夕刻、藤九郎と甚四郎がにらんだ通り、一軒家の盗賊一味が舟の支度をして動いた。

一軒家まで数間の藪に五人が潜んでいる。

そんなこととは知らない一味が、一人二人と隠れ家から出てきた。

「おい、どこへ行くつもりだ。北町奉行所の者だ。神妙にしろ！」

朝比奈市兵衛が男に声をかけた。

「手が回ったぞッ！」

一人が叫ぶと、一軒家からゾロゾロ悪党どもが出てきた。

「痩せ浪人が二人かッ！」

その浪人二人がいきなり刀を抜いた。

「舟で逃げろッ！」

一味は十一人で、川の舟に向かう奴、土手の道を上って行く奴で、一軒家の前は大混乱だ。

「野郎ッ！」

舟には益蔵と鬼七が隠れていた。その二人に匕首を持った男たちが襲い掛かるが、鬼七が舟棹《ふなざお》の折れた、六尺（約一・八メートル）ほどの棍棒《こんぼう》をブルンブルン振り回している。

頭、肩、腕、足、どこでも当たれば大怪我をする。大男の鬼七が得意の大暴れを始めると、誰も舟に近づけない。

「さあッ、来やがれッ！」

鬼が吠《ほ》える。

「この野郎を先にやっちまえッ！」

「舟に乗れねえぞッ！」

土手の上には甚四郎がいる。

藤九郎は刀を抜かずに市兵衛と浪人の戦いを見ていた。市兵衛の剣は小野派一刀流《おのはいっとうりゅう》、浪人二人を相手に一歩も引かない。

藤九郎に襲い掛かった匕首の男二人が、一瞬にして峰《みね》打ちで倒された。相変わらず藤九郎の居合は強い。凄腕《すごうで》の剣客《けんかく》だ。

市兵衛も浪人二人を斬り倒した。

土手に逃げた一人が甚四郎に倒される。舟で逃げようとした連中が、頭らしい男を守って鬼七と戦っていた。喧嘩で鍛《きた》えた鬼七の腕っぷしは並外れている。匕首で背中を斬られたが、そんなことで鬼の勢いは止められない。鬼の棍棒に当たって次々と昏倒《こんとう》した。明らかに腕など骨が折れてもがき転がっている。

あまりの凄《すさ》まじさに、兄貴分の益蔵が舟から呆然《ぼうぜん》と見ていた。

獅子《しし》奮迅《ふんじん》とはまさに鬼七のことだ。

戦いは四半刻もしないで終わった。鬼七は背中を二カ所斬られている。

「大丈夫か?」

甚四郎が心配して聞くが「へい、ちょっと痛いだけで……」と気にもしない。

「金瘡《きんそう》は気をつけないといかん、まずは手当てだぞ、益蔵!」

「へい!」

斬られた着物を脱がせて、体をその着物でぐるぐる巻きにする。血さえ止まればいい。

「兄《あに》い、大丈夫です」

「動けば血が止まらねえ、しばらく動くな！」

益蔵は鬼七の手当てをすると、次は悪党一味を次々と縛《しば》り上げた。その縄尻を藤九郎が馬の鞍《くら》に縛る。

「ほらッ、さっさと歩きやがれッ！」

歩くのを渋る奴の尻を蹴《け》り上げる。

縛られた悪党が、ぞろぞろ馬に引かれて行く恰好《かっこう》だ。

急な清水坂を上って志村を過ぎる頃には、陽が落ちて空が赤く燃えた。

捕らえた盗賊を率いて、藤九郎たちが奉行所に戻ったのは夜半過ぎで、盗賊一味は奉行所の仮牢《かりろう》にぶち込まれた。

翌朝から、秋本彦三郎《あきもとひこさぶろう》の容赦《ようしゃ》のない拷問《ごうもん》が始まる。

明け方に浅草へ戻った鬼七は背中を負傷していて、お国こと豆観音は鬼七の手当てで大忙しだ。

「大丈夫？」

「うん、少し痛い……」

医師が呼ばれて本格的な手当てが始まった。結構な傷だが、鬼七の大きな背中は、荷担ぎの筋肉で頑丈《がんじょう》にできている。

早朝から始まった奉行所の秋本彦三郎の拷問は、相変わらずの厳しさだ。

強情な奴は、脛《すね》の骨が砕《くだ》けそうになる石を抱かされて次々と白状する。ところが拷問が進むと、この盗賊一味は、まだ江戸で仕事をしていないことがわかった。

江戸の未解決の殺しは別の一味ということになる。彦三郎の話を聞いて、半左衛門は少々面倒なことになったと思う。

この一味は中山道筋を荒らし回っていたが、大きな仕事をしようと江戸に入ってきたばかりだった。

当てが外れた半左衛門は勘兵衛と相談して、角筈村の老人と内藤新宿の金平を厳重に見張らせることにした。内藤新宿の金平は旅籠を出入りするが、新宿から離れない。

角筈村に行く気配もなく、毎日娼窟《しょうくつ》に行って遊んでいる。岡場所で遊び惚《ほう》けているようでもあり、誰かを待っているようでもあった。

奉行所は、とっかえひっかえ見張り番を変えて金平を見張っている。

それは角筈村の方も同じだった。

張り込みが発覚しているとは誰も気づいていない。角筈村と雑司が谷の女の家も見張られていたが、どちらも全く動きがない。

そのうち金平の方が動いた。

内藤新宿の旅籠を出た金平が、神田に戻ってきたのだ。この男のしていることはさっぱりわからない。

小豆沢村の一味が捕縛されたことも、角筈村が見張られたことも知らない。

その神田に、潮見坂の百姓家からお香が和助を連れて来た。金平を和助に見せようというのだ。

そんなこととも知らずに金平が旅籠から出てきた。鶏太がすぐ後を追う。

「あの男は八風《はっぷう》の金平だ……」

「八風？」

見張りを指揮している市兵衛が和助に聞き返す。

「はい、伊勢《いせ》から近江《おうみ》に抜ける八風街道という道がありまして、その八風峠《とうげ》の麓《ふもと》で生まれた男です」

「詳しいな？」

「ええ、あの男とは、正五郎お頭のところで二、三度会いました」

「なるほどそういうことか、そのことを奉行所の長野さまに話をしておいてくれるか？」

「承知いたしました」

和助とお香が奉行所に向かい、市兵衛と益蔵が金平を追った。金平は吉原に行くと、入舟楼に入り君華の部屋に上がった。新宿で遊んで吉原で遊んでずいぶんと銭を持っている。

その頃、奉行所では和助が半左衛門と会っていた。

「金平は、伊勢の名門北畠《きたばたけ》家の家臣大橋家の小者でございました」

「伊勢の北畠というと……」

「はい、南朝の後醍醐《ごだいご》天皇の側近で源氏《げんじ》の長者、准三后《じゆさんごう》の公卿《くぎよう》北畠親房《ちかふさ》の八代の末北畠具教《とものり》さまにございます」

「和助、ちょっと待て……」

半左衛門は、南朝後醍醐帝と北畠具教の名が出て少し戸惑《とまど》った。この話は自分の手におえないと判断、勘兵衛に判断してもらうことにする。当然のごとく、勘兵衛は和助の話を聞くことにした。

すぐ和助とお香が勘兵衛の部屋に呼ばれた。

「和助、難儀《なんぎ》な話のようだな？」

「はい、尾張と伊勢で起きたことでございます」

「伊勢の北畠というと、信長《のぶなが》さまと内大臣信雄《のぶかつ》さまとかかわりのある話だな？」

「さようでございます」

「信長さまは尾張と美濃《みの》を平定すると、伊勢の名門北畠家に目をつけた」

「はい、そのように正五郎お頭からお聞きしました」

信長は北畠家を奪うため、具教の嫡男《ちゃくなん》九代具房《ともふさ》の娘雪姫《ゆきひめ》と、次男茶筅丸《ちゃせんまる》こと信雄を結婚させて、北畠家の嫡男にする。

この信長に中納言《ちゅうなごん》北畠具教が抵抗した。

後醍醐帝の皇嗣《こうし》後村上《ごむらかみ》天皇のために、神皇正統記《じんのうしょうとうき》を著した北畠親房を家祖とする具教は、成り上がりの信長に従うことを良しとしなかった。

具教は、塚原卜伝《つかはらぼくでん》や上泉信綱《かみいずみのぶつな》、柳生石舟斎《やぎゅうせきしゅうさい》や宝蔵院胤栄《ほうぞういんいんえい》などの剣豪たちと交流があり、剣術好みで強い剣士だった。

信長と対立した具教は信長には勝てず、不智斎《ふちさい》と名乗って隠居、伊勢の三瀬《みせ》御所に引いた。だが、信長はそんな具教を許さなかった。

ところが、卜伝の高弟で、秘剣一之太刀《ひとつのたち》を伝授された剣豪北畠具教は強かった。

十人二十人で取り囲み具教を討ち取ろうとするが、その強さは尋常ではなく、十九人を斬り殺し、百人を超える織田《おだ》軍が傷ついた。信長は具教の腹心佐々木四郎左衛門《ささきしろうざえもん》に、刀の刃を潰して斬れなくした刀を具教に渡すよう命じる。

さすがの剣豪も、斬れない刀では戦いようがなく、長野左京亮《ながのさきょうのすけ》に討ち取られた。具房は捕縛され滝川一益《たきがわかずます》に預けられた。

織田の大軍が三瀬御所と田丸城《たまるじょう》に押し寄せて、具教の子徳松丸《とくまつまる》と亀松丸《かめまつまる》を殺し、具教の家臣たち、大橋長時、松田之信、上杉頼義ら十四人をみな殺しにした。家臣三十人余が具教を慕って殉死《じゅんし》する。

この時、大橋長時の息子十兵衛《じゅうべえ》はまだ二十歳を超えたばかりで、父長時から具教の孫千代松丸《ちよまつまる》を助けて落ち延びるように命じられ、三瀬御所から逃げた。

この天正《てんしょう》四年（一五七六）十一月の戦いは、三瀬の変といわれる。

この時、田丸城の城主だった織田信雄は、元和元年（一六一五）に家康《いえやす》から大和宇陀《やまとうだ》などに五万石を与えられ、今は六十二歳だが健在で、この後七十三歳の長寿を生きる。京の北野で死去する。

北畠家のことは、和助が頭の正五郎から聞いた。清洲の正五郎と伊勢の北畠家がどんな関係であったのか、それは和助も知らない。

「その大橋十兵衛というのは盗賊なのか？」

「正五郎お頭は、そのようにはいっておりませんでした」

「そうか、すると生きていれば六十ぐらいだな？」

「はい……」

「半左衛門、角筈村の老人が、その大橋十兵衛だとは考えられないか？」

「あり得るかと思います」

「和助、内藤新宿の角筈村に、金平が会いに行った老人がいるのだが、そなたは大橋十兵衛の顔を知っているのか？」

「一度だけですが、正五郎お頭と一緒に、熱田《あつた》神宮で大橋さまと会ったことがございます」

「顔を見ればわかるか？」

「二十年以上も前のことで、思い出せますかどうか……」

和助は、十兵衛とは一度しか会っていないため、顔がわかるかと聞かれれば自信がない。人の記憶というのは結構曖昧《あいまい》なものなのだ。

「角筈村に行って、その老人の顔を見てきてくれるか？」

「畏《かしこ》まりました」

和助は角筈村に行くことにして、一旦潮見坂に戻った。お香も庄兵衛長屋に戻って行った。

その夜、吉原で事件が起きた。

入舟楼の君華のところに泊まった金平が、夜中に姿を晦ましたのだ。

君華が、厠《かわや》に行ったまま金平がいなくなったと、楼の主人と忘八の文六《ぶんろく》にいってきて事件が発覚した。

見張りの朝比奈市兵衛と益蔵たちが、忘八たちと一緒に探し回ったが、金平は逃げ足が速い。

入舟楼に入る時、鶏太の尾行に気づいた。

金平は君華の部屋を出ると、走って神田の旅籠に戻り、荷物を抱えて外に飛び出し、江戸を出るため内藤新宿に急いだ。

どこにも立ち寄らずに八王子《はちおうじ》まで走るつもりだ。

いつから尾行されたかわからない金平は、兎《と》に角《かく》、江戸から出ることだと考え、走って逃げに逃げた。自分の立ち回り先にはすべて手が回っているはずだ。

こういう時は後先を考えずに逃げる。

市兵衛たちは焦って旅籠も調べたが、金平は逃げた後で、すべて後手になり、明け方に疲れ切って奉行所に戻ってきた。

珍しい大失態だが、半左衛門は市兵衛を叱《しか》らなかった。

何日も追い続けたのだから、こういうことが起きることも考えられる。

むしろ、小豆沢村の盗賊十一人を追い詰めて捕らえたことは大きい。それにまだ角筈村のことが残っている。

和助が金平を知っていたことで、角筈村につながりそうだ。

まだ事件は終わっていない。

次の日、和助が角筈村に行って、老人が大橋十兵衛であることを確認した。和助は遠目でもはっきり十兵衛だとわかった。

奉行所に戻った和助は、半左衛門にその旨を伝える。

大橋十兵衛が果たして盗賊なのか、それは誰にもわからないことだった。

金平との関係を和助から聞いた半左衛門は、十兵衛の正体がわからなくなっている。必ずしも盗賊とはいえないのではと思う。

幾松たちに見張らせてはいるが、大橋十兵衛にはまったく動きがない。

十兵衛とお里におたかの、のんびりした生活だ。時折、おたかの亭主の貞三が顔を出すぐらいで人の動きもない。

夏の暑さがようやく和《やわ》らいだかと思える夕刻のこと、雑木林の蜩《ひぐらし》の鳴き声が遠のいたかと思われた時、幾松の前に突然お里が現れた。

「お暑い中、毎日、ご苦労さまでございます。夕涼みにお一つどうぞと、殿さまからでございます」

「と、殿さま……」

「はい、大橋十兵衛忠時《ただとき》と申します。お奉行さまによろしくお伝え願いたいということにございます」

「お奉行……」

幾松は腰が抜けそうになった。

小瓢箪《ひょうたん》に入った酒と盃《さかずき》を置いて、お里が戻って行った。

「親分……」

「見張りがばれていたか……」

「この林からですから……」

寅吉は仕方ないという口ぶりだ。

幾松は、見張りのしにくいところだったが、露顕《ろけん》していたことにがっかりだ。

二人が気落ちしているところに、朝比奈市兵衛と林倉之助《はやしくらのすけ》が現れた。この事態をどうするか迷っていた幾松が、ついさっきの出来事を話すと、市兵衛が渋い顔になった。

金平には逃げられ、角筈村の見張りが発覚していたとは、踏んだり蹴ったりではないか。腹が立つより運がないと思う。頓馬《とんま》な話だ。

「折角の酒だ。寅吉、毒見をしてみろ……」

倉之助が瓢簞の酒を飲もうというのだ。豪胆である。

「林さま……」

「毒など入っておるまいよ」

倉之助は寅吉に盃を渡すと、瓢簞の酒を注《つ》いで「飲め……」という。

「林さま、本当に毒は入っていないでしょうか?」

「そんなことわしに聞くな。飲んでみればわかることだ……」

「そんなこと言って、死んだらどうするんですか?」

「その時はその時だ。あの百姓家に攻め込んで行って斬り捨てるまでだ。飲め!」

市兵衛が、怯える寅吉を見てにやりと笑う。

「こんな気持ち悪い酒はねえ……」

「つべこべ言わずに早く飲んでみろよ」

倉之助に急《せ》かされると、寅吉は益々《ますます》飲めなくなる。

「親分……」

盃を持ったまま泣きそうな顔だ。

「毒など入ってねえ……」

寅吉から盃を取ると、幾松が一気に飲んだ。

「美味《うま》い酒だ。殿さまが毒など入れるか……」

「殿さまだと、誰が？」

「百姓家の女があの老人をそう言いましたので……」

「殿さまか？」

倉之助が盃に手酌《てじゃく》で酒を注ぎクイッとやって、その盃を市兵衛に回す。

「殿さまというからには、それなりに身分のある武家だな？」

「そんな偉い人が金平なんかと？」

寅吉が不思議がった。頭の中がこんがらかってしまう。

「長野さまの話だと、あの浪人は大橋といい、金平はその大橋家の小者だったということだ」

「殿さまの家来ですか？」

「林さま、なんだか面倒臭い話のようで？」

幾松と寅吉は、初めて見張りを見破られて元気がない。

「寅吉、飲め、失敗は忘れるしかあるまい。瓢簞が空《から》になったらわしが返してこよう」

金平を逃がした市兵衛を慰《なぐさ》めている言葉にも聞こえる。

四人で回し飲みをして瓢簞が空になると、それを持って倉之助が百姓家に歩いて行った。見張りが発覚しているのだから逃げも隠れもしない。

「御免……」

縁側に瓢簞と盃を置いて声をかけた。

「はい！」

女の返事がして引き戸が開き、夕暮れの中に百姓家の灯りがこぼれた。

「結構なご酒でございました。それがしは、北町奉行所の同心林倉之助と申します。ご無礼を仕《つかまつ》りました。引き上げますので、殿さまによしなにお伝え願いたい」

「お構いもできませんで……」

「お里、林殿にしばらく待っていただきなさい」

「はい、少々お待ちを願います」

小さくうなずいて、倉之助は声の主を捜すかのように、古ぼけた百姓家を見回した。同心の常で、こういう家は調べたくなる。そんな倉之助を林の中から市兵衛たちが見ていた。

お里が引っ込んでしばらくすると、書いたばかりでまだ墨の匂いのする書状を持って現れた。

「これをお奉行さまにお渡しいただきたいということにございます」

「お奉行に、承知いたしました」

見張られている老人が奉行に書状とは不思議な話だが、倉之助は躊躇《ためら》わずにそれを受け取った。

「ご返事は？」

「必要ない。届けていただければそれでよい！」

奥から老人の声がした。

第四章　蝦夷地《えぞち》

大橋十兵衛からの書状は半左衛門に差し出され、すぐ勘兵衛の手に渡った。

その書状を一読した勘兵衛の顔色が変わった。書状を誰にも回さず、そのまま懐に入れてしまう。

「喜与、内与力三人を呼んでくれ！」

「はい！」

勘兵衛の異変に、喜与が急いで部屋を出て行った。

「半左衛門、馬を四騎、支度をしてくれ！」

「はッ、角筈村へ？」

「うむ……」

「人数を揃《そろ》えます……」

「いや、これは奉行所の問題ではない。大橋十兵衛は、わし一人に会いたいといっている」

「お奉行！」

「大丈夫だ。危険はない。馬を四騎だ。ひと眠りして寅《とら》の刻（午前三時～五時頃）に遠乗りに出る」

「登城のことはどのように？」

「辰《たつ》の刻（午前七時～九時頃）には戻る。支度をして待て……」

「畏《かしこ》まりました」

「このことは内密に頼むぞ」

「はい！」

半左衛門が出て行くと、入れ違いに望月宇三郎《もちづきうさぶろう》たちが入って来た。

「寅の刻に角筈村まで遠乗りをする。支度をしておけ、文左衛門《ぶんざえもん》、登城はいつもの通りだ」

「はッ、畏まりました」

「わしはひと眠りする……」

勘兵衛は手はずを命ずると寝所に入った。五十七歳はもう若くはない。

喜与は勘兵衛を着替えさせるため、寝所に入ってきた。勘兵衛は黙《だま》って大橋十兵衛からの書状を喜与に渡した。

「これは……」

一読した喜与の顔色も変わった。

「そういうことだ。わしは一刻半（約三時間）ほど眠る。その書状は燃やしてしまえ……」

「はい……」

喜与は、書状を持って寝所から出て行った。

勘兵衛が遠乗りに出ることなどない。そんな暇《ひま》はないのが奉行の仕事だ。公事《くじ》場《ば》に出て、次々と訴訟を裁かなければならないからだ。

罪人の処分など仕事のごく一部でしかない。多くは雑多な訴えごとの裁可である。江戸が大きくなるにつれ訴訟の数が増えた。どうでもいいようなことから、放置すると血を見ることになりそうなものまである。

日々の奉行の激務を、奉行所の誰もがわかっていた。

ことに、勘兵衛を補佐している半左衛門は、五日でも十日でも休ませたいと思うが、そんなことをすれば奉行所が仕事に埋もれてしまう。

「望月殿、角筈村まで馬なら半刻（約一時間）で行けるだろうか？」

「半刻?」

「無理であろうな?」

「なんとか登城には間に合わせます」

「うむ、それだけは厳守でござる」

「承知しました」

宇三郎は、四人でなら五十人ぐらいと戦っても負けない自信がある。半左衛門は勝つか負けるかではなく、奉行が襲撃されることなどあってはならないと考えていた。

大橋十兵衛という人物がどんな人なのか、今一つわからない。

二十人ぐらいの供揃《ともぞろ》えにはしたい。

町奉行が一人歩きなどしてはならないことだ。武家には格式というものがある。与力ですら勝手気ままに出歩くことは許されない。

それが武家の秩序というものだ。

勘兵衛が、このようなことで奉行所を飛び出すのは初めてのことだ。あまりに急な話だった。

頑固で心配性の半左衛門は不満顔だ。

盗賊かもしれない男のところに、四騎だけで出かけるなど言語道断《ごんごどうだん》なのである。

勘兵衛が遠乗りに出かける支度を整えると、喜与は勘兵衛の脇息《きょうそく》に持たれて仮眠した。奉行所は真夜中でもざわついている。

いつものことだが、何かあれば半左衛門は奉行所に泊まった。

そんな半左衛門の居眠りは、奉行所の名物である。いつの間にかカクッと寝るのが得意だった。

寅の刻に目を覚ました勘兵衛は、喜与に手伝わせて着替えると大玄関に出て行った。

宇三郎、藤九郎、彦野《ひこの》文左衛門が支度を整えて待っている。

「半左衛門、行ってくる。辰の刻までには戻る」

「お気をつけられて！」

喜与と半左衛門に見送られて、四騎が奉行所を飛び出した。

江戸城の濠沿《ほりぞ》いに馬を走らせて甲州《こうしゅう》街道に出ると、内藤新宿に向かった。

夏の夜明けは早い。

卯《う》の刻（午前五時～七時頃）になると夜が明けてきた。

半左衛門から聞いた道を宇三郎が先頭で案内すると、道を間違わずに角筈村の百姓家に着いた。四人は下馬すると、近くの灌木《かんぼく》に手綱《たづな》を結んだ。

武蔵野の雑木林は風の音だけで静かである。

四人は百姓家の庭に立って辺りを見回していた。怪しげな雰囲気はない。

そこに野菜駕籠《かご》を背負ったおたかが現れた。四人を見て驚いている。

「ここは大橋さまの住まいであろうか？」

「はい、そうですが……」

「ここの家の者か？」

「うん、そんなもんだ……」

「そうか、それがしは米津と申す。そのように伝えてもらいたい」

「米津さま？」

「北町の米津といってくだされればすぐわかります」

「へい……」

おたかがどんどんと戸を叩《たた》くと、引き戸が開いた。

「お里さん、北町の米津さんというお武家さまが訪ねておいでだが？」

「米津さま……」

お里は草履《ぞうり》を履《は》くと、おたかと入れ違いに外へ出てきた。

「朝早くから騒がせて相すまぬ」

「お待ちしておりました。どうぞ……」

お里が勘兵衛を百姓家に案内する。宇三郎、藤九郎、文左衛門の三人が周囲に散らばって警戒した。勘兵衛は腰から鞘《さや》ごと刀を抜きとると、右手に持ってお里に続いた。

おたかが縁側の雨戸を開けて顔を出した。

勘兵衛が中に入ると、十兵衛が囲炉裏《いろり》の傍に座っている。

「お上がりください」

「失礼いたす」

草鞋《わらじ》を脱いで、勘兵衛が座敷に上がって炉端《ろばた》に腰を下ろした。

「お待ちしておりました。金平がご迷惑をおかけしたようで、訪ねてきたら問い詰めて成敗《せいばい》しましょう」

「かたじけなく存じます」

「昨日、林の中に清洲の正五郎の子分、和助がいたように思いましたので、失礼とは存じましたが書状を差し上げました」

「すべてご存じで、失礼をしました」

大橋十兵衛は、六十がらみのなかなかの武士だった。お里は勘兵衛に茶を出すと、おたかを連れて外に出て行った。百姓家に二人だけにする。

「それがしのことは、和助からお聞き及びと思いますが？」

「北畠家のご家中とお聞きしました」

「織田信長に攻められ、中納言さまが三瀬御所で殺された時、それがしは中納言さまの嫡孫千代松丸さまをお連れして伊勢から逃げました。その折に頼りましたのが、津軽《つがる》右京大夫《うきょうのだいぶ》為信《ためのぶ》さまでございます」

「北の津軽まで？」

「はい、津軽家は為信さまの嫡男信建《のぶたけ》さまが、父親より二ケ月先に亡くなるという悲劇が起き、後嗣《こうし》の熊千代《くまちよ》さまが幼いため、叔父の信枚《のぶひら》さまと争いになり、その結果、津軽家は信枚さまが当主となられました。それはご存じの通りでございます」

「はい、存じ上げております」

「千代松丸さまは、元服《げんぷく》して昌教《まさのり》さまとなりました。そんな時に津軽家にご子息の勘十郎《かんじゅうろう》さまが配流《はいる》になられました」

「それでは昌教さまが？」

「はい、勘十郎さまと親しくしておられました」

「それは誠に有り難《あがた》く存じます」

「お二人とも似たような境涯《きょうがい》でしたから、心通うものがあったと思われます。勘十郎さまは、父母に申し訳ないことをしてしまったと悔いておられました」

「そうでしたか……」

「不忠者《ふちゅうもの》は家康さまに斬り捨てられても仕方ないとも話しておられ、腹を斬るべきだが、未練と言われても、もう一度父母の顔が見たいとも言われました」

勘兵衛の目に涙がにじんだ。

「三年前の元和二年（一六一六）二月に昌教さまが四十歳でなくなり、勘十郎さまは配流を許されましたが、この国に身の置き場はないと言われ、津軽から海を越えて蝦夷地《えぞち》に渡って行かれました。それがしも見送りましてございます」

「蝦夷へ。かたじけなく存じます」

「なかなか良き若者にございます。似たような若者だけ三人で、蝦夷地に向かいました」

「蝦夷地は厳しいところと聞いておりますが？」

「はい、津軽より北の方は人が生きるには厳しいところだということです」

蝦夷地で津軽に近い南は、松前慶広《まつまえよしひろ》が家康に臣従、松前藩が認められて治めていたが、元和二年に慶広が死去し、嫡男が早世していたため、嫡孫の公広《きんひろ》が後を継いだ。

「勘十郎は松前にいるのでしょうか?」

「いいえ、そこより北に向かったと聞いています」

「それでは……」

「おそらく覚悟の上で向かったものと思われます。その後の三人の消息はわかっておりません……」

勘兵衛は、もう勘十郎が生きていないと思った。

冬の蝦夷地はとても人が生きられるところではないと聞いている。おそらく、勘十郎は死ぬ覚悟で北に向かったのだろうと思う。

勘兵衛は捨てた息子だが、我が子が可愛くないはずはない。

初代北町奉行という重職を引き受け、息子の育て方を間違えた。そのため勘十郎が大鳥《おおとり》事件という重大事件に絡んで、勘兵衛は腹を斬る寸前まで追い込まれた。

勘兵衛を助けたのが家康で、そんな息子は捨てろと命じられた。

愚《おろ》かな息子だが、振る舞いを後悔していると聞くと許してやりたいとも思う。

だが、家康は亡くなり、もう勘十郎が許されることはない。

徳川家の家臣に復活することは永遠に不可能なのだ。

将軍秀忠《ひでただ》が許すと言えば復帰できるが、勘兵衛は北町奉行の職にある限り、そんなことを幕府に願い出ることはできない。

「北畠さまを始め、大橋さまにもお世話になりました。御礼申し上げます」

「お助けすることはできませんでした。配流先での様子だけでもお知らせしたいと思いましてございます」

「かたじけなく存じます」

「武家とは辛《つら》いことが多いようです」

「いかにも……」

「それがしは伊勢に帰って最期《さいご》を迎えたいと考えておりますが、数年はここで楽しみたいと思っております」

大橋十兵衛が無邪気な笑いを浮かべた。武家の忠誠に生きた男の爽やかな笑顔だ。幼い千代松丸を育て、主家の復活を信じてきたが、それは叶《かな》わなかった。

だが、十兵衛に悔いはない。

そんな十兵衛の気持ちを勘兵衛は理解した。

「それではこれにて……」

再び十兵衛に会えるとは思えない。不肖《ふしょう》の息子勘十郎を介して一期一会《いちごいちえ》の出会いだ。丁重に挨拶して、勘兵衛は百姓家を出た。

十兵衛は早朝の出会いを惜《お》しむように、百姓家の外に出て勘兵衛を見送っている。勘兵衛が騎乗すると、三人も馬に飛び乗って駆け出した。

辰の刻には四騎が奉行所に戻ってきた。

喜与と半左衛門が大玄関に飛び出してくる。二人は今か今かと待っていた。

勘兵衛は、登城のための着替えを喜与に手伝わせ「蝦夷地で生きている……」

と小声でつぶやいた。

そんな事実はなかったが、喜与が心配すると思ったからだ。

「蝦夷は松前？」

「うむ、そのようだ。心配ない」

「はい……」

喜与はほっとした顔だ。勘兵衛が角筈村の大橋十兵衛と何を話したかは二人しか知らない。

「半左衛門、角筈村の見張りは必要ない。金平の探索も中止だ」

「畏まりました」

「作左衛門《さくざえもん》に命じて、大橋十兵衛の名は記録から消すように……」

「はい……」

勘兵衛は着替えると、半左衛門にそう命じ、朝餉《あさげ》も取らないで文左衛門の供揃えで江戸城に向かった。

半左衛門は角筈村で何があったのか知らない。勘兵衛を信頼している。

その頃、幕府は朝廷との間で厄介なことになりつつあった。

というのは、この年の前年、元和四年（一六一八）に後水尾《ごみずのお》天皇の寵愛《ちょうあい》を受けていた典侍四辻与津子《てんじよつつじよつこ》が皇子を産んだ。

このことで、娘の和子《かずこ》の入内《じゆだい》を進めていた将軍秀忠と御台所のお江《ごう》が、皇子の誕生を知って激怒、ところが翌元和五年（一六一九）にその与津子がまた懐妊《かいにん》したことがわかり、この与津子の振る舞いは朝廷の不行跡《ふぎようせき》であるとして、将軍の激怒では済まない雲行きになっていた。

和子姫の入内は、家康の頃から幕府の悲願だった。

さすがの幕府も天皇を批判はできない。

事態は九月になって急転する。

おもしろくない幕府は、武家伝奏の広橋兼勝《ひろはしかねかつ》と一緒に朝廷を追及した。典侍の懐妊を不行跡と言われては言い訳のしようがない。

和子姫の入内のため、女御御殿の建設が始まっていた頃で、秀忠とお江の怒りは尋常ではなかった。この時、天皇は宝算《ほうさん》二十四歳、和子は十三歳だった。

九月十八日に、大納言《だいなごん》万里小路充房《までのこうじあつふさ》は監督不行き届きを問われ丹波篠山《たんばささやま》に配流、与津子の実兄四辻季継《すえつぐ》と高倉嗣良《たかくらつぐよし》が九州豊後《ぶんご》に配流が決まる。

処分はそれだけでは済まなかった。天皇の側近、中御門宣衡《なかのみかどのぶひら》、堀河康胤《ほりかわやすたね》、土御《つちみ》門久脩《かどひさなが》を出仕停止にした。

これに憤慨した後水尾天皇が退位しようとする。

天皇の退位ということは婚姻の解消を意味していた。和子姫の入内が沙汰止《さたや》みとなってしまうのは不都合である。

幕府は藤堂高虎《とうどうたかとら》を使者として派遣すると、高虎は不届きにも若い天皇を恫喝《どうかつ》、典侍の四辻与津子の追放と出家、和子姫の入内を強要し納得させる。一方で入内が実現した時には、流罪《るざい》になった公家《くげ》を召還すると妥協した。

剛腕藤堂高虎六十四歳の面目躍如《めんぼくやくじょ》というべきだろう。

この後、与津子の産んだ皇子賀茂宮《かものみや》は育たず、三年後の元和八年（一六二二）に夭折《ようせつ》、もう一人は皇女で文智女王《ぶんちじょおう》となり大納言鷹司教平《たかつかさのりひら》に嫁《とつ》ぐが三年で離縁、出家して大和添上八島村《やまとそえかみやしまむら》に草庵を結んで隠棲《いんせい》する。

この事件の十年後、和子の産んだ皇女興子《おきこ》内親王が七歳で、女帝明正《めいしょう》天皇として即位することになる。

与津子御寮人《ごりょうにん》事件とも万里小路事件ともいわれるが、この処分は幕府の定めた禁中《きんちゅう》並《ならびに》公家《くげ》諸法度《しょはっと》の十一条、関白《かんぱく》や武家伝奏の指示に従わない公家は、流罪に処するという規定に従ったものだった。

この事件が切欠《きっかけ》となり、幕府は朝廷に色々と干渉するようになる。

実力と権力を兼ね備えた幕府でも、この国に千六百年以上君臨してきた朝廷の権威だけはいつも恐れ、復活しないように厳しい態度を見せた。

だが、世界の大波が押し寄せてくると泰平《たいへい》の夢は破れ、薩摩《さつま》、長州《ちょうしゅう》など、西《さい》国《ごく》の関ケ原《せきがはら》の戦いで恨《うら》みを呑《の》んだ列強《れっきょう》が、朝廷の権威を利用する形で復活させる。

幕末の動乱である。

そんな朝廷と幕府の激突が、与津子御寮人事件だった。

和子姫を入内させることは徳川家の悲願であり、幕府は何がなんでも譲《ゆず》ることはできなかった。徳川家の血を引く天皇の誕生こそ夢である。

後水尾天皇と皇后和子《まさこ》の間には、二人の皇子と五人の皇女が生まれたが、皇嗣の皇子は育たず二人とも夭折する。女帝明正天皇は独身のまま皇嗣を残さず、後水尾天皇と典侍光子《みつこ》の間に生まれた紹仁《つぐひと》親王が、後光明《ごこうみょう》天皇として即位することになる。

天皇家は濁音を嫌う傾向があり、和子を「かずこ」とは読まずに「まさこ」と読むことにした。

第五章　矢立ての杉

秋も十月になって平三郎《へいざぶろう》の禁足が解けた。

「お浦《うら》、雪が降る前に高遠《たかとお》のお頭《かしら》のところへ行ってくる。雨太郎《あめたろう》さんを助けられなかったお詫《わ》びをしなければならぬ。書状は出してあるが、直《じか》に行かないとな？」

「お絹《きぬ》ちゃんのこともあるし……」

お浦がムッと怒った顔だ。平三郎をにらんでニヤリと笑う。美人のお浦は反《そ》り返るほど腹が膨《ふく》らんでいた。

「臨月《りんげつ》までには戻ってきて？」

「わかった。兎《と》に角《かく》、急いで行ってくる……」

平三郎は旅支度《たびじたく》をすると「小冬《こふゆ》、頼んだよ」と、この頃しっかりしてきた小冬にお浦を託して旅立った。

早朝、呉服橋《ごふくばし》御門内の北町奉行所に顔を出すと、平三郎は半左衛門に面会、挨《あい》拶《さつ》をして、禁足の半年が過ぎたので伊那谷《いなだに》に行くことを告げた。

「朝太郎《あさたろう》は達者なのか？」

「はい、元気で五郎山《ごろうやま》の墓守をしております」

「そうか、そなたも墓守をするのか？」

「そのつもりでおりますが、この度《たび》は江戸に戻ってまいります」

「先日幾松が、お浦の腹が膨らんでいると知らせてきたが？」

「はい、間もなく産み月にございます」

「それまでには戻ってくるのだな？」

「そのつもりでおります」

「戻ったら顔を出せ、お奉行には伝えておく……」

「承知いたしました」

平三郎は奉行所を出ると、内藤新宿に向かった。

甲州街道を、八王子、甲府、中山道の下諏訪宿《しもすわしゅく》の手前の茅野金沢宿《ちのかなざわ》まで行き、杖突峠《つえつきとうげ》を越えて藤沢川《ふじさわがわ》沿いに伊那谷の高遠へ下る。

高遠城は、藤沢川と三峰川《みぶがわ》の合流の段丘《だんきゅう》にあった。

平三郎は内藤新宿を通過すると、五里二十五町（約二二キロ）を歩いて府中《ふちゅう》宿に入った。

「もう陽《ひ》が暮れますよ。日野《ひの》宿までは二里（約八キロ）と遠いですからお泊まりくださいな？」

旅籠《はたご》の客引きたちが道端に出て忙しい。

何人の客を引き込めるかがその日の戦いなのだ。鎌倉《かまくら》街道と甲州街道が交わる宿場で、川越にも行けるし、高札場《こうさつば》などもあり、府中というくらいで、武蔵の国府が置かれた中心地だった。

大國魂神社《おおくにたま》や六所明神《ろくしよみようじん》の門前町でもある。

近くには国分寺《こくぶんじ》が建立《こんりゆう》されて平安期から栄えていた。江戸から見ると、陰陽道《おんみようどう》では白虎《びやつこ》の棲《す》む街道とされた。

この街道は家康が、江戸城が陥落した時に、将軍が甲府に避難する道として慶長《けいちよう》七年（一六〇二）に定めた街道だ。そのため、いつでも砦《とりで》として使える寺院を街道沿いに建立する。

その寺の裏には、目立たないように同心屋敷が建てられた。

大軍を動かせる街道にしたのだ。

この街道の四谷《よつや》付近には、伊賀《いが》組、甲賀《こうが》組、根来《ねごろ》組、二十五騎組などの四組からなる鉄砲百人組が置かれた。

将軍を鉄砲隊が守って甲府まで一旦引いて、素早く旗本などの大軍を立て直して、江戸城を奪還するという家康の構想だった。

甲州街道は幕府にとって特別な道で、八王子には千人同心が置かれ、参勤交代でこの道を使用できたのは、高遠藩、高島《たかしま》藩、飯田《いいだ》藩の三藩だけで、他の大名はすべて中山道を使うよう命じられた。

下諏訪から甲州街道で江戸に出れば近かったが、この道の使用を禁じられた。

幕府は秘密にしたい街道だった。

「泊まっておくんなさいな！」

平三郎は女に袖を引かれて立ち止まった。

「旦那《だんな》さん、これから日野までは難儀《なんぎ》でございますよ。もうすぐ陽が落ちますから……」

「そうかい。それじゃ世話になりましょうか、混んでいるかい？」

「いいえ、がらすきで。ありがとうございます」

旅籠に上がると、女のいうように客の姿はなく、案内されたのは二階の上等な部屋だった。近頃の旅籠はどこも同じで、何人かの飯盛りを置いている。やがて女を売るのは一軒で飯盛女二人までと制限される。

　しばらくすると、平三郎の袖を引いた女が挨拶にきた。

「旦那さんはどちらまで？」

「甲府の先の高遠まで行ってくるつもりだ」

「少し寒くなりましたが、旅には良い季節でございます」

「そうだな。夕餉《ゆうげ》は早くてもいいぞ。酒を二合ばかりつけてくれ……」

「はい……」

「色々とこの辺《あた》りの話を聞かせてくれるか？」

「ええ、よろこんで……」

　飯盛りたちはそれが目当てで、望まれれば女としても応じるがそれが大きなお足になるのだ。その辺りのことを旅慣れている平三郎は心得ていた。

　女はよろこんで部屋から出て行くと、すぐ夕餉の膳《ぜん》を運んできた。

「客が入ってきたようだな？」

「ええ、三人ばかり、あと何人泊まりますか？」

「そんなものなのか？」

「ええ、そんなもんです。まずは一献《いっこん》どうぞ」

女が盃《さかずき》を平三郎に差し出す。

「すきっ腹《ぱら》に飲むと悪酔いするからな、まずは飯が先だ。お前さんが先にやりなさい」

「あら、そうですか……」

平三郎が女の持つ盃に酌《しゃく》をしてやる。

「遠慮なく頂戴しますよ」

「ああ、やってくれ、勝手に手酌《てじゃく》でな」

平三郎は禁足の間、神田明神のお浦の茶屋から動かず、精々歩いても浅草寺や湯島天神《ゆしまてんじん》、王子稲荷《おうじいなり》ぐらいまでだった。旅の初めで府中宿まではよく歩いたと思う。

神田明神から奉行所に行き、内藤新宿まで二里あまり、内藤新宿から府中宿まで五里二十五町を歩いた。

「姉さんはこの辺の人かね？」

「ええ、この近くの小金井村《こがねいむら》です」

「以前のことだが、この辺りは湧水《わきみず》のいいところだと聞いたが？」

平三郎が飯を食い、女が酒を飲む。

「旦那さん、湧水なんていうものじゃないです。この辺りでは崖《がけ》のことをはけっていうんですがね、そのはけから雨のように湧水が滴《したた》っておりますんで、まるで滝ですよ白糸《しらいと》の滝……」

「ほう、そんなに湧水が豊富なのか？」

「ええ、それでいい米ができるんですよ、小金井というくらいですから……」

小金井という名は、そのはけから湧き出す水が黄金に等しいという意味で、古い人たちが名付けた美しい名なのだ。

「なるほど、湧水は黄金《こがね》の井戸だから小金井か？」

「旦那さん、酔っちまいそうですけど……」

「気分よく酔ってくれ、遠慮はいらないよ」

「そんなことというと本気にしちゃうから、旦那さんはいい人だ。今夜は好きなようにしておくんなさいな……」

「そうか、遠慮なくそうさせてもらおう」

「いい人は好き……」

「お前の名は？」

「よし、お良《よし》というんだ」

「お良さんか、膳を下げて酒を追加してくれるか？」

「はい、これ、空《から》になってしまいました」

「強いね。あと二本頼もうか？」

「明日の朝起きられなくなりますよ」

「その時はその時のこと……」

お良はふらふらしながら、膳と二合徳利《どっくり》を持って部屋から出て行くと、二合徳利を両手に下げてふらつきながら戻ってきた。

「旦那さん、飲みましょう。こんな気分のいい日は滅多《めった》にないから、うれしいね……」

「飲もう飲もう」

二人だけの酒盛りが始まった。

お良は大酒飲みで、グイグイうまそうに飲む。すると、抱いてくれといって平三郎の首にぶら下がってくる。そのうち、平三郎に覆《おお》いかぶさってきた。

「それは後だあと。飲もう、もう飲めないのか？」

「まだまだ、飲めるから……」

「そうか飲めるか？」

お良の酒は飲むほどに男が欲しくなる酒で、あまりいい酒ではなかった。

「さあ、飲もう、あれ、酒が足りないぞ」

「また、追加？」

「もう飲まないのかい？」

「飲む。酒を取りに行ってくるから……」

お良がふらっと立って酒を取りに部屋を出て行った。その途端、ドドンガシャーンとお良が階段から落ちた。

二階にいた客が顔を出し廊下《ろうか》に出る。

平三郎が階下を覗き込むと、階段の下にお良が転がって、旅籠の主人や女たちが集まって、割れた徳利を拾い集めるなど騒《さわ》いでいる。

「やっちまったか……」

平三郎はさほど酔っていなかったが、お良はクイックイッとうまそうに飲んでいた。

さすがの蟒蛇《うわばみ》も階段から落ちてはもう駄目だろうと思ったが、しばらくすると旅籠の主人がお良を連れて挨拶に現れた。

そのお良がしっかり徳利を両手にぶら下げている。

びっくりする女豪傑《ごうけつ》だ。

「お客さま、たいへんな不調法《ぶちょうほう》をいたしました。このお良は時々落ちるのでございます。今日も落っこっちまった。どうぞ、このお酒はわたしからのお詫びということで……」

「旦那さん、すみません……」

「大丈夫か？」

「はい、酔いが醒《さ》めてしまいました……」

「そうか、それじゃあ飲み直そう」

「失礼をいたしました」

主人が「お願いしますよお良……」と苦笑して部屋から出て行った。

「お前、たびたび落ちるのか？」

「うん……」

お良が片手を広げ、指を一本足した。

「六回目か？」

「うん……」

「怪我はしなかったか？」

「うん……」

照れるようにうなずいてニッと笑う。

どんな体の作りなのだと、頑丈なお良に平三郎は驚いた。

「飲み直そう、盃を持て……」

「うん……」

酔いが醒めたというが、驚いただけでお良は結構酔っていた。二人で一升《しょう》を飲んだことになるが、ほとんどはお良が飲んだ。

そのお良はふらふらしながら布団を敷いたが、ひっくり返って寝てしまった。

何んとも陽気で豪気な女だ。

翌朝、お良がまだ寝ているうちに、その懐《ふところ》に豆板銀を入れ、階下に下りて「まだ寝ているからそのままにしておいてくれ、ご主人、お良は味のいい女だったよ」と、抱いてもいないのにそういって、旅籠の主人を安心させ、まだ暗い街道に出た。

日野宿で一休みして八王子宿まで行くと三里二十七町（約一四・九キロ）であるが、甲州街道は宿から宿までが一里に満たないところが実に多い。

布田五宿《ふだごしゅく》などは、国領《こくりょう》宿から下布田宿まで三町、上布田宿まで二町、下石原《しもいしはら》宿まで八町、上石原宿まで七町などと、隣宿が見えるほど近く、旅籠も数軒しかなかった。

甲斐《かい》に入って、下鳥沢《しもとりさわ》宿から上鳥沢宿まで五町、猿橋《さるはし》宿までが二十六町、駒橋《こまはし》宿までが二十二町、大月《おおつき》宿までが十六町、下花咲《しもはなさき》宿までが十三町、上花咲宿までが五町、下初狩《しもはつかり》宿までが十三町などと宿の間が近い。

これらの小さな宿は、後年に宿場になったものが多い。

平三郎は、小仏峠《こぼとけとうげ》を越えて上野原《うえのはら》宿まで七里二十六町（約三〇・八キロ）を歩いて宿に入った。宿というよりは百姓家のようなものだ。上野原宿からは甲斐である。

山道は何んといっても無理をしないことが大切だ。

翌日は白野《しらの》宿まで七里三十二町を歩いた。この辺りの宿場は小さな村であった。甲斐の道は山の中で、大峠、小峠が多い。

その最大の難所が、街道で一番の笹子峠《ささごとうげ》である。

翌朝、暗いうちに白野宿を出た平三郎は、三十町を歩いて黒野田《くろのだ》宿に入った。小さな村で、その先には笹子峠があった。

その峠の手前には矢立ての杉という巨木がある。この巨木は笹子峠を越えて戦いに向かう武将たちが、戦勝祈願のため弓矢を放ったという杉である。

鎌倉幕府を開いた源《みなもとの》頼朝《よりとも》も、この地を通った時、巨木に弓矢を放ったという伝説が残っていた。甲州矢立ての杉と有名だった。

その巨木の根方に男が座っていた。

「おい、金平ではないか？」

「あッ、伊那谷の小頭《こがしら》……」

「どうした。こんなところで？」

「江戸で役人に見張られて逃げてきたんです」

「ほう、北町か？」

「そうかもしれないんです」

金平があっさり平三郎に白状した。

朝太郎が、一度だけだが金平から仕事先を買ったことがある。その交渉をしたのが小頭の平三郎だった。

二人はよく知った仲である。金平が立ち上がって尻をはたくと、平三郎と並んで歩き出した。

「江戸で北町ににらまれたら仕事の見込みはもうないな。雨太郎さんが捕まったんだ」

「ゲッ、雨太郎の頭が捕縛《ほばく》された？」

「うむ、殺しをするようになったから説得に行ったんだが……」

「そんなことがあったんですか？」

「お前さんが後をつけられたんなら、廻った先はみな見張られていると思った方がいい。まずいことになっているぞ。北町をなめたら駄目だ」

「廻った先を……」

「泳がされたんだぞ、金平……」

「そ、そんな……」

「そんなもこんなもない。顔を見られたなら江戸に近づかないことだ。一番いいのは仕事から足を洗うことだな、お頭もわしも足を洗って隠居した」

「二人とも？」

「わしらは歳だからだが、お前さんも足を洗う潮時《しおどき》ではないのか、捕まったら三尺高いところだぞ」

平三郎が金平を説得する。

「そうだな。三尺高いところは嫌だ……」

そういう金平は、平三郎の話を聞いて江戸に行くのが怖くなっている。角筈村に大橋十兵衛を訪ねたことはまずかったと思う。

他の悪党は捕まっても仕方ないが、主家の大橋十兵衛がどうなるのかだけは心配だ。お里のところを訪ねたのもまずかった。だが、悔やんでも仕方ない。

「わしは雨太郎さんを説得できなかったから、お頭のところへ謝りに行くのだ」

「辛いことで？」

「うむ、嫌いな殺しだからな……」

笹子峠にさしかかると難儀な山登りになり、二人は徐々に無口になった。小仏峠の倍ほどの高さまで登るのに険《けわ》しい峠だ。

「先に行っておくんなさい……」

平三郎は、金平から一町（約一〇九メートル）ほども遅れて峠の上に着いた。

「小頭、いつもここは難儀なところで……」

「そうだね、年寄りには堪《こた》えるよ」

金平は喘《あえ》ぎながら登る平三郎を、気の毒そうに峠の上で待っていた。

「後は杖突峠だけだ……」

「あそこはここよりも難儀で？」

「うむ、ここよりもだいぶ高いな……」

平三郎は立ち止まると腰を伸ばし、道端の石に腰を下ろして銀煙管《ぎんギセル》を抜いて一服つけた。

「さっきの話だが、お前さん、もう改心した方がいいぜ、顔を見られちゃ盗賊は仕事にならねえ、悪いことは言わん、足を洗え、危ない、危ない」

「へい、小頭に言われて江戸の怖さがわかりましたよ。ことに北町は……」

「鬼といわれるお奉行だ。近づかないことだ」

「ええ、まさか見張られているとは思わなかった。吉原から逃げ出す破目になるとは情けねえ、焼きが回ったようで潮時かもしれない……」

「いい了見だ。吉原の女に未練でもあるのか？」

「未練はねえが、ちょいとしたいい女で、入舟楼の君華というんですがね。情の濃い女で……」

「入舟楼の君華か？」

「小頭は吉原なんかに行きますか？」

「行かないこともないが、この年だからな……」

「行くようなことがあったら、君華に、金平はもう江戸には来ねえと知らせてやっておくんなさい。それだけでわかりやすから……」

「約束でもしてあるのか？」

「ええ、年季が明けたら一緒になろうという約束を契《ちぎ》ったんで……」

「待つのか？」

「へえ、伊勢の三瀬に住もうと、あっしの生まれ故郷なんです」

金平はニッと照れ笑いを浮かべた。遊女との約束ほど当てにならないものはないとわかっているが、好きな君華を信じてやりたい。

金平は結構な悪党だが、そんな初心《うぶ》な気持ちも持っていた。

「それはいい話だ。お前さんが待つなら伝えましょう」

「すまないです」

「なに、足を洗えと勧《すす》めたんだ。それくらいのことはしないといけませんよ」

平三郎は、金平が江戸に入れば必ず捕まると思った。

北町奉行の米津勘兵衛は、鬼とも仏ともいわれる恐ろしい人だ。お頭と自分には仏だったが、それは銀煙管が取り持った小さな縁だった。

一歩間違えば首が飛んでいた。

金平にはそんな危険な江戸に近づいてもらいたくない。
男が女に未練を残すのはごく当たり前のことだ。

第六章　五郎山《ごろうやま》

難所の笹子峠を二人は駒飼宿《こまかいじゆく》へ下った。

勝沼《かつぬま》宿を過ぎ栗原《くりばら》宿まで来ると甲府《こうふ》は近い。この栗原宿からは秩父《ちちぶ》や青梅《おうめ》に出る道がある。

「小頭、あっしは次の石和《いさわ》宿から、身延路《みのぶじ》で東海道に出たいと思いますんで……」

「そうか、東海道にでるか?」

「途中で二、三日湯治《とうじ》をしてから伊勢に向かいます」

「湯治か、それはいいことだ」

身延路は、駿州《すんしゆう》道とか甲州道とか富士川《ふじがわ》道などと色々に呼ばれるが、途中に日蓮《にちれん》宗の本山久遠寺《くおんじ》があり、武田信玄《たけだしんげん》が上杉謙信《うえすぎけんしん》と川中島《かわなかじま》で戦い、傷を負った時に、この身延路にある古湯で療養したという。

後に信玄の隠し湯とか黄金の湯などといわれる。

この道は身延金山の黄金の道でもあった。甲斐には金山が多い。

「もう、会うこともあるまいが、顔を見られたんだ、気をつけるんだぜ……」

二人は栗原宿から石和宿まで歩いて別れた。

金平は、笛吹川《ふえふきがわ》から富士川沿いに東海道へ出る。平三郎は、甲府から茅野金沢宿まで行って、最後の難所の杖突峠を越えて高遠城下に入る。

白野宿から甲府柳町《やなぎまち》宿まで八里二十一町（約三四・三キロ）を歩いて旅籠に入った。その平三郎を見ている男がいた。

その夜、平三郎の夕餉が済むと、その男が現れた。

「ご免《めん》ください」

男が廊下から平三郎に声をかけた。平三郎は食後の一服で煙管を銜《くわ》えていた。

「どうぞ……」

戸を開けた男を見て驚いた。雨太郎の子分で、お絹と一緒に金杉川《かなすぎがわ》の隠れ家から逃げた利八《りはち》だった。

「利八ではないか？」

「へい、小頭もご無事で？」

「うむ、お前はどうしてこんなところに？」

「足を洗いまして、お頭からいただいたお足でこの宿の茶屋を買いまして、小さな店ですが堅気《かたぎ》の商売を始めましたんです……」

「足を洗ったのか？」

「お頭に言われて、江戸から逃げてきた者はみんな……」

「丑松《うしまつ》さんもか？」

「ええ、お頭からもらったお足をみんなたっぷり持っていますんで……」

「それはいいことだ」

利八は足を洗ったことがうれしそうだ。

「お頭のところへ？」

「うむ、雨太郎さんのことを話しにな……」

「そうですか……」

利八は江戸から逃げたため、雨太郎が捕縛され処刑されたことを知らない。

「みんなが？」

「一網打尽《いちもうだじん》になった。人殺しをするようになっては仕方ない。わしも捕縛されたが、お頭の銀煙管のお陰《かげ》で放免になった」

「ああ、お頭は北町奉行と会ったことがあってな、隠居すると話したようなのだ。それでお頭を放免にした。奉行はなかなか粋なお人だ」

「そんなことがあったんですか、何も知りませんでした……」

「人の出会いとは一期一会《いちごいちえ》でおもしろいことが起きるものだ。わしも隠居だ」

「小頭、あっしのような者を好いてくれる女がいまして、おかめなんですが、先月そいつを嫁にもらいまして……」

「それはよかった。おかめなどというものではない。顔が腐って頭蓋骨《ずがいこつ》になると、みんな同じ顔だからな……」

「そうなんですか？」

「お前さんは頭蓋骨を見て美人か不美人かわかるかい？」

「それはわからねえ……」

「生きているほんのわずかな間のことだ。この辺りの子か？」

「へい、要害山《ようがいさん》の方の山出しの百姓娘で、あっしには勿体《もったい》ない堅気なんで……」

「それはいい、お前も伊那谷の山出しだろう。この辺りは山だらけだ。山出しでねえ人はいないよ」

「へい、確かに……」

　利八が片目をつぶってニッと笑った。

「ここから四軒向こうの小店ですから、明日の朝、おかめを見てやっておくんなさい」

「わかった」

「それじゃ、また明日お目にかかりやす」

　利八はおかめ、おかめというが、嫁をもらってうれしくてたまらないのだ。

　平三郎は翌朝早く、利八の店に顔を出して茶を馳走《ちそう》になった。利八がおかめ、おかめというほどおかめではなかった。

　利八がどこまでも平三郎を送ってくる。

「利八、店の仕事に戻れ……」

「小頭、もうちょっと送らせておくんなさい」

「嫁としっかり働け、お頭もわしもそう長いことはない。お絹さんと丑松さんに迷惑をかけるんじゃねえぞ？」

「へい……」

「お頭の傍《そば》に誰がいる？」

「お留《とめ》さんとお絹さんに丑松さんの三人だけで、子分たちはみな、甲州街道か中山道で暮らしております」

「みな足を洗ったんだな？」

「ええ、お頭の命令ですから……」

利八は別れがたいのか、二里近くも平三郎を送って柳町宿に戻って行った。一人旅になった平三郎は、台《だい》ケ原《はら》宿まで七里二十町（約三〇・一キロ）を歩いて旅籠に入った。

この台ケ原は、信長が甲州征伐《せいばつ》に来て、生涯で初めて富士山を見て感動した場所だ。寒い季節になって振り返ると、雪の富士山が綺麗《きれい》に見える。

「もう雪だな……」

台ケ原宿で泊まり、翌朝はゆっくり遅立ちで旅籠を出た。

金沢宿まで五里二十四町（約二二・六キロ）しかなく、昼過ぎには宿場に到着した。この先は甲州街道から離れて杖突峠越えの道が険しい山道で、七里（約二八キロ）以上も続く難所になる。

平三郎は杖突峠を一気に越えるつもりだ。あまり暢気《のんき》にしていると山中で陽が暮れてしまう。藤沢川沿いに高遠城下に下って行くのは、暗くなれば道悪で厄介なことになる。

大軍が通れるような道ではなく、信長の甲州征伐ではこの道を使わず、織田中将信忠《のぶただ》軍五万は、高遠城を落とすと一旦三州道《さんしゅうどう》に出て、下諏訪に出て甲州街道を甲府に攻め込んだ。

平三郎は、まだ陽が高いうちに早々と金沢宿の旅籠に入った。

ゆっくり休んで甲州街道を離れる。江戸から金沢宿まで四十八里三十五町、ほぼ四十九里（約一九六キロ）を歩き切った。

残るのは杖突峠の七里あまりだけになる。

この頃はまだ金沢宿とはいわず青柳《あおやぎ》宿といっていた。この後、三十二年後に金沢村に移されて宿場として整備される。近くには茅野村もあった。

杖突峠の道は、高遠城主が参勤交代をするために、行列が通れる杖突街道また は藤沢街道として整備されることになる。

まだ明るいうちに夕餉を取り、平三郎は早々と寝てしまった。

伊那谷を離れてずいぶん経《た》ったように思う。

高遠は、最後に帰っていかなければならない場所だと思っている。

それは、死に損《そこ》なった男が主君の仁科五郎信盛《にしなごろうのぶもり》の墓守をし、お許しを得て、少しでも主君の傍に眠らせてもらうつもりでいるからだ。

そんな日がそう遠くないとわかっている。

翌早暁《そうぎょう》、暗いうちに旅籠を出て杖突峠に向かった。

古代には東山道《とうさんどう》がこの峠を通っていたと伝わる古い道である。九十九《つづら》折れの急坂で杖を突いて登り、頂上に至ると、その杖を燃やして供養《くよう》する風習があった。平三郎は杖を持っていなかった。

やがてこの道は、甲府からの物資を伊那谷に入れる重要な道になる。

峠からは諏訪湖の眺望が広がっていた。

峠を越えると高遠まではすぐである。平三郎は昼過ぎに、五郎山の麓《ふもと》にある朝太郎の百姓家に着いた。

朝太郎は炉端《ろばた》でお留と茶を飲んでいた。

「お頭、ようやく戻りました」

「おう、平三郎、遅かったな。死んだかと思っていたぞ。上がれ……」

「北町のお奉行に半年の禁足をいただきまして、江戸を出られませんでした」

「そうか、それはご苦労だったな」

平三郎は草鞋《わらじ》を脱ぐと、足を拭いて炉端に座った。

「雨太郎さんをお助けできませんでした」

「会ったのか？」

「会いました。説得したのですが、浪人たちがおりまして……」

「うむ、そのことはお絹から聞いた。馬鹿《ばか》な奴だ。殺しをしたら自分も死ななければならないことぐらいわかっていたはずだ」

「説得できずに申し訳ございません」

「気にするな。お絹が助かっただけでもよかった。逃げてきた子分たちはみな足を洗った」

「はい、甲府で利八から聞きました」

「会ったか、どんな女房だった？」

「いい娘さんだと思います。利八には勿体ないかと……」

「そうか、それは良かった」

お留が黙って平三郎に茶を出した。その時、平三郎の声を聞いたお絹が奥から現れる。そのお絹を見て、平三郎は驚いてひっくり返りそうになった。

帯をしたお絹の腹が膨《ふく》らんでいたのだ。

「そういうことだ。覚えがあるだろうから驚くこともなかろう、戌《いぬ》の日に帯祝いをした。お前さんの子だそうだな？」

「お頭……」

お絹が平三郎を見てニッとうれしそうに微笑《ほほえ》んだ。

「お絹が好きでしたことだ……」

「申し訳ありません」

「いいんだ。お前さんの子なら武家の子だ」

お絹が平三郎の傍に来て座る。

「お帰り……」

「うむ、元気そうだな？」

「うん……」

お絹は平三郎に会いたくてたまらなかったのだ。

「丑松も足を洗った」

「はい、利八から聞きました」

「婆《ばあ》さんも喜んでいるよ」

「ええ、安心ですから……」

お留が眠そうな顔でニッと笑ってうなずいた。お留にも平穏な日々が訪れたのだ。朝太郎と平三郎の話を、お留とお絹が聞いている。

陽が暮れて、丑松が山の仕事から戻ってきた。

その日は夜遅くまで五人の話が続いた。

北町奉行所が飛猿《とびざる》と名付けた朝太郎一味は、ここに消滅した。それは朝太郎が望んだことでもある。

翌朝、朝太郎と平三郎が五郎山に登って行った。

この山に来ると、平三郎が仁科五郎信盛の家臣古谷《ふるや》平三郎元忠《もとただ》になる時だ。

「殿、戻ってまいりました」

武田征伐の織田信長に、武田家でただ一人戦いを挑んだ五郎盛信は、信長に敬意を払って名を五郎信盛と変え、わずか三千人の武田軍で、中将信忠軍五万に戦いを挑んだ。

だが、寡兵《かへい》ではいかんともしがたく、信盛は自刃《じじん》する。

その首は信長に送られ、京で晒《さら》されたのちに信盛の首は妙心寺《みょうしんじ》に入った。この五郎山には、伊那谷の民が織田軍からもらい受けた、首のない遺体が埋められた。

伊那谷の守り神になったのである。

その堂々たる武将の振る舞いを、伊那谷の民は愛し誇りにした。

二人は辺りを綺麗に清めてお詣《まい》りをする。

「江戸に戻るか？」

「はい、お浦が来月には子を産みます」

「そうか、偶《たま》にはここにお詣りに来て、お絹を抱いてやれ……」

「必ず戻ってまいります」

「お浦とお絹の二人では苦労するぞ」

「覚悟しております」

「お前さんに一つ頼みがある」

「なんなりと……」

「藤川《ふじかわ》宿のお喜久《きく》にこれを届けてもらいたい」

「承知しました」

「二百両だ。娘が十一歳になった。色気づいてくるころだ。いつでも嫁に出せるようにしておいてやらないとな……」

「もう十一ですか？」

「子どもはすぐ大きくなるものよ」

お喜久は朝太郎の妾《めかけ》で、二人の間にはお道《みち》という娘がいた。その二人を朝太郎は心配していた。

「遠回りになるが、東海道に廻ってみてくれるか？」

「わかりました」

「お喜久もお前にやりたいが、三人では無理か？」

「お頭、それればかりはご勘弁願います」

「お喜久はいい女だぞ」

「わかっております。しかし、この年では……」

「まだ、十年は大丈夫であろう」

「そうはいかないのが生身の体ですから……」

「そうだが、お前さんに預ければ安心してあっちに行ける」

「そのことであれば、わたしもすぐお頭の後を追いますので……」

「お浦とお絹を置いてか？」

「あの二人は心配ありません」

「そうか……」

朝太郎は二人の女の強さを知っている。納得してうなずいた。

「北町のお奉行と取引でもしたか？」

「いいえ、これでございます」

「煙管か？」

「ええ、これをお奉行は知っておりました。それでご放免に……」

「なるほど……」

「力を貸せと言われましたが、この年ですからと辞退いたしました」

「それで禁足か？」

「だと思います」

「お奉行も当てが外れたか？」

朝太郎がおもしろいというように笑う。

「二、三日ゆっくりしていけ、お絹がぐずると困るからな」

「そういたします」

「二人ともあの時に死に損なったな……」

「はい、一生の不覚でした。殿にいつも叱《しか》られているようで……」

「わしもお前さんと同じだ。人は早く死んだほうが勝ちかもしれんな？」

「ええ、人の心に残りますから……」

二人の年寄は、仁科五郎信盛と一緒に死ぬべきだったと思っている。だが、人の生き死にはそう易々《やすやす》と決められるものではない。

毎朝、二人はここに登ってきて愚痴《ぐち》っぽくいう。

お絹はなかなか平三郎を帰そうとせず、五日も一緒に過ごした。

それを見かねた朝太郎が、六日目には「お絹、そう駄々をこねるもんじゃない。平三郎を江戸に帰してやれ……」と叱った。

その夜、お絹は一緒に江戸に行くといって子どものように泣いた。平三郎が江戸に帰れば、半年も一年も戻ってこないと思っている。

そんなお絹を抱きしめて、必ず戻るからと説得した。

翌朝、丑松に三州道まで見送られて、平三郎は伊那谷を出発して、東海道の藤川宿に向かうことにした。

大きく遠回りして江戸に帰ることになる。

「丑松さん、お頭を頼みます」

「親父のことはまだ元気ですから大丈夫です」

「山に登れるうちは安心です」

「はい、時には一緒に登ります」

「それはいい……」

平三郎は丑松と別れると、三州道を一気に南下した。

第七章　お喜久《きく》とお道《みち》

東海道の岡崎宿《おかざきしゆく》の隣が藤川宿だ。

お喜久は宿場外れで、老いた母親と二人で小さな茶店をしていた。その茶店の前に平三郎が立った。

「小頭さん……」

「お喜久さん、元気ですかい？」

「はい、お陰さまで……」

「おじちゃん！」

「おう、お道ちゃんはわしを覚えているか？」

「うん、平三郎のおじちゃんでしょ？」

「そうだ。大きくなったね」

「うん、ずいぶんね……」

大人のような口を利いてニッと可愛《かわい》らしく笑う。そんな娘をお喜久が苦笑して見ている。

「どうぞ、中へ……」

「ちょっと邪魔をするか……」

茶店の中に入ると、老婆が小さく頭を下げた。

「おかんさん、元気ですかい？」

「お蔭《かげ》さんで達者にしています。お頭さんはお元気で？」

「高遠で元気にしている。その使いできたんだ」

「それは、それはご苦労さまです」

「お上がりください……」

お喜久が平三郎を座敷に上げた。朝太郎がいい女というように、やさしく静かなお喜久だった。笑顔のいい女だ。

「これをお頭から預かってきた。お道ちゃんの嫁入りに使うようにとのことだった。今、困っていることはないですか？」

「ええ、親子が食べていくには充分です」

「それは結構なことだ。女所帯だから戸締まりだけはしっかりして……」

「はい……」

「ここは幕府領だから悪い奴《やつ》も少ないか？」

「ええ……」

「旅籠《はたご》が少し増えたようだな？」

「ええ、まだ増えるという話です」

「なるほど……」

「おじちゃん……」

お道が顔を出した。人懐《ひとなつ》っこい子に育っている。

「なんだい？」

「おじちゃんはどこへ行くの？」

「これから江戸に行くんだ」

「江戸は遠い？」

「うん、江戸は箱根《はこね》の先だからずいぶん遠いな」

「そう、江戸には将軍さまがいるんでしょ？」

「ほう、よく知っているね」

「将軍さまは岡崎城の殿さまだったと聞いたの、ほんと？」

「本当だよ」

「やっぱり……」

納得した顔だ。

「おじちゃん、泊まっていく？」

「いや、まだ陽が高いからもう少し先の旅籠に泊まるつもりだ。吉田《よしだ》宿を知っているかい？」

「うん、御油《ごゆ》の先でしょ？」

「お道ちゃんは賢いね……」

「おじちゃん、泊まって行ってよ。お道に江戸のお話を聞かせて、いいでしょ？」

「江戸の話か？」

「うん……」

「小頭さん、そうしてください」

「お喜久さん……」

「お願いします」

寂しそうな顔が小さく微笑《ほほえ》んだ。

「お道ちゃんはおじちゃんと一緒に寝るかい？」

「うん……」

「じゃ、そうするか？」

「お道、おじちゃんを二階にね？」

「うん、おじちゃん、こっちだよ」

お道が小さな手で平三郎の手を引いて階段を上がって行く。その部屋は、お喜久とお道が寝起きしているところだ。わずかに白粉《おしろい》の匂いがした。

「おじちゃん、お話しして？」

平三郎を座らせると、お道が話を聞きたいとせがんだ。

「うむ、何から話そうか？」

「お道のとうちゃんのこと……」

お道は父親が誰なのか知らなかった。何度か自分を抱き上げてくれた朝太郎を、お爺《じい》ちゃんだと思っている。

朝太郎はお道が生まれた時、もう頭髪がだいぶ白くなった老人だった。お喜久は若く、十八ぐらいだったと平三郎は思っている。

お喜久とお道の存在を知っているのは小頭の平三郎だけで、朝太郎は、身内にも子分たちにも二人のことは話していない。あまりに年が離れていて、お絹などが知ったら、露骨に嫌な顔をするだろうと思われた。

「もう死んだの？」

「いや、お道ちゃんの父さんは、ここからだいぶ遠いのだが、高遠というところで元気にしている。何日も前だがおじちゃんが会ってきた。そこから山を越えて何日も歩いてきたんだ」

「ふーん……」

「その高遠には仁科五郎さまという立派なお武家さまがいて、そのお傍《そば》にいるから、お道ちゃんに会いたくても会いにこれないんだな。それでおじちゃんが代わりに来たんだよ」

「うん……」

お道が納得したように、真剣な顔が急にニッと笑った。母親に似た笑顔だ。これまで誰も教えてくれなかったことを、おじちゃんが明確に教えてくれた。

「いつか、お道に会いに来る？」

「そうだな、何年か先になるかもしれないが来ると思う。お道はどうしているかなっていつもいっているから……」

「うん！」

お道がうれしそうにうなずいた。だが、高遠とはどこなのかもわからない。ただ、相当に遠いところだということはわかった。

「お道ちゃんは元気だったと伝えるから……」

「うん！」

お道にとって父親は遠い人だったが、少し近くに感じられた。二人が話しているところにお喜久が茶を持って階段を上がってきた。

「お道はうれしそうだね？」

「うん……」

「おじちゃんのお話がおもしろいの？」

ニッと笑って意味ありげにお道が平三郎を見る。

「どんなお話？」

お道が小さな手で口を押えると、クックッと笑って平三郎に抱きついた。幼いお道がおじちゃんは自分のものだと主張しているようだ。

「どうぞ……」

お喜久が茶を差し出した。

人懐っこいお道だが、お喜久に抱きつくことも滅多にない。お道は幼な心に平三郎は信じていい人だとわかったのだ。

「いつも一人で遊んでいるから……」

「よくここまで育てられた。もう少しだな……」

「はい……」

お喜久は泣きそうな顔になる。お道を育てることだけが張り合いで生きてきた。その日、平三郎はお道に聞かれるまま色々なことを話した。

どんなことにも興味を持つ年ごろで、お道ははきはきと利発な子だった。そのお道を見ていると、この子は嫁に行くのが早いのではないかと思う。

人に好かれる子だ。

夕餉《ゆうげ》も一緒に食べ、片時も平三郎の傍から離れない。

寝るのも平三郎の傍で話を聞きながらトロトロと寝てしまう。そんなあどけないお道だが、ドキッとするほど大人の顔を見せることがあった。

その夜、階下に母親と寝ていたお喜久が枕を抱えて二階に上がってきた。平三郎は気配でお喜久だとわかる。

戸が開いて部屋に入ってくると、お道の反対側に横になった。

「小頭さん……」

「お喜久さん……」

「ごめんなさい。あの人が小頭さんならいいって……」

「お喜久さん……」

「お願いです。寂しいんだもの……」

お喜久は朝太郎と平三郎の正体は知っている。平三郎が武家だったことも、朝太郎が助けたことも知っていた。朝太郎はお喜久に何《な》んでも話し、万一の時は平三郎を頼れと言い聞かせていたのだ。

好きなら平三郎のものになれともいった。

大切な母子を、朝太郎は最も信頼する平三郎に託したのである。

「お喜久さん、わしは江戸に行くんだ……」

「はい、お浦さんのことは聞いています。小頭さんはお浦さんのものだと……」

「お喜久……」

「寂しいの、お願いです……」

そう度々会える小頭ではないが、朝太郎に好きなら小頭のものになれといわれ、急に平三郎を身近に感じ、数回しか会っていないが好きになった。

平三郎が店の前に立った時、この人しかいないと決心したのだ。

「一年に一度、二年に一度でいいから来て……」

「お喜久……」

「来るっていってください。生きられるから……」

老母と幼い娘を抱えてお喜久が苦労していると平三郎は思う。

「お喜久、必ず来る。来るから……」

「うん……」

平三郎は起き上がると、お喜久の華奢《きやしゃ》な腕を引いて抱き寄せた。遊び疲れて寝相のよくないお道が、明後日《あさって》の方に転がっている。

「辛《つら》いことになるかもしれないが？」

「ええ、覚悟はできています。江戸は遠いですから……」

お喜久は平三郎に抱きしめられながらそっと涙を拭いた。もう一人じゃないんだと思うとうれしさが込み上げてくる。

そんなお喜久に寂しい顔をされると、平三郎は出立できずに、ずるずると十日もお喜久と過ごしてしまった。とっくに江戸へ着いているころだ。

「お喜久、お浦が臨月《りんげつ》に入った」

「ええッ！」

お喜久が、平三郎に抱かれている最中に言われ仰天する。飛び起きようとするが平三郎に抑え込まれた。

「すぐ支度をしなければ？」

「そうだな……」

「動けないんです」

「押さえているからな」

「なんとかなりませんか？」

「もう、どうにもならないな……」

クックックとお喜久がお道のように喉《のど》で笑った。相変わらず、お道は髪を振り乱して明後日の方に転がっている。

「なんとかなるといいんですけど……」

「ならんな……」

何んとも珍妙な二人なのだ。お喜久が平三郎の首に腕を回して抱きしめる。

暗いうちからお喜久は大騒ぎだ。

平三郎を旅立たせないとどうにもならない。江戸のお浦が苦しんでいるかと思うと、お喜久の顔が青くなる。だが、引き留めたことを後悔はしていない。

それとこれとは別だ。

「お道、起きなさい。おじちゃんが江戸に帰りますよ！」

「ん、おじちゃんが、嫌だよう……」

寝ぼけのお道が渋々起きると機嫌が悪い。平三郎に抱きついて泣き出す。お喜久も別れるのは辛いが、一番辛いのはお道だ。

「お道、おじちゃんは江戸の将軍さまに呼ばれたんだから……」

「将軍さま？」

平三郎がお喜久の大嘘《うそ》に驚いてにらんだ。

この岡崎辺りでは、将軍の名が出ると泣く子も黙るのだ。何んといっても徳川家康の生まれたところだ。

「おじちゃん、江戸に行くの？」

「うん、大急ぎでな……」

お道が不機嫌に黙ってしまう。江戸の将軍さまはお道には神さまと同じだ。

旅立ちは大騒ぎだ。お喜久の老母も暗いうちから飯を炊《た》いて、大きなおにぎりを平三郎に持たせる。

「気をつけて……」

「うむ……」

お喜久が平三郎に抱きついた。

「ん！」

なんだという顔でお道がお喜久をにらむ。頭の中が混乱している。

「おじちゃん……」

「うむ、また来るから……」

平三郎がお道を抱き上げる。

「いつ来る？」

「それは将軍さまに聞かないとわからないな」

「そうか……」

「早く大きくなれ、母さんのいうことを聞きなさいよ」

「うん……」

「じゃ、行ってくるから！」

「うん！」

お道が道端に立って手を振り平三郎を見送った。急いで江戸に戻らないとお浦が子を産んでしまう。

平三郎は東海道を急ぎに急いだ。

ところが、雨が降って大井川《おおいがわ》が濁り金谷宿《かなや》で川留《ど》めになった。

三日間も金谷宿に泊まって川留めをにらむしかない。大井川を渡ると平三郎は急いだ。箱根では初めて山駕籠《かご》に乗った。

神田明神のお浦の茶屋に平三郎が戻ってきた時、お浦の陣痛が今にも始まりそうになっている。

「お浦、戻ったぞ！」

「お前さん、よかった……」

お浦が平三郎の手を握る。

「お頭は？」

「元気だった」

「そう、よかったね……」

「お絹に子ができていたよ」

「お絹ちゃんに？」

「うむ……」

「お前さんの？」

「うむ、そうだ……」

「良かった……」

お浦が平三郎の手を握りしめる。お喜久の存在をお浦は知らない。平三郎は何もいわなかった。

その夜遅くからお浦の陣痛が始まった。

平三郎は間一髪で神田明神まで戻ってきたことになる。明け方になって、お浦は女の子を産んだ。

第八章　狸穴坂《まみあなざか》

お浦のお産は安産だった。

平三郎は眠そうなお浦を見て安心するとひと眠りする。

昼前に目を覚ますと、フイッとお浦の茶屋を出て、神田明神にお詣りしてから呉服橋御門内の北町奉行所に向かった。

まだ昼前でお奉行が登城中だとわかっている。

長野半左衛門と面談した。

「戻ったか？」

半左衛門は平三郎を待っていたという口ぶりだ。

「朝太郎は元気だったか？」

「はい、高遠にて五郎信盛さまの墓守をしております」

「うむ、それはいい、お奉行も喜ばれるだろう」

「伊那谷の一味はすべて足を洗いましてございます。お奉行さまにそのようにお取次ぎ願います」

「わかった。ところで平三郎、これを知らないか？」

半左衛門が五寸ほどの千社札《せんじゃふだ》を平三郎の前に置いた。そこには赤不動《あかふどう》と銀の字があった。

「これは？」

「二日前、日本橋の酒問屋丹波屋《たんばや》助左衛門《すけざえもん》から八百両を持っていった賊が、金箱に残していった千社札というものらしい。この頃流行《はや》りの札のようだ。知っているか？」

「知っているというほどのことではございませんが、大阪から西国《さいごく》筋にかけて仕事をしている、赤不動の銀平《ぎんぺい》という名を耳にしたことがございます」

「赤不動の銀平？」

「決して荒っぽい殺しはせず、きれいな仕事だけで、千両以上は盗まないと聞いております。まだ若い男だということですが……」

「やはり、一味を作っているのか？」

「おそらく一人ではないと思います。京、大阪など西国筋は古くから盗賊の多いところで、近頃は江戸に足を向けていると聞いております」

「それは厄介《やっかい》な話だ。江戸には小判が集まるからな？」

「はい、小判の匂いを嗅《か》ぎつけます」

「この赤不動を捕らえられないか、奉行所にはこの札の他に手掛かりがない。何か心当たりはないか？」

「急には……」

その時平三郎は、金平なら何か手掛かりを持っているかと思った。だが、奉行所に追われて甲州街道を逃げ、平三郎に説得されて伊勢に身を隠した。

「何か思い当たることがありましたら、お知らせに上がります」

平三郎がそう半左衛門に言って奉行所を出たところに、下城したお奉行の行列が戻ってきた。三十人ほどの供揃《ともぞろ》えだ。

この供揃えは幕府の決まりで、勝手に十人にしたり五十人にしたりすることはできない。大名や旗本にはその石高《こくだか》によって格式というものが決められていた。

勝手なことが許されないのが武家である。

平三郎は奉行所の外で頭を下げた。その前にお奉行が馬を止める。

「戻ってきたか？」

「はい、昨日、戻りましてございます」

「そうか、赤い札を見たか？」

「はい、長野さまから話を伺いましてございます」

「うむ、例の兼元《かねもと》と煙管《キセル》を見せにまいれ……」

「はッ……」

お奉行が力を貸せと言っている。平三郎はお奉行からもう逃げられないと思った。勘兵衛は奉行所に入り、平三郎は日本橋吉原に向かった。

吉原に行く前に、半左衛門がいった日本橋の酒問屋、丹波屋助左衛門の大店《おおだな》に廻ってみた。何も変わることなく商売をしている。

「大店だ。いいところを狙ったものだ。やはり金平の仕業《しわざ》か……」

銀平のような名の知れた盗賊は、金平のような信用できる者しか使わない。金平も京、大阪を仕事場にしてきた男だ。つながりは充分に考えられる。

平三郎は吉原の口開けに間に合わせて、広い吉原をウロウロしながら、入舟楼の前で、忘八の文六に「奉行所の者だ」と言って、「君華のところに上がりたい」と便宜《べんぎ》を図《はか》らせた。

「お見掛けいたしませんが？」

「お奉行の密偵《みってい》だ。わしのことは忘れろ……」

「へい……」

平三郎の貫禄《かんろく》に押されて、文六は入舟楼の便宜を図った。まるっきりの嘘をいったわけではない。すぐ二階の君華の部屋に案内される。

人払いされ、二人だけの密談になった。

「わしのことを奉行所の者と聞いたか？」

「はい……」

「嘘だ。お前さんに会うための方便だ。君華さんだね？」

「ええ、そうですけど……」

「わしは金平さんとは古い仕事仲間でな。つい数日前、甲州街道の笹子峠の矢立ての杉で、ばったり金平さんと出会って、お前さんのことをあれこれと聞いたんだ」

「金平さんが？」

「お前さんを嫁にすると約束したそうだな？」

「ええ……」

君華が小さくうなずいて薄く微笑んだ。

「お前さんの年季が明けるのを、伊勢の三瀬というところで待つそうだ」

「伊勢？」

「そうだ。三瀬というところには金平さんの主人がおられる。なかなか江戸に出られなくなるだろうから、お前さんに会って伝えてくれということだった」

「まあ……」

「ありゃ、本気でお前さんに惚《ほ》れているな。どうするかね、四、五年で年季が明けると言っていたが伊勢まで行くかい？」

「本当にしていいいんでしょうか？」

「いいもなにも、金平さんは首を長くして待っているんだ。お前さんの気持ち次第だよ。確かに伝えたからね。伊勢の三瀬というところだ」

「あのう……」

「なんだね？」

「もうお帰りに？」

「用が済めば退散するのがわしの流儀でな。気を悪くしないでおくれ、お前さんのようないい女はこの年では扱いかねるでな……」

「そんな……」

君華が恥ずかしそうにうつむいた。この人は信用できると思った。

「なにか話でもあるのか、足抜け以外のことならなんでも聞いてあげるよ」

「ええ……」

なにか大切なことを話したいのだと平三郎は見た。

「今夜、お泊まりを？」

「君華さん、実はな、わしの女房殿が昨夜、女の子を産んだのだ」

「まあ……」

濃い化粧《けしょう》の顔が仰天して平三郎をみつめている。

「わしの恋女房でな。昨日、旅から帰ったばかりで、ギリギリお産に間に合った
という頓馬《とんま》な話でな……」

「そんな時に、わたしのために知らせにいらっしゃってくださったのですか？」

「金平さんの大切な言付けだからな……」

君華が両手で顔を覆って泣いた。

「きれいな化粧が崩れてしまう、泣いたりしちゃいけねえ……」

「だって……」

「泣かない、泣かない、ここは泣くところじゃねえ、笑っておくんなさい」

「うん……」

君華は一遍《いっぺん》で平三郎を好きになった。帰したくないと思う。そんな気持ちにさせる客は滅多にいない。

「もう、お会いできませんか？」

「そうだな。こういうところに世話になることはないと思うが……」

「お願いです。半年に一度、一年に一度でいいですから、お顔を見せていただけませんか。この通りです」

君華が両手を合わせた。

「困りましたな……」

手練手管の遊女でも本気になることはある。ここで、この人を帰したら二度と会えなくなる。この人を手放したら後悔することになると君華は直感で思った。

「お前さん、何か話したいことがあるんじゃないのかい？」

「はい、もう一度、おいでになってください。一生のお願いです」

君華は色恋を抜きに、傍にいて欲しい人だと思う。苦界《くがい》の女が頼れる男はそういるものではない。

「わかりました。そう遠くないうちにまた来ましょう」

「ごめんなさい。わがままを言って……」

「気にしなくていい、それじゃ、今日はこれで……」

平三郎は君華との密談が終わると部屋を出た。まだ、客のあまり入っていない遊郭《ゆうかく》は静かだ。入舟楼の入り口に忘八が立っている。

「名を聞いておこうか？」

「へい、文六と申しやす……」

「文六か、覚えておこう。また来る。頼むぞ……」

「へい、あのう、お名前は？」

「わしの名か、そうだな。伊那谷の猿《さる》と覚えておけ、お奉行にはそれでわかる」

「伊那谷の猿？」

「そうだ。銀煙管の猿でもいい。それじゃな……」

平三郎は吉原を出た。

「伊那谷の猿とか銀煙管の猿とか、盗賊のような名前だな。お奉行さまの隠密は何が何んだかわからねえ。それにしても、君華が何んであんなお武家とかかわりがあるんだ。抱いたとも思えねえが……」

文六は、考えてもどうにもならない頭をひねりながら入舟楼に消えた。

夜になって平三郎は、神田明神のお浦の茶屋に戻った。

「遅かったね？」

「うん、お長は元気か？」

「乳を飲むからすぐ大きくなりますよ」

「そうか、ちょっと吉原に行ってきた……」

「ええ！」

お浦は平三郎に驚かされっぱなしだ。お産の日に帰ってきたかと思うと、いきなり吉原に行ってきたという。

「いい人でもできたの？」

「お前よりいい女がいるのか？」

「まあ……」

「金平という男を知っているか？」

「金平、そんな人知らないけど……」

「そうか、この男は仕事先を調べて盗賊に売る商売をしている」

「そういうことをする人がいるとは、前に聞いたことがありますけど……」

「わしも一度買ったことがある。その男と笹子峠で出会ったのだ」

平三郎が金平との経緯を話した。

「その君華さんがいい人になるの?」

「まだわからないな」

「悋気《りんき》なんかしないから……」

「そうか、だが早く、お長に弟か妹を作らないとな」

「うん、そうなんです。お願いします」

お浦が平三郎の腕をつかんで引きずり込もうとする。

「子を産んだ後はすぐできるっていうから、お願い……」

「わかった、わかった……」

お浦に火がついてしまう。何んとも元気のいいお浦なのだ。

お産が難産でうまくいかなかったり、産褥熱《さんじょくねつ》に侵《おか》されたり、結構、あれこれと難しいのだが、お浦は前のお長を産んだ時も安産だった。

お産で母子のどちらかが亡くなることが少なくない。

両方が亡くなることも珍しくなかった。

流行《はや》り病が広がったりすると、もっとひどいことになる。

江戸はそういうことで亡くなる人が非常に多く、宗派を問わず大小の寺が続々と建立《こんりゅう》されている。町人地は狭く、いつも人々が混雑していた。

武家地は上屋敷や下屋敷など、広大な土地を独占していて、武家地が五に対し町人地は一だった。それに対して人口は武家と町人が半々である。

その頃、奉行所では赤不動の手掛かりを探そうと動いていた。

だが、その痕跡はどこにもない。

江戸を出たのか、それともまだ江戸にいるのかすらもわからない。

わかっているのは、平三郎が半左衛門に話した銀平という名と、京、大阪から西国筋で仕事をしていたということだけだ。

その銀平はまだ江戸にいて、もうひと仕事しようとしていた。

赤不動一味が巣を作っていたのは麻布村狸穴《あざぶむらまみあな》だった。なんとも奇妙な名でまみあなというが狸《たぬき》の巣のことである。

むじなというと雄《おす》狸、まみというと雌《めす》狸のことになり、狸穴は正しくは雌狸穴と書かれていたが、いつの頃からか狸穴となった。

江戸にはこういう珍妙な地名が多い。

狸穴を筆頭に麻布、牛込《うしごめ》、品川、角筈、浅草、雑司が谷、湯島、蛎殻《かきがら》などなど、どうしてそんな名がついたのかと不思議だ。

そもそも武蔵とか江戸というのも珍妙だが、江戸は江が入江のこと戸が川の河口のことと聞くと、なるほどと安心する。

この名を発案した人は賢く粋だと思う。

近頃は丁目というのが大流行で、昔の粋な町名を消して○○五丁目などと、無《ぶ》粋《すい》、無能、無味乾燥、言語道断、笑止千万と古《いにしえ》の人々は笑うだろう。人の知能とは、情けなくも後退することがあるようだ。

狸穴、角筈、蛎殻など何んと美しい、粋で、陽気で、笑顔の名であることか、愚か者たちには、この先人たちの息づかいがまるでわかっていない。

自分こそ万能という振る舞いはいけないことである。歴史を学ばない民族は滅ぶという言い伝えがあるそうだ。

麻布台から古川《ふるかわ》こと渋谷川《しぶやがわ》に下りて行く坂を狸穴坂という。

ちなみに渋谷村の渋は赤茶色、谷は谷で赤茶色の谷という美しい名である。江戸は台という高台と谷という低地が交互にある地形で、谷のつく地名が実に多い。

赤不動一味は、狸穴坂の途中の百姓家に巣を作っていた。一味の数は、銀平を入れて五人の小さな一味だった。

銀平は用心深い男で、日本橋の裏店で数珠《じゆず》や経文《きようもん》を売る小店をもう一つの隠れ家にしていた。

常日頃は狸穴にいて、仕事の時だけ隠れ家を足場に使った。

店の老夫婦は一味ではなく銀平の遠縁の者で、老人は既《すで》に耳が聞こえなかった。その老人の名は乙松《おとまつ》という。

乙松は老人といってもまだ六十がらみだ。

だが、江戸では四十を過ぎると隠居する者が少なくない。

商売がうまくいって小判が貯《た》まると、二十過ぎの息子に身代を譲って、手頃な仕舞屋《しもたや》を買い、好き者を気取って、小粋な作りに改築して住んだりする。

大店の隠居ともなると大掛かりで、大川を渡った辺りに、洒落《しやれ》た別邸を作り、使用人も置いて優雅に暮らしたりする。

身代の大きさ次第だが、寂しくなって若い後家さんなどをもらったりすると、大名、旗本と似たお家騒動が勃発《ぼつぱつ》する。訴えが出ると、町奉行の勘兵衛の頭が痛むことになる。

乙松はそんな贅沢《ぜいたく》のできる小判は持っていない。

楽しみと言えば、銭のかからない魚釣りと囲碁《いご》ぐらいなものだ。

近所に無類の囲碁好きの親父がいて、三日にあげずに「乙松さん、暇じゃねえか？」と訪ねてくる。

耳は聞こえないが、碁仇《ごがたき》の顔を見ればニコニコだ。

「上がれ、上がれ……」

指《さ》しかけの碁盤を縁側に持ってくる。耳が聞こえないから喧嘩《けんか》になることもない。

「この石を待ってくれないか？」

「なにッ！」

「この石だよ……」

「なにッ、そこはいいところだろ？」

「だからさあ、その石をどけてほしいんだが、聞こえないんじゃ仕方ないか……」

あきらめるのが常で喧嘩にならない。

なんとも暢気《のんき》な碁で、四半刻（約三〇分）も考えて寝てしまったりする。そんな乙松が、道三河岸《どうさんがし》に釣りに出掛けた。

舟着き場の桟橋《さんばし》に座って糸を垂《た》らす。

この辺りは川と海の水が混ざり合う辺りで、結構な小魚が良く釣れた。

乙松は、婆《ばあ》さんと夕餉で食べる分があれば充分で、四半刻も糸を垂れていれば数匹は必ず手に入った。

偶《たま》には大物が釣れたりすることもある。そんな時は大威張りで婆さんのところに持って行く。煮たり焼いたり大騒ぎになり、婆さんと酒を飲んだりする。

「おーいッ、爺さんッ、目の前に土左衛門《どざえもん》が浮かんでいるぞッ！」

河岸の上から男が怒鳴った。だが、乙松には聞こえない。

「あの野郎、土手の上で踊っていやがる……」

乙松にはそう見える。

男の叫び声に野次馬《やじうま》が集まり出すと、見かねたように若い男が下りてきて、岸辺の枯《か》れた葦《あし》の傍から土左衛門を引き上げた。

「ゲッ、ど、土左衛門だ！」

乙松はびっくり仰天。この河岸には遺骸《いがい》が浮くことを乙松は知っていたが、目《ま》の当たりにするのは初めてだった。釣った魚を川に捨ててしまう。

そこに見廻りの朝比奈市兵衛と大場雪之丞が河岸を下りてきた。

「男だな？」

「見つけたのは爺さんか？」

雪之丞は仏具屋の乙松を知っている。耳が聞こえないこともわかっていた。

「爺さんはいつもの釣りだな？」

雪之丞が釣竿《つりざお》を振る真似《まね》をした。

「さっきまで、そこで釣りをしていたんだが気づかなかった。土左衛門はあの上から見えたようだな？」

「そうか、土手の上の者が見つけたんだな？」

聞こえていないのに乙松がコクッとうなずいた。

「爺さん耳が聞こえないのか？」

「このところ、まったく聞こえないと婆さんがぼやいていました」

「耳が聞こえなくなるのは長生きするということらしいな？」

「ええ……」

市兵衛と雪之丞も暢気だ。

「ん、首を絞《し》められたのか？」

「これは縄のようです」

二人が土左衛門の顔を覗《のぞ》き込んでいる。

「見かけない顔だが、水が冷たいからきれいな土左衛門だ。川から来たな？」

「ええ……」

「首を絞められてから川に放り込まれたというところか？」

「間違いないかと思います」

「この仏さんが殺されたのは昨夜だな？」

「手掛かりになるものは……」

　雪之丞が調べたが、特徴になる痣《あざ》や黒子《ほくろ》、刺青《いれずみ》の類《たぐい》はどこにもない。着物は古着屋に行けばいくらでも吊《つ》り下がっている安物だ。お店者であれば、見栄えを気にしてもう少しいい着物を着ている。

「手はきれいだ。職人ではないな？」

「ふらふらしている若い奴だ。殺されるようでは相当な悪ということになるだろう」

「ええ……」

　二人が話しているところに幾松と寅吉が現れた。

　遺骸に筵《むしろ》がかけられて野次馬に見えないようにする。

「殺しでござんすね？」

「うむ、顔に見覚えはないか？」

「平川から来た仏さんでしょうか？」

「そう遠くから来た者じゃなかろう。傷のないきれいな仏だ……」

「あっしはこれで……」

「おう、爺さん、まだいたのか、帰っていいぜ！」

「へい……」

耳の聞こえない乙松が釣竿を担いで河岸の上に歩いて行った。

第九章　切　腹

暮れが押し詰まって、強烈な北風が吹き荒れた日、赤不動の銀平は、狸穴坂を上って麻布台に姿を現した。

ひどく寒い風で、夜が明けたばかりの坂の上にも下にも人影はない。

「嫌に冷えてきやがったぜ、雪でも降ったら難儀なことだ……」

ブツブツ言いながら、麻布台から六本木《ろっぽんぎ》の武家屋敷の前を通過、青山《あおやま》に出て千《せん》駄《だ》ケ谷《や》から内藤新宿に行って角筈村に入った。

「殿さまに叱られるな……」

道端に立ち止まると強風に吹き飛ばされそうになる。

「首を出せッ、叩《たた》き斬《き》ってくれるッ！」

「殿さまッ、ご勘弁をッ！」

「黙れ、黙れッ、そこへなおれッ！」

「カーッ、嫌だな……」

大風の中で埃《ほこり》に煽《あお》られながら、一人芝居のようにぺこぺこと謝ったりする。風が強く、どこの家も雨戸を閉じて静かなものだ。

銀平の足が渋々、カッカッカッと片足で前に進む。なんとも妙な男だ。

誰も見ていないからいいようなものの、狂人に間違われそうな強風の中の踊りだ。街道を走ってきた風が、塵《ちり》や埃をブアーッと噴き上げる。

「ご免ください……」

銀平が大橋十兵衛の百姓家に入ると、十兵衛とお里が遅い朝餉を取っていた。

「銀平ッ、またやったなッ？」

「殿さま……」

「黙れ、黙れッ、そこへなおれッ、飯が終わったら腹ごなしにその首を斬るッ！」

十兵衛の怒りに、杓文字《しやもじ》を持っておたかが震えている。

「飯ッ！」

「は、はいッ！」

銀平が土間に座ってうな垂れている。

「わしがあれほど盗みをするなといったのがわからなかったかッ！」

十兵衛の口からご飯粒が飛んだ。カンカンに怒っている。

「もうしませんッ、しませんから……」

「遅いッ！」

「ご勘弁を……」

「許さんッ！」

膳《ぜん》に茶碗《ちゃわん》を置くと、中のご飯が飛んだ。おたかが慌《あわ》てて膳を引いて、蹴飛《けと》ばせないようにする。

手を伸ばして、十兵衛が後ろの刀架《とうか》の太刀《たち》を握った。

銀平が逃げようとする。

「動くなッ！」

十兵衛がいきなり刀を抜くと、お里がその足にしがみついた。

「殿さまッ！」

「お里ッ、放せッ！」

「嫌ですッ！」

「放せと言っているのだッ！」

お里は首を振って放さない。銀平はお里の兄なのだ。大橋家の家臣である。二人の親は津軽で亡くなっていた。

あまりの修羅場《しゅらば》に、おたかは壁に張りついて震えている。

お里には金平と銀平という兄二人がいた。身分の低い小者だが、北川《きたがわ》という立派な姓を持っている。

大橋家と運命を共にした忠臣だった。

「他の四人はッ！」

「狸穴に隠れております……」

「馬鹿者ッ、今日中に江戸を出ろッ！」

十兵衛は、金平と銀平には、絶対に盗みをするなといってきたが、小さい頃からの悪癖《あくへき》は治らなかった。京や大阪にいたのだが、遂《つい》に江戸でもやってしまった。

北町奉行米津勘兵衛に対する十兵衛の面目《めんぼく》が丸つぶれになってしまった。

銀平はあまりの十兵衛の怒りに角筈村を飛び出すと、北からの強風に押されて狸穴に走って戻った。

「伊勢に逃げるぞ。大橋の殿さまに殺されるッ！」

「殿さまに？」

「ひどいお怒りで、斬られそうになった。八百両を殿さまに渡して伊勢へ逃げる！」

「承知、殿さまに知れちまったか？」

「しょうがねえ……」

「仕事は上方《かみがた》ですればいい……」

「馬鹿野郎、殿さまはその仕事が駄目だと言っているんだ！」

「そんなこと言ったっておめえ、食えねえだろう……」

「これまでのがあるだろ？」

「そりゃ小判はあるけど、仕事がねえと寂しかろう」

「てめえ、殿さまにぶった斬られてもいいのか。ぐずぐず言ってんじゃねえ、お前ら三人は東海道を行け、おめえはおれと甲州街道だ。もたもたしてんじゃねえぞ！」

日本橋の酒問屋丹波屋助左衛門から奪った八百両を持ち、銀平は角筈村の十兵衛の百姓家に子分と二人で走った。三人は東海道を西に逃げ、狸穴の隠れ家は捨てる。

銀平は八百両を角筈村のお里にあずけて、甲州街道を下諏訪に向かった。中山道に出て遠回りだが、岐阜《ぎふ》から伊勢に向かうつもりだ。

「逃げるが勝ちだ……」

「殿さまがにらんでいたぜ……」

「仕方あるめえ、もたもたしていると胴から首が離れる。こういう時は投げ出して逃げるに限るよ」

「頭《かしら》は逃げ足も速い……」

「馬鹿野郎、洒落《しゃ》てんじゃねえ、八百両を置いてきたんだぞ！」

「本当に仕事を止めるんで？」

「そこが難しいところでな、コソ泥《どろ》にでもなるか？」

「それはいいやお頭、一人ずつバラバラで仕事をすれば、楽しめますぜ……」

盗癖という治らない病持ちで、懲《こ》りない二人は、十兵衛に挨拶もしないで逃げたのだ。

「こんなものを置いていったんですけど……」

お里が袋に入った八百両を、縁側から部屋の中に引きずった。

八百両は女が持ち上げるには重い。

「小判は何枚だ？」

「八百両だそうです」

「数えてみろ……」

「はい……」

お里が袋から小判を出して数えると、慶長小判が八百枚きっちりあった。

「お里、その小判は奉行所に返す。袋に戻してここに持って来い」

十兵衛は奉行所に行く決心をした。

「明日の朝おたかが来たら、野菜を入れてくる籠《かご》を借りてくれるか。あれで背負って行けば楽そうだ」

「はい……」

「物を盗む癖《くせ》は治らないようだな……」

「はい、あたしはもうしませんから……」

「うむ、そうしてくれ、それにな、そなたは兄たちの後を追って先に伊勢に帰れ。貞三と息子に伊勢まで送らせる。支度をしておくように、わしはここを引き払ってすぐ後を追おう」

「殿さま……」

「この小判を返却しても、江戸にいることはできない。わかるな?」

「はい……」

「悪事を働けば責任を取らなければならない」

十兵衛は、お里も江戸を出るように命じた。

翌早朝、十兵衛はお里に支度を命じると、おたかの野菜籠を借りて中に筵を敷き、その中に八百両を入れて背負った。

「殿さま、そんな恰好《かっこう》で江戸に行くのかい?」

「どうだ。おたか、似合うか?」

「お武家さまには似合わねえ……」

「そうか、貞三と息子にお里を伊勢まで連れて行ってもらう。旅の支度をしておいてくれ……」

「伊勢まで?」

「そうだ。今は田畑の仕事もあるまい?」

「そうだけど伊勢までか……」

「支度を頼んだぞ」

お里とおたかにいいつけて北町奉行所に向かった。白く夜が明けている。角筈村から奉行所までは二里ほどだ。

十兵衛は奉行所に着くと、砂利敷《じゃりじき》に入って座った。

登城の支度をした勘兵衛と半左衛門が、なにごとかと公事場《くじば》に出てくる。

「お忙しいところを恐れ入ります」

砂利敷の筵に籠から出した袋を置いた。

「大橋殿、そこでは話ができない。こちらへお上がり願いたい」

「それがしは罪人としてまかり越しましてございます。なにとぞこのままで。ここにありますのはそれがしの家臣が、日本橋の酒問屋を襲って奪いました八百両にございます。返却して許されることではなく、家臣のしたことは主人の罪にございます」

「大橋殿……」

「お奉行さま、誠に申し訳ございません。家臣は既に伊勢に逃げましてございます」

勘兵衛と半左衛門が戸惑っている。

「大橋殿、こちらへ上がっていただきたい」

「お許しを願います」

縁側に上がることを十兵衛が拒《こば》んだ。すると勘兵衛が席を立って、裃《かみしも》を着たまま砂利敷に下りてきた。

「お奉行さま、そのようなことはご容赦《ようしゃ》を……」

「大橋殿は武家でおられますので、このようにさせていただきます」

勘兵衛が砂利敷の筵に片膝を突いて手を上げるよう促した。

「悪事を働いた家臣は既に家臣にあらず。このことでは大橋殿に責任はござらぬ。お手を上げていただきたい」

勘兵衛は十兵衛が腹を斬るのではないかと思った。そのために別れに来たと考えた。それは思いとどまってほしい。

「ご迷惑をおかけいたしました。なにとぞこれをお納め願いたい」

「承知いたしました。この八百両はお預かりしましょう」

「江戸での悪事はこの一件だけでございます。それ以外のことは不徳ながら、それがしは知らないのです」

「わかっております」

「金平と銀平は兄弟です。処分いたしますのでお許しいただきたい」

「大橋殿、人を殺《あや》めたわけではありません。悪事から足を洗ってもらいたいだけでござる」

「承知いたしました」

勘兵衛は、十兵衛が家臣の悪事の責任を取って腹を斬る覚悟だとわかった。その覚悟を止めることはできないとも思う。

武家の覚悟とはそういうことなのだ。

「これから登城して昼には戻ってきます。大橋殿には一献差し上げたいのでお待ちいただきたいのだが？」

「お奉行さま、それがしはお奉行さまの盃《さかずき》をいただくことはできません。なにとぞ、お許しだけを頂戴いたしたく存じます」

「大橋殿、罪に問う考えはありません」

「有り難《がた》く存じます」

南朝の名門北畠家の家臣として、十兵衛はその振る舞いを間違いたくない。

「誠に有り難く、御礼申し上げます。登城前にお騒がせをいたしました。これにて失礼を申し上げます」

大橋十兵衛は勘兵衛に平伏すると、空の野菜籠を持って砂利敷から出た。

「お奉行……」

「うむ、大橋殿は腹を斬る覚悟のようだ」

「止めることはできませんか？」

「難しいな。家臣とはいえ、あちこちで悪事を働いているのだ。和助や平三郎がいったように、京や大阪など西国筋でな。二人の盗癖は治らないと見たのだろう」

「没落した主家の傍に、最後までいた忠臣ではないかと思いますが？」

「そうだな。名門北畠家だから、何代も前からの主従なのであろう。それだけに大橋殿は責任を感じておられるのだ」

勘兵衛はそう言い残して奥に引っ込んだ。

大橋十兵衛の切腹は残念だが止められない。流罪《るざい》先の勘十郎の消息を知らせてくれたなかなかの人物だった。

一期一会といえばそれまでだが、むざむざとは死なせたくないと思う。だが、止める手立てがない。武家としてすべての責任を取る覚悟では、如何《いかん》ともしがたい。

登城しなければならない刻限で、喜与が心配していた。

文左衛門は既に供揃えが済んで、勘兵衛が出てくるのを遅いと思いながら大玄関で待っていた。

半左衛門は、砂利敷の筵に残された八百両の袋をぼんやり見ている。

その時、フッと思い当たって、砂利敷にいた村上金之助《むらかみきんのすけ》に八百両の袋を持ってこさせると、青木藤九郎を呼んで来てくれと命じた。

奉行所を出た十兵衛は、空の野菜籠を背負って角筈村に向かっていた。

「もうすぐ正月か……」

十兵衛は伊勢に帰ることはもう考えていなかった。あの日、信長の織田軍に追い詰められて、千代松丸を抱いて逃げた日のことを思い出す。

その千代松丸はもういない。

使命は終わった。

波乱の六十年ではあったが、父の命令を全《まつと》うした一生だった。

武家として決して不実な生き方はしてこなかった。

だが、家臣の振る舞いには大きな責任がある。重大な罪を犯している以上、その責任は主人が取らなければならない。

「少しばかり、長く生きすぎたようだ……」

十兵衛は津軽で死に損なったと思う。千代松丸こと北畠昌教《まさのり》が死去した時、腹を斬ろうかと思ったが、その時は思い止《とど》まったのだ。

「死ぬ時を誤るとこういうことになる……」

苦笑して、今にも雪が降り出しそうな重い空を見上げた。

十兵衛が角筈村に戻った時、もうお里たちは旅立って姿は見えなかった。腑抜《ふぬ》けのようにおたかが縁側にぼんやり座っている。

「殿さま……」

「一人か？」

「うん、行っちまった。殿さまの顔を見ると行きたくなくなるとさ……」

「そうか……」

「辛いよ殿さま……」

「おたか、人はいつか必ず別れなければならないのだ」

「そうだけどさ、お里さん寂しそうだったよ。何度も何度も振り返って……」

「見送ってくれてありがとう」

十兵衛は野菜籠をおたかに返すと、並んで縁側に座った。

「伊勢までは何日かかるんだい？」

「女の足だから十二、三日というところかな。途中に箱根山と大井川という難所がある」

「それ聞いたことあるよ」

「一ケ月もしないで貞三と息子は戻ってくるだろう」

「それは心配していねえが、お里さんが可哀《かわい》そうでさ、もう殿さまと会えないようなことを言うんだもの……」

「そうだったか……」

「殿さまはいつ発《た》つんだい？」

「そうだな。今夜には発とうかと思っている。おたかには世話になった……」

「今夜か？」

「うむ……」

「それなら、すぐお里さんに追いつくよ」

「そうだな……」

百姓家の周りの雑木林がさわさわと北風に騒いでいた。武蔵野は水の豊富な豊《ほう》饒《じょう》の大地である。すべてが冬枯れて、まだ春の息吹は感じられない。

だが、もうすぐ年が明ける。

「旅の支度をしなければ？」

「いいんだ。持って行くものは何一つないのだから……」

「そうだけど、飯ぐらいはいっぱい食って行け！」

「ありがとう。この旅は腹が空いている方がいいんだよ。心配してくれて有り難いが、どこかで腹ごしらえをするから……」

「にぎり飯ぐらいは持って行きなよ」

「そうだね……」

「もうすぐ正月だ。箱根を越えた辺りかな？」

「もう少し先だろう。七日目だと、どこかの川の辺りだなきっと……」

「そうか。寂しくなっちまうねえ……」

「後のことはすべておたかに任せるから……」

「うん、わかった」

家に戻ったおたかが、夕方になると竹の皮ににぎり飯を三つ包んで持ってきた。

「ありがとう。旅立つのは明日の朝だ。見送らなくてもいいから……」

「そうはいかないよ、殿さま……」

「そうか……」

十兵衛がニッと微笑んだ。どこまでも人のいいおたかだ。

そのおたかがあれこれ世話を焼いて帰ると、十兵衛は死出の旅路への支度を始めた。文机《ふづくえ》で書状を二通したため、おたかに御礼の小判を数枚紙に包んだ。

十兵衛にとって最も大切なものは、曽祖父が北畠家から拝領した短刀である。家代々の家宝であった。

それは粟田口藤四郎吉光《あわたぐちとうしろうよしみつ》という鎌倉期の名刀中の名刀だ。

信長や秀吉や家康が欲しがった刀で、そのため本能寺の変や大阪の陣などの戦火に焼かれたものが多いという。

焼身の藤四郎吉光でも焼き直されて名刀となった。

それほどの刀だった。

短刀の藤四郎ともいわれるほどだ。

その短刀の行き場所を十兵衛は米津勘兵衛に託した。

おたかのにぎり飯と太刀と短刀と脇差、それに紙に包んだ小判を文机に並べて置いた。これが十兵衛の持ち物のすべてである。書状を傍に置いた。

「父上、ここまででございます」

十兵衛は立ち上がると、着替えを持って庭の井戸に向かった。風が冷たい。わずかに白いものが落ちてきた。

「雪だな。積もるかもしれない……」

井戸の水を汲《く》むと、十兵衛は裸になってその水をかぶった。その冷たさが生きている証《あかし》だと思う。二度、三度と水をかぶり、下帯からすべてを着替えてさっぱりとした。

それを物陰から見ている者がいた。

雪まじりの風が人の気配を消している。

座敷に戻った十兵衛は、文机の前に座ると目を瞑《つむ》った。明鏡止水《めいきょうしすい》、今生《こんじょう》に思い残すことは何一つない。

南朝の誇り高き武士の最期《さいご》である。

十兵衛は短刀を使うのをやめて脇差を握った。

その脇差を抜くと鞘《さや》を文机に置いて、懐紙《かいし》で脇差の刀身を巻いて滑らないようにし、左脇腹に当てると一気に突き刺して右に引いた。

そのうめき声を聞いた藤九郎が縁側に飛び乗ると戸を開けた。

「大橋殿ッ！」

風が座敷に入ってジリッと灯が消えそうになった。藤九郎が戸を閉めた。

「大橋殿ッ、介錯《かいしやく》をッ！」

介錯のない切腹は苦しむことになる。

「大橋殿ッ！」

「む、無用でござる。このままで……」

十兵衛はギリギリと腹に突き刺した脇差を右に引いた。藤九郎は見守るしかない。

「大橋殿……」

「むようでござる……」

脇差を右脇腹まで引いて上に斬り上げた。十文字の腹切りだがまだ死にきれない。脇差を腹から抜くと切っ先を左の首筋に当てて一気に斬った。

血飛沫《ちしぶき》が飛んで十兵衛が前のめりに突っ伏した。それでもしばらく生きていた。

武家らしい壮絶で見事な切腹だった。

「大橋殿ッ！」

「うう……」

小さくうなずいてこと切れた。

第十章　赤不動《あかふどう》の銀平《ぎんぺい》

甲州街道を逃げていた銀平が、一人で江戸に向かっている。

銀平が逃げるのを、何もいわずに見ていた十兵衛を思い出し、戻ろうと決心して踵《きびす》を返した。子分はそのまま伊勢に向かわせた。

逃げたのはいいが、気持ちの晴れない嫌な予感がしたのだ。

藤九郎はおたかと十兵衛の切腹の後始末をすると、勘兵衛への書状と藤四郎吉光を持って昼過ぎに奉行所へ戻ってきた。

「どうであった？」

「やはり、腹を斬りました」

「そうか、城からお奉行が戻っている」

半左衛門は駄目だったかとがっかりだ。藤九郎は半左衛門と勘兵衛の部屋に入ると、十兵衛からの書状と藤四郎吉光を差し出した。

書状には十兵衛の血飛沫《ちしぶき》が飛んでいた。

「逝ったか？」

「はい、介錯を断り、見事な切腹にございました」

「そうか……」

勘兵衛が書状に一礼してから開いた。それを一読すると傍の喜与に渡し、喜与から藤九郎に回り、半左衛門に回っていった。

その間、沈黙が続いた。

「お奉行……」

「うむ、さすが南朝の生き残りだな」

そういうと、勘兵衛は藤四郎吉光を握り、一礼してからそっと抜いた。

「これはあるべきところに行く刀だ」

誰にも見せず鞘に納めた。

その短刀は翌日、正三位《しょうさんみ》中納言北畠具教《とものり》家臣大橋十兵衛教宗《のりむね》と添え書きをつけて、勘兵衛は老中《ろうじゅう》土井利勝《どいとしかつ》に差し出し、将軍家に献上された。

この事件はまだ終わっていなかった。

角筈村に戻ってきた銀平は、人気《ひとけ》のない百姓家の前に立っていた。

雪まじりの風が吹いて寒い。冷えた手に息を吹きかけて脇の下に挟《はさ》んだ。

「殿さまもお里もいないようだな……」

中に人がいれば煙が出ているはずだが、そんなこともない。

「どこへ行ったんだろう……」

銀平が裏に回ろうとした時、おたかが鶏《にわとり》を抱いて現れた。十兵衛が飼っていた鶏を捕まえに来たのだ。

「お前さん、殿さまの家来だな？」

「ああ、誰もいないのか？」

「お前が悪さをしたから殿さまが腹を斬ったんだ。馬鹿野郎が！」

「腹を斬ったッ、殿さまが腹を斬ったのか？」

「中を見てみろ！」

銀平が百姓家に飛び込んだ。血の匂いがする。座敷に飛び上がると、そこは乾いた血だらけだった。

「ああッ、殿さまッ！」

銀平が膝から崩れ落ちた。時すでに遅しだ。

「ごめんなさいッ！」

銀平が血痕の上に泣き崩れたが、もはやこの世に十兵衛はいない。

「お役人が来て、惜しい人を亡くしたといっておったわ。お前のような悪党を家来に持ったからだと怒っていたよ！」

おたかは藤九郎の怒りに怯《おび》えたのだ。そのおたかも怒っていた。

「すまねえ……」

「謝ったって遅いよッ、殿さまは死んじゃったんだ！」

鶏を抱いたおたかが土間に立って、銀平の背中をにらんでいる。

「お前みたいな馬鹿野郎は殺したいよ！」

そう罵《ののし》っておたかが外に出ると家に戻って行った。その夜、銀平は取り返しのつかないことに大泣きをする。

夜半に銀平がふらっと百姓家を出た。

その銀平が現れたのは北町奉行所だった。夜が明けて門番が門を開くと銀平が立っていた。

「お前は誰だ？」

「赤不動の銀平でございます」

「赤不動？」

「へい……」

「お前が盗賊の赤不動か？」

「さようで……」

門番が銀平を砂利敷に連れて行った。銀平が筵に座ると半左衛門が現れた。

「赤不動の銀平と名乗ったそうだな？」

「へい……」

「愚か者ッ、うぬらの罪を一身に背負って、大橋十兵衛殿が腹を斬られた。おのれごとき不忠者《ふちゆうもの》に構っている暇はない。立ち去れッ！」

「あのう……」

「雪之丞、その男を追い出せッ！」

「はいッ、蛆虫《うじむし》、立てッ、筵が汚れるッ！」

雪之丞が銀平の襟首《えりくび》をつかむと、引きずるように砂利敷から引き出して、奉行所から追い出してしまった。

「お奉行……」

「それでいい。半左衛門、あの男には構うな」

「はい……」

勘兵衛は怒っていた。なぜ逃げた赤不動が江戸に戻ったのかわからないが、十兵衛のことが気になって角筈村に戻り、主人の切腹を知って、慌てて奉行所に名乗り出たのだろうと思う。

「見張りを？」

「いや、見張りはいい。あの男の生きるところはもうどこにもない。武士に戻れるかだけだ……」

銀平が武士に戻れば、十兵衛の後を追うはずだと思う。

勘兵衛の厳しい処分だ。

銀平に、武士として自分で死ねと言っている。勘兵衛の最後の慈悲《じひ》だ。

その日、角筈村の百姓家に戻った銀平は、おたかから十兵衛の脇差を借りると、腹を斬って死んだ。

この事件の最中に、道三河岸に浮かんだ男の事件を奉行所は追っていた。

道三河岸事件で名の浮かんだ乙松爺さんは、赤不動事件では名が浮かんでこなかった。もし名前が出ても、耳が聞こえないため調べるのは困難だったろう。

道三河岸の殺された男の身元はわからなかった。

江戸にはこういう男が増えてきている。人別《にんべつ》のわからないものが激増していた。こういう男は、不行跡で一族から見捨てられたり、軽犯罪を犯して追放された者や、多くは百姓仕事を捨てて江戸に出てきた者などだった。無宿《むしゅく》などと呼ばれる。

江戸はキリシタン禁止のため、宗門改と人別改が厳しくなるまで人別は緩《ゆる》やかだった。そんな無宿が無頼《ぶらい》になることは簡単だった。

女を遊郭に売って暮らしたり、女を食い物にしていたり、博打《ばくち》うちだったり、岡場所の用心棒など、飯の種はいくらでも転がっている。

そんな無宿の一人だろうと奉行所では予想していた。

暮れも押し詰まった大晦日《おおみそか》の昼過ぎ、三島《みしま》宿の美人姉妹のお君《きみ》とお房《ふさ》が、駕籠に乗って奉行所に飛び込んできた。

二人を運んできたのは、箱根山の富松《とみまつ》と権平《ごんべえ》の二人とその仲間の駕籠だった。

「おう、お君とお房に富松と権平、元気そうだな？」

四人が半左衛門の部屋に上げられて話しているところに、勘兵衛が喜与を連れて現れた。殺風景な半左衛門の部屋には不釣り合いな二輪の花だ。

「お奉行さま！」

「わしの子はどうした？」

「男の子が生まれましてございます」

「そうか、男か……」

喜与が仰天した顔で二人の美人をにらんでいる。

「お奉行さま、三島神社の門前に小さな茶店を持ちましてございます」

「それはよかった。二人で仲良くやれ、お前たちなら必ず繁盛《はんじょう》するはずだ……」

「はい……」

「身延の親たちも達者か?」

「はい、お陰さまで元気にしております」

「伊豆屋《いずや》もか?」

「はい、お力になっていただきました」

「何よりだ。いつまで江戸にいる?」

「二日には帰ります」

「富松に権平はご苦労だな」

「へい、お二人と江戸見物にございます」

「そうか、江戸の正月を楽しんで行け。旅籠は決めたのか?」

「へい、六人で神田に泊まります。浅草寺と神田明神にお詣りして箱根に戻ります」

この頃はまだ、正月の元日詣《がんじつもうで》の風習はなかった。

古くは家の長《おさ》が氏神さまの神社に、大晦日から元日まで籠《こも》る習慣で、やがて除夜詣と元日詣が分離する。治承《じしょう》五年（一一八一）に頼朝《よりとも》が鶴岡若宮《つるがおかわかみや》に初詣したのが最初という。

恵方《えほう》詣りはあった。

その恵方詣りから初詣に移ったのは明治後期である。

お君とお房は勘兵衛への恩を感じていて、茶屋を始めたことをどうしても勘兵衛に知らせたいと思って三島から出てきた。

半刻（約一時間）ほど話をして六人が帰ると、勘兵衛は喜与が怒っているのに気づいた。

「どうした？」

「どうしたではございません……」

「おう、生まれたあの子どものことであろう？」

「お話をいただきませんと、どのようなことかわかりかねます」

「うむ、お房が産んだあれは、わしの子ではない」

「先ほどはわしの子と仰せになられましたが？」

　喜与はどういうことかと戸惑った顔だ。

「あのお房という妹の方は、吉原におったのだが、子ができて男と逃げたのだ」

「足抜けというんじゃございませんか？」

「そんな言葉をよく知っているな？」

「お滝《たき》から聞きました」

「その足抜けだが、吉原では許されないことでな、男たちに追いかけられたのだ」

「忘八という男たちですか？」

「そなた、何んでも知っているな？」

「ええ、町奉行さまの妻にございますので……」

「そうなのか？」

「まあ……」

　喜与が安心した顔になった。

「その二人は藤沢宿で追い詰められ、お房はわしの部屋に逃げてきたが、男は相模川《さがみがわ》に追い詰められて殺されたのだ」

「まあ、可哀そうに……」

「そこで、お房が吉原に連れ戻されてはひどい目にあうだろうと思い、わしが咄《とっ》嗟《さ》に妻ということにして、三島まで逃げるのを助けたということだ」

「ようございました」

「そうして、その子が生まれたという話だ」

「殿さまのお子かと思いましてございます」

「あの二人は美人だろう」

「ええ、お抱きになられたのでございますか?」

「そう思ったが、そなたの顔が浮かんでな」

「まあ、そんなうれしいことを……」

喜与はニコニコと上機嫌になってしまう。

勘兵衛も、美人姉妹がわざわざ三島から、暮れにもかかわらず訪ねて来てくれたことで、喜与の機嫌を取るようなことをいう。

その勘兵衛のうれしさが喜与にも伝わってきた。

実は、お君が藤九郎を好きだったのだが、暮れで藤九郎は奉行所にいなかった。

藤九郎は女に好かれる質《たち》のようで、そういう男は時々いるものだ。同じようなのがもう一人いた。それはお浦の茶屋にいる平三郎である。

「あんな綺麗な姉妹がいるなんて驚きました」

「わしも二人が並んだ時は驚いた。世の中とは不思議なことがあるものだと思った」

喜与がうれしそうにニッと微笑んだ。

「お房さんとは運のいい方でございます。藤沢宿で殿さまと出会われたのが良い方へ？」

「偶然とは恐ろしい。わしの初めての墓参だったからな」

「ええ、運命でございます」

「そうだ。不思議な運命だ。あの男がわしにお房を託して死んだのかもしれん」

「そう思います」

喜与は、吉原の男たちに追われていないのならよかったと思う。お滝から吉原の男衆は血も涙もない怖い人たちだと聞いている。

「二人とも殿さまのようないい人とまた巡り合うといいですね……」

「そう思うか？」

「ええ……」

「そうなるだろうよ……」

勘兵衛は、あの二人ならそうなると信じた。

その夕刻、松野喜平次が、道三河岸に浮かんだ遺骸の身元をつかんで戻ってきた。

「長野さま、道三河岸に浮かんだあの男は、俎橋《まないたばし》の辺りで放り投げられたものに間違いございません」

「俎橋というとだいぶ上流だな？」

「日本橋川が神田川から分岐して、少し下った辺りです」

「一晩で流れるにはちょうどいいか？」

「はい、俎橋の西詰に願泉寺《がんせんじ》という荒れ寺があります。小さいので目立ちませんが、瘦《や》せた老住職がおります。そこに得体の知れない無宿や浪人が集まって博打をやります」

「ほう、何人ぐらいだ？」

「ここ四、五日見張りましたが、多い時で二十人を超えます」

「そんなに多いのか？」

「はい、幾松と寅吉が見張っていますが、今日は年の終わりですから、大人数が集まるとのことです」

「それで殺された男は？」

「庄八《しょうはち》という野郎だそうで、博打の銭のいざこざで絞殺《こうさつ》されたそうです。寅吉がつかんできました」

「博打うちの喧嘩か？」

「今夜あたりも賭場《とば》が荒れるんじゃないかということです」

半左衛門は一網打尽にするいい機会だと思った。中には相当な悪が含まれているかもしれない。

「喜平次、お奉行に直《じか》に話せ！」

「はッ！」

二人が急いで勘兵衛の部屋に向かった。

近頃は煙草《たばこ》の回数が多いと喜与が時々勘兵衛を叱った。

何んといっても煙草を吸うと煙いのがかなわない。

「喜平次、いい話か？」

「お奉行、まことに結構な話にございます」

「半左衛門、わしは喜平次に聞いているのだ」

「これはご無礼を、喜平次、申し上げろ！」

「はい、道三河岸の遺骸は、俎橋の辺りから放り込まれたものにございます」

半左衛門に話したことを、そっくり繰り返して勘兵衛に話す。

「おもしろい！」

「お奉行、早速手配りを！」

「今年最後の大捕り物だ。一人も逃がすな。与力、同心は何人おるか？」

「全員、役宅には帰っておりません。今年はお奉行が奮発されましたので、みな、早々には帰りづらいのではないかと……」

「そうなのか？」

勘兵衛は正月の餅《もち》代二両に二分の色を付けたのだ。三両では多いと思い、一両の半分の二分を奮発した。二分でも勘兵衛には五十両以上なのだ。

与力二十五騎、同心百人である。

「よし、手のあいている者はすべて動員しろ！」

「畏《かしこ》まって候《そうろう》！」

暮れの見廻りから次々と同心が帰ってくる。奉行所内の与力、同心は別に、二十一人が戦いの支度に入った。

戦いの指揮を取るのは与力の青田孫四郎《あおたまごしろう》、それを補佐するのが与力の倉田甚四郎と赤松左京之助《あかまつさきょうのすけ》、同心は吟味方《ぎんみかた》の沢村六兵衛《さわむらろくべえ》、野田庄次郎《のだしょうじろう》、牢屋敷見廻りの赤《あか》城登之助《ぎのぼりのすけ》、定廻りの松野、本宮、木村《きむら》、池田《いけだ》、朝比奈、村上、森《もり》、佐々木《ささき》、林、黒井《くろい》、大場、隠密《おんみつ》廻りの駒井《こまい》、小栗《おぐり》、黒川《くろかわ》、島田《しまだ》たちだ。

奉行所自慢の剣客が含まれている。

そこに内与力の彦野文左衛門が目付《めつけ》のように現れた。文左衛門も強い剣士だ。

暗くなると、見張りをしていた寅吉が飛び込んできた。

「博打が始まりましたッ！」

「よし、一網打尽だ。一人も逃がすな！」

二十二人が、組橋目指して奉行所から飛び出す。

その後ろから捕り方も十五人ほどが走った。その頃、願泉寺には三十人を超える無頼の輩《やから》が集まっていた。さすがに暮れで忙しい商家の者はいない。

駆けつけた役人が寺を取り囲み、飛び込むのが孫四郎、甚四郎の剣士二人に喜平次、長兵衛、倉之助、市兵衛、惣兵衛《そうべえ》の同心五人が選ばれた。

「まず浪人を倒す。歯向かう者は斬り捨てる。いつもの手はず通りだ！」

「灯りが消えると暗いから気をつけろ！」

七人が、息を殺して寺の狭い境内《けいだい》に入る。

本堂には大勢がいる気配だ。

バーンと扉が開いて青田孫四郎が飛び込んだ。

「奉行所の者だッ、神妙にしろッ！」

孫四郎に六人が続くと、パッ、パッと次々に灯りが消えた。

「外に出ろッ！」

「逃げろッ！」

本堂の中が大混乱になった。わずかな星明かりだが敵がよく見えた。十人ほどの浪人に七人の剣士が襲い掛かった。

「斬り捨てろッ！」

「逃がすなッ！」

たちまち寺の内外にまで戦いが広がった。奉行所の御用提灯《ちょうちん》も出た。

珍しく馬に乗った半左衛門が、奉行所内の与力や同心を連れて援軍に駆けつけた。

牢番や門番まで、提灯を持って六尺棒を小脇に抱えている。

「逃がすなッ！」

「捕らえろッ！」

どどっと戦いが道端にまで広がった。役人と浪人の壮絶な戦いになった。中に強い浪人が一人いて、その浪人との戦いになった松野喜平次がまたもや肩を斬られた。

喜平次は、お澪《みお》に刺されてからしょっちゅう怪我《けが》ばかりしている。生傷が絶えないというが、まさにこの喜平次のことだ。

富田流小太刀《とだりゅうこだち》の使い手なのだが、刃物に好かれたのか、怪我に好かれたのか、いつも痛い思いをしている。

この日も何人かの同心が怪我をしたが、喜平次も含まれていた。

浅手《あさで》だったが金瘡《きんそう》は結構痛い。

「喜平次ッ、下がれッ！」

馬から飛び降りた半左衛門が大声で叫ぶ。大混乱の戦いは半刻を越えて続いた。歯向かった浪人はすべて斬り殺した。

捕らえた者は二十人を超えている。

闇に溶け込んでうまく逃げた者が二、三人はいたようだが、援軍に出動してきた半左衛門が満足できるだけは捕縛した。

こういう大捕り物になると後の始末が大変だ。

「お奉行さま、拙僧《せっそう》はこの寺の住職だが、悪党どもに脅《おど》されて仕方なく……」

「ご坊、それがしはお奉行ではない。与力だ」

「与力さま、脅されて仕方なく、仕方なく寺を貸したまでなので……」

老僧が自分は悪党どもに脅されていたと必死に言い訳をした。そんなことは喜平次や幾松たちが調べてわかっている。

「ご坊のことはわかっている。捕縛することはない。正月が過ぎれば呼び出すから、奉行所に来て経緯を聞かせてくれ！」

「はい、承知いたしました」

捕らえられると思っていた住職が一安心の顔だ。奉行所に行って話をするぐらいなら、喜んで説明をする。

捕らえられた者は数珠つなぎにされた。

その時、遠くの寺から最初の除夜の鐘がなった。今年から来年に煩悩《ぼんのう》を送り届けるように鳴り響く鐘の音だ。百八つもある人の煩悩とは、鐘の音ぐらいでは消えるものではない。

「もうすぐだな。また一つ年を取るか……」

半左衛門が見上げると、凍《こお》り付いた星空が寒々と広がっていた。

「年が明けちまうぞッ、急げッ！」

倉田甚四郎が叫んだ。

怪我をした同心の手当てや、手足を折られた悪党の手当てで忙しい。戸板に乗せられて運ばれて行く者もいる。

そんな混乱を半左衛門は見ていた。

第十一章　お祓《はら》い

組橋の大捕り物が終わって、半左衛門たちが引き上げてきた時に、元和六年（一六二〇）の年が明けた。

「おめでとうございます」

喜与が勘兵衛に挨拶《あいさつ》した。

年明けの合図は寺々が打つ除夜《じょや》の鐘《かね》の最後の一回だ。

除夜の鐘は大晦日《おおみそか》のうちに一〇七回を打ち、年が明けてから最後の一〇八回目の鐘をつくのが古くからの習慣だった。つまり煩悩が一つ次の年に送り届けられたのだ。

それで人々は年が明けたことを知る。

「おめでとう、みんな帰ってきたようだな？」

「ええ、除夜の鐘のような捕り物でございます」

「そうだな。正月早々ご苦労なことだ。ちょっと見てくるか？」

他人事《ひとごと》のように言って勘兵衛が立ちあがった。公事場に出て行くと、砂利敷《じゃりじき》が悪党どもで埋まっている。

薄気味の悪い顔が勘兵衛を見る。多くは項垂《うなだ》れて覚悟を決めているのだろう。粋《いき》がっていた悪党もこうなるとだらしがない。これから始まる彦三郎の拷問《ごうもん》にどこまで耐えられるか。

石抱《いしだ》きや駿河問状《するがもんじょう》のあまりの苦しさに泣き出す者がいるはずだ。

その悪党の周りに同心たちが疲れた顔で立っている。中には羽目板に寄りかかって目を瞑《つむ》っている同心もいた。

「ご苦労だった。牢《ろう》に入れたらゆっくり休め、温かいものを用意してある」

勘兵衛が疲労困憊《こんぱい》の同心たちをねぎらった。

奉行所の台所も、疲れて帰ってくる同心たちを迎えるため忙しかった。

正月の雑煮《ぞうに》という風習は室町期に始まり、五の膳《ぜん》から七の膳まであり格式の高いものだった。

やがてその風習が地方にまで正月の料理とされて広く伝播《でんぱ》していった。

大晦日の夕方になると神仏に餅やご飯をお供《そな》えして、正月の朝にそれを降ろして雑煮に仕立て食す。本来はそれが雑煮である。
それ以前の古い頃の武家では烹雑《ほうぞう》というものを食した。
また、水田のない畑作の地方では、正月に神仏へ餅をお供えすることは禁じら
れたともいう。米がとれないからであろう。
烹雑は儀礼の料理と考えられていた。
餅を味噌《みそ》や醬油《しょうゆ》の汁で煮たもので、野菜などが添えてある簡単な料理だ。その
呼び名は地方によって様々で、九州などでは直会《なおらい》などというところもある。
何んといっても寒い正月には温かい雑煮が一番だ。
食した途端に体が温まり疲れなど吹き飛んで行く。
早速、与力、同心たちに雑煮が振る舞われた。腹を空《す》かしている同心たちには
何よりの褒美《ほうび》だった。
二杯も三杯も食べて早々に寝てしまう者がいる。これこそ天下泰平《てんかたいへい》だ。
半左衛門と孫四郎が勘兵衛の部屋で捕り物の顚末《てんまつ》を報告した。
「また、喜平次が怪我をしたようだな？」
「どうも、あの喜平次は生傷が絶えないようでございます」
「お夕がまた心配するぞ」

「剣の腕はいいのに、どうして、いつもあのように怪我をするものか、とんと解《げ》せませんので……」

「半左衛門、ここだけの話だが、あれはお澪に祟《たた》られているのよ。間違いない。ああいういい女を裏切ると憑《と》りつかれる。女というのは怖いものでな……」

「そのようなことがありますので？」

「ある。喜平次はもういかんな……」

勘兵衛のそんな話を、傍《そば》で喜与が渋《しぶ》い顔で聞いている。女が祟るなどあろうか。

「お祓《はら》いをするしかない」

「お奉行、確か愛宕《あたご》神社でお祓いをしたと聞いておりますが？」

「愛宕神社のお祓いに効《き》き目がないなら、神田明神に行けばいい……」

「効きましょうか？」

「効くか効かないかはやってみなければわかるまい」

「そうですが、何度やっても同じような気がしますが……」

「半左衛門、そういう罰当《ばちあ》たりなことをいうものではないぞ。神田明神は権現《ごんげん》さまが江戸の守り神になされたのだ。そなた、権現さまに逆《さか》らうのか？」

「とんでもない。お奉行、そのようなことは申し上げておりません！」

「ならば、夫婦で神田明神に行かせろ、捕り物のたびごとに、あのように怪我をしていては、神信心《かみしんじん》に頼るしかないだろう」

「はい、やはりお濤の祟りですか？」

「そなたは信じないのか？」

「いいえ、お奉行がそのようにおっしゃられるのですから、間違いなくお濤の祟りに相違ございません」

「そうだ。正月のうちに行かせろ、いいな？」

「はい、畏《かしこ》まりました」

半左衛門はそんな効き目はないと思っているが、神田明神の平将門《たいらのまさかど》という人は、天皇になろうとした最強の神だという。

霊験《れいげん》があるかもしれない。

勘兵衛は捕り物の報告を聞き、喜平次のお祓いを命じただけで、喜与の手を引いて寝所に入ってしまった。

相変わらず勘兵衛は喜与が可愛《かわい》くて仕方ない。

もう、とっくに側室を置いてもいいのだが、喜与が娘のようにいそいそと振る舞うものだから、そういう話はどこからも出てこない。

この頃の江戸城の正月は質素なもので、家康の倹約《けんやく》の精神があちこちに生きていた。その一つが、将軍の雑煮には餅が入っていないことだ。

餅のない雑煮などただの汁でしかない。

だが、それには大きな理由があって、権現さまは戦に忙しく、正月でも餅など搗《つ》いて食す暇はなかった。その権現さまのご苦労を、将軍たるもの決して忘れるなどという厳しい戒《いまし》めなのだ。

この餅のない正月の雑煮は将軍家で代々引き継がれる。

つまり、贅沢《ぜいたく》をするなどという家康の言葉が聞こえてきそうだが、それも、三代将軍家光《いえみつ》になると一気に崩れていくことになる。

日光東照宮《にっこうとうしょうぐう》の造営を皮切りに、家康の遺産金六千五百万両が湯水のごとく使われ、たちまち江戸城の金蔵から黄金が消える。

家光が空っぽにしたとか、五代将軍綱吉《つなよし》の時にすべて消えたなどといわれる。

この頃既《すで》に、佐渡《さど》の金山など、諸国の金山銀山からの産出が減少し始めていた。新しい金山といっても、そう易々《やすやす》と見つかるものではない。

家康と秀忠は倹約家だったが、三代家光からは一転して浪費家になる。

八代の紀州《きしゅう》徳川家から来た吉宗将軍は、ついに享保の改革を断行し幕府の財政再建をしなければならなくなる。

幕府の財政難は幕末まで続く、その最初の原因を作ったのが家光だ。

この頃の江戸の正月は寝正月である。

初詣《はつもうで》などと騒《さわ》いで歩くようになるのは大正期からで、江戸の人々はのんびり餅を焼いて食い、酒を飲み、日頃の疲れを取るのが正月である。

この寝正月の風習はいつまでも変わらなかった。

元旦から騒いで歩いているのはお君とお房、その駕籠《かご》を担いで走って歩く富松と権平ぐらいなものだ。浅草寺だ。神田明神だと忙しい。

昼過ぎには奉行所に飛び込んできて勘兵衛に正月の挨拶をする。

「お奉行さま、明日には江戸を発《た》ちます」

「そうか、どっちか一人、江戸に残らないのか？」

「三島には子どもが……」

「そうか、お房は子どもか、お君はどうだ？」

冗談とも本気とも取れる勘兵衛の言い方だ。美人姉妹でニコニコと明るいから勘兵衛は気に入っている。

「お奉行さま、本当にいいんですか？」

「姉さんは藤九郎さまが好きなのです。そうでしょ？」

「お房、何んということを、そんなこと……」

「ね、お奉行さま……」

お房がお君の心の秘密を喋《しゃべ》ってしまった。こうなると厄介だ。喜与は困った顔で、勘兵衛は沈黙してしまった。

「お奉行さま、そんなことはないんです。妹は勘違いしているんでございます」

お君が言い訳をするが、こういうことは言い訳をすればするほど、好きだと告白しているようなもので勘兵衛も渋い顔になる。

好き嫌いはいかんともしがたい。

勘兵衛しか知らないことだが、藤九郎には川崎《かわさき》湊《みなと》にお葉《よう》というちょいと渋めのいい女がいる。勘兵衛は腹の大きかったそのお葉を思い出した。

「お奉行さま、本当にそんなことないんですから……」

お君が泣きそうな顔で訴《うった》える。

「お姉ちゃん、ご免《めん》ね……」

「お前が変なことをいうからだからね」

賑《にぎ》やかな姉妹が喧嘩になりそうだ。

「お君、そなたの気持ちはわかった。だがな、藤九郎は大切なわしの家来だ。妻子もいる。藤九郎がそなたを好きになってはわしが困るのだ」

「はい、わかっております」

「あきらめろ……」

「はい、あきらめます」

「うむ、いい子だ。その聞き分けなら、必ずいい男がそなたの前に現れるはずだ。もの欲しそうにしないでじっと待て、いいな？」

「はい、もう年増《としま》なんですけど……」

「年増だからいいのではないか、いい女というものはみな年増なのだ」

「はい……」

そんなことは聞いたことがない。

なんとも無茶苦茶な言い方だが勘兵衛にそういわれるとうれしい。

「いいかお君、恐れ多くも権現さまは後家好み、年増好みであらせられたのだ。おぼこ娘など相手にされなかった。女は年を取れば取るほどいいものなのだ。そなたなどは、まだ洟垂《はなた》れの小娘でしかない。わかったか？」

「は、はい……」

　お君は変な話だと思うが、神さまになった権現さまの家康さまと、お奉行さまがいうのなら間違いないと思う。

「姉妹は仲良くいたせ。二人でまた江戸見物にまいれ……」

「はい！」

「富松と権平は二人を守るんだぞ」

「へい！」

「よし、二人の茶屋に、富松たちと同じわしの御用札をやろう。悪党除《よ》けに吊《つ》るしておけ……」

「お奉行さまッ、お房ッ、いただけるんだよ！」

　姉妹が手を取り合ってよろこんだ。

　小春の甘酒ろくごうに続く三枚目の御用札が出た。

　岡本《おかもと》作左衛門が書いた、北町奉行米津勘兵衛御用の木札だ。威力抜群《ばつぐん》、神田明神のお札の次に効き目がある。

「三島の神さまもよろこぶよ。千人力だね？」

　二人にとって二度目の幸運だった。

姉妹にとって勘兵衛は福の神なのだ。江戸に足を向けて寝られない。美人姉妹は奉行所でも大騒ぎをして突風のように去って行った。

正月早々、麻布台の伊達《だて》屋敷の近くに辻斬《つじぎ》りが出た。

この辻斬りの犠牲《ぎせい》になった男の傷を見た同心の駒井弥四郎《やしろう》は仰天《ぎょうてん》した。

これまで見たことのない傷で、胴を貫《つらぬ》いた一撃はすさまじい切れ味で、背骨まで達しようかという致命傷だった。

こんな殺人鬼に出会ってはたまったものではない。

半左衛門は弥四郎の話を聞いて、夜廻りは決して一人にならないよう厳重に注意する。奉行所の同心が斬られては、幕府の面目《めんぼく》に傷がつく。何んとしても処分しなければならない辻斬りだ。

すぐ、夜の見廻りが北町奉行所の剣客《けんかく》で編成された。

青田孫四郎と木村惣兵衛の小野派一刀流組、倉田甚四郎と本宮長兵衛の柳生新陰流《やぎゅうしんかげりゅう》組、朝比奈市兵衛と林倉之助の小野派一刀流組の三組で、松野喜平次は休ませようと半左衛門は思ったが、見廻りに出ると言い張る。

そこで神夢想流居合《しんむそうりゅういあい》の青木藤九郎と、富田流小太刀の松野喜平次が組むことになった。

「喜平次、神田明神に行ったのか？」

「まだですが……」

「馬鹿者《ばか》ッ、わしがお奉行に叱《しか》られるのだぞ。わかっているのか？」

「申し訳ございません！」

「お前の背中にはお澪が乗っているのだ。神田明神に行ってお祓いをしてこなければ見廻りには出さんッ！」

喜平次が半左衛門に朝から厳しく叱られた。

怒られた喜平次は、出てきたばかりの八丁堀の役宅に走って戻る。

「お澪か、なんともいい女だったな。お前は背中に乗っているのか、いい男のおれと別れがたいのか？」

ブツブツ言いながら、使える左手で肩をさすったりする。

刺されて生死の境を彷徨《さまよ》ったのに、可愛いお澪を憎めないのだから、どこまでもやさしい喜平次なのだ。

「おれは本気でお前を妻にしようと思ったんだぞ……」

暢気《のんき》なことをいいながら八丁堀に向かう。

「お夕と一緒になったじゃないのさッ！」

怒ったお澪にブスッと背中から心の臓を突き刺されそうだ。

「お前、本当に憑りついているのか、お奉行さまの命令だから、神田明神でお夕とお祓いを受けるけど怒るなよ……」

「なによ。そんなものあたしには効かないんだから……」

お澪が怒りそうだ。

役宅に戻ってくると、母のお近《ちか》とお夕がびっくりしている。

「どうして帰ったの、なにか忘れ物？」

「お夕、長野さまの命令だ。これからすぐ神田明神へ行ってお祓いを受ける。怪我ばかりしているからだ。見廻りに出さないと叱られた」

「またお祓い？」

「神田明神は効き目があるらしい」

「神さまは愛宕神社と同じだと思うけど……」

「おれもそう思うが、違うらしいんだなそれが、神さまも色々らしいから……」

「そうなの？」

「長野さまの仰《おつしや》る通りです。すぐ二人で行ってきなさい。お前は怪我ばかりしているんだから……」

お近も、喜平次に憑りついているのはお澪じゃないかと心配していたのだ。女が祟ると怖いと思う。

ところが、喜平次とお夕はそれほどお澪を気にしていない。死んでしまったから無理なのだが、喜平次などはまた会いたいと思っているほどなのだ。

女葛《かずら》のお澪はそれほどいい女だった。

八丁堀の役宅を出ると喜平次とお夕は神田明神に向かう。お夕はお澪の小女から喜平次に好かれて妻になったが、百姓娘でまだまだ子どもだった。

お近が手取り足取り武家の作法を教えている。

三十俵《ぴょう》二人扶持《ぶち》の同心でも徳川家の家臣なのだ。それも直参《じきさん》だ。

直参とは徳川家の一万石《ごく》以下の家臣のことで、旗本と御家人のことだが、将軍にお目見えできるのが旗本、お目見えできないのが御家人である。

お夕は正月から喜平次とお出かけができてよろこんでいた。

神田明神でお祓いをきっちりしないと、今夜の見廻りに出してもらえそうもないと喜平次は焦《あせ》っている。

二人は急いで神田明神にお詣りすると、お願いしてお澪の祟りを祓った。

喜平次とお夕の頭の上を神主の御幣《ごへい》が行ったり来たりする。これが悪や穢《けが》れを落とし実に有《あ》り難《がた》いのだ。

なんだか霊験が現れるように思う。

祝詞《のりと》を上げてお祓いが済むと、二人は神田明神を出て、門前のお浦の茶店に立ち寄って茶を飲んだ。

産後のお浦は元気で店に出ている。

ここが平三郎とお浦の茶屋だと幾松から聞いて喜平次は知っていた。

店には平三郎の顔は見えなかった。

二人は一休みしただけで八丁堀に向かう。喜平次は忙しい。お夕を役宅に送ったら奉行所に戻りしだい、藤九郎と一緒に麻布台周辺の見廻りに出なければならない。

肩の傷は無理さえしなければもう痛まなかった。

「お夕、今夜から辻斬りの探索をすることになる。奉行所一の剣の使い手、青木さまと一緒だから心配はない」

「うん、もう怪我をしちゃ嫌だから……」

「大丈夫だ。お祓いをしたんだからお濤はもう怒っていないさ……」

「ええ、でもお濤さんはいい人なんだけどな。そうでしょ?」

「そうなんだよ……」

二人が一緒になったことをお澪が怒っていると思う。

だが、夫婦になったのは好きでそうなったんだから仕方がない。それも二人の仲立ちをしたのはお澪だとお夕は思っている。

お夕は心の中で何度も「ごめんなさい」とお澪に謝ってきた。

八丁堀にお夕を送って、喜平次は奉行所に急いだ。

その頃、青田孫四郎と木村惣兵衛の組と、朝比奈市兵衛と林倉之助の組が奉行所をあとに麻布台に向かっている。

夜半に倉田甚四郎と本宮長兵衛の組と、青木藤九郎と松野喜平次の組が交代する。

これまで二度の犯行は、戌《いぬ》の刻（午後七時～九時頃）と亥《い》の刻（午後九時～一一時頃）だった。

おそらく、三度目もその刻限辺りだろう。子《ね》の刻（午後一一時～午前一時頃）を超えることはないだろうというのが半左衛門の読みだった。

そんな真夜中に、辻斬りが出るといわれている道を歩く男はあまりいない。

そうなると、孫四郎と市兵衛の組が遭遇する可能性が高い。

明日にはその逆の刻限の見廻りになるから、甚四郎と藤九郎の組が辻斬りと出会うことになりそうだ。

その日、神田明神のお浦の茶屋にいる平三郎が、お浦に事情を話してまた吉原に行こうとしていた。平三郎は大橋十兵衛の事件で赤不動の銀平が自害したことを知らない。

「お前さん、君華さんを抱くのかい？」

「いいのか？」

「好きなら仕方ないじゃないか……」

「そんなこといって、帰ってきたら心張棒《しんばりぼう》が襲いかかってくるんじゃねえだろうな？」

「ふん、それは小冬《こふゆ》しだいですね……」

お長《ちょう》を産んでから、お浦は少し悋気《りんき》っぽくなっていた。お長を育てなければならないと思うと、そう平三郎に甘い顔ばかりはしていられない。

お絹とのことだけは仕方のないことだ。

お浦はお絹とは、お浦のもの、お絹のものはお絹のものはお浦のものと約束して、若い頃に姉妹の契《ちぎ》りを結んだ仲なのだから約束は約束だ。

だが、あっちにも女、こっちにも女というのでは、さすがに平三郎に甘いお浦でも嫌だと思っている。

「お浦、心配するな。ちょっと行ってくるぜ……」

「早くお帰り……」

そういってからお浦はニッと苦笑した。これまで平三郎に早くお帰りなどといったことがない。行ったきりの鉄砲玉《てっぽうだま》で好きな時に帰ってくると思っている。

「お前さん、ご免ね……」

小さくつぶやいてまた苦笑する。

「お浦の奴、女房面して、お長が生まれてから強気だな……」

平三郎もお浦の変化には気づいている。子ができると女が強くなるとはよくいうが、やはり本当のことだと思う。

吉原では正月気分で七草粥《ななくさがゆ》が振る舞われ一段と賑《にぎ》わっていた。

「文六、忙しそうだな？」

「あッ、伊那谷の隠密《おんみつ》さん……」

「文六、隠密はねえだろうよ」

「すみやせんです」

「へい、正月で客が立て込んでおりやすが、なんとかいたしやす。君華は旦那《だんな》を待っているようでして……」

「そうか……」

平三郎は、文六の便宜《べんぎ》で君華の部屋に上がった。

隠密という言葉には妙な威力がある。誰でも震え上がるような響きだ。

君華は忙しく一刻（約二時間）ほど待たされた。途中で一度、君華は顔を見せたが「すみません」といって部屋を出て行った。

「こういう時は仕方ねえか……」

膳に徳利《とつくり》と盃《さかずき》が乗っていたが平三郎は手を出さなかった。手持無沙汰《てもちぶさた》でどうしても煙管銀煙管《ぎんギセル》を出して煙草を詰めると火を吸いつけた。手持無沙汰でどうしても煙管を銜《くわ》えたくなる。そのうち柱に寄りかかって腕を組み、目を瞑るといつの間にか眠くなってきた。

うつらうつらしていると、部屋に君華の白粉《おしろい》の匂《にお》いが充満する。

部屋に入った君華が、忍び足で平三郎の傍に座ると「ごめんなさい」という。

「もういいのか？」

「ええ、もう仕舞いにします」

「わしならいいんだぞ」

「そんなことといわないで、ずっと待っていたんですから……」

君華は甘えるように平三郎の顔を覗《のぞ》き込んだ。

「今日は帰しませんから……」

そういうと、後ろを振りむいて引き出しから紙を綴《と》じた冊子を出した。

「金平さんがこんなものを置いて行ったんですけど?」

平三郎は君華から受け取ると、一、二枚をめくって、仕事先を調べて書いたものだとすぐわかった。

「これを何んといって置いて行った?」

「今度来るまで預かってくれといいました」

金平は見張られているとわかった時、証拠になるものをいち早く手放したのだ。捕まった時に言い逃れができなくなる。

「あいつはこれを取りに来るつもりなのか?」

平三郎は江戸から逃げた金平が戻ってくるのではないかと思う。顔を見られてしまったのだから足を洗えばいいが、それがなかなかできないのが盗賊というものだ。

「これはわしが預かろう。金平が来たら神田明神の平三郎に渡したといえばいい、こんなものはお前が持っていてはいかん」

「はい、神田明神の平三郎さんですね？」

「うむ、いつも門前の茶屋にいるから、行けばすぐわかると言えばいい」

「わかりました」

平三郎が冊子を懐《ふところ》にしまうと、君華がその腕にしがみついた。

「帰っちゃ嫌です」

「君華……」

「嫌です。帰ったら死にますから……」

君華が平三郎の首に抱きつくと、強い白粉の匂いが平三郎を一撃した。

「ここは吉原なんですからいいでしょ、ね……」

「君華……」

「うん？」

「わかった。わかったが、お前を抱けば、わしがここにくることはできなくなるがいいか？」

「嫌です。そんな悲しいこと言わないでください。また来るって言って欲しい。今度は抱かなくていいから、お願い……」

「それじゃこうしよう、抱かないことにして何度でも会いにこよう」

「そんな……」

「この年だ。君華のように若い子は難儀《なんぎ》でな……」

「嫌ッ！」

君華が平三郎を押し倒すと覆《おお》いかぶさった。平三郎が君華を怒らせてしまったようで、こうなると君華は思いっきりわがままのしたい放題になった。

第十二章　千子村正《せんじむらまさ》

七草粥の夜、麻布台には青田孫四郎と木村惣兵衛の組と、朝比奈市兵衛と林倉之助の組がいた。

四人とも小野派一刀流の剣客だ。

相当に強い剣士でも二人を倒すのは容易ではない。ましてや四人に包囲されれば、どんなに強い剣客でもほぼ勝ち目はない。逃げることすらできなくなるだろう。北町奉行所の与力、同心は強い。

「惣兵衛、今夜は出そうもないな？」

「はい、青田さま、この辻斬りはどんな男でしょうか？」

「斬り口から見て、腕も凄腕《すごうで》だが刀が兎《と》に角《かく》斬れる。おそらく試し斬りではないかと思うのだが……」

「試し斬りであれば、二、三人を斬ればもう現れないのではありませんか？」

「いや、この犯人は試し斬りだけではないような気がする。そこが不気味でな。辻斬りを楽しんでいるように思うのだ。あまりに凄《すさ》まじい切れ味だから……」

「確かにそうかもしれません」

孫四郎と惣兵衛は辻斬りを少し恐れている。

これまでにそんなふうに思わせる辻斬りはいなかった。相当な腕の浪人でも斬り倒してきたが、この辻斬りだけは違うように思う。

なんとも嫌な殺気を感じるのだ。そういうことは滅多にない。

この日は辻斬りが出ず子の刻に藤九郎と喜平次の組と交代した。倉田甚四郎と本宮長兵衛の組も不気味な辻斬りに緊張している。

藤九郎と喜平次は、麻布台から狸穴坂《まみあなざか》を下りて行った。正月の静かな夜で人影はまったくない。風が冷たく頬《ほお》にぶつかってピンと凍《こお》る。いつでも抜けるように、喜平次は脇差《わきざし》の柄《つか》に右手を載せていた。

その手が冷たくしびれるようだ。

時々、その手に息を吹きかけて温めながら周囲の暗がりを見ている。藤九郎も星明かりを頼りに暗がりに目を凝《こ》らしていた。

いきなり飛び出してくるかもしれないからだ。

二人はゆっくり狸穴坂を下りて行った。どこにも人の気配はない。

古川まで下りて行くと向きを変えて麻布台に向かう。

坂の途中まできた時だった。大木《たいぼく》の傍に気配を殺した人がいるのに気づいて二人が立ち止まった。喜平次が脇差の柄を握りしめる。

人影がゆっくり道端に出てきた。

男は坂の上を取り藤九郎が下になった。

「待っていた」

「鬼頭外記《きとうげき》殿か？」

「やはり、わかっていたか……」

「はい、斬られた者を見ましたので、外記殿ではないかと……」

「そうか……」

「なぜこのようなことを？」

「おぬしと勝負をしたいからだ」

「愚《おろ》かなことを……」

「こうでもしなければ、おぬしは勝負に応じないだろう」

「勝負など無益《むえき》なことです」

「おぬしにとってはそうかもしれないが、わしはおぬしを倒すことだけを生きがいにしてきた。おぬしを倒したらこの刀も手放す。必要なくなるからだ。わかるか藤九郎！」

「死ぬつもりですか？」

「おぬしを倒せば生きている必要もない。お登勢《とせ》殿は達者か？」

「元気です……」

「そうか、抜けッ、神夢想流居合だったな？」

「無駄な争いです」

「無駄でもいい。抜け！」

足場は坂の上の外記の方が有利だ。

いつかこういう日が来るかもしれないと藤九郎は思ってきた。

若い十代の頃、酒々井《しすい》で二人は鹿島新当流《かしましんとうりゅう》の道場にいた。外記は上杉家を退散した浪人の息子だった。退散の理由はわからない。

上杉家は秀吉によって越後《えちご》から会津《あいづ》に移され、家康と対立して会津から米沢《よねざわ》に移された。そんな中で浪人したものと思われる。

外記は剣が強く、道場でも一、二を争う剣士で、藤九郎の兄弟子だった。

二人はほぼ一緒にお登勢を好きになったが、お登勢が選んだのは浪人の息子の外記ではなく、米津家の家臣だった青木藤九郎の方だった。

剣が強くても容易に仕官できない時世になっていた。戦国乱世であれば鬼頭外記は荒々しい一軍の将になれただろう。

おそらく武功も上げたことだろう。だが、時代は外記に過酷だった。

お登勢のことで外記との間が気まずくなった藤九郎は、鹿島新当流の道場から、当時はあまり知られていなかった神夢想流の道場に移った。

藤九郎は逃げたわけではないが外記にはそう見えた。

兄弟子の外記への遠慮もあったが、神夢想流の開祖林崎甚助《はやしざきじんすけ》が、鹿島新当流の開祖塚原卜伝《つかはらぼくでん》の弟子だったと聞いたからでもあった。

卜伝翁《おう》が亡くなり鹿島新当流は徐々に衰退していく。

そんな経緯から始めた神夢想流居合は藤九郎に合っていた。十年ほどの修行で猛烈に強くなった。以来、藤九郎はぐんぐん力をつけてきた。

それを外記は知らない。

「神夢想流居合を見せてもらおうではないか、抜け！」

一歩、二歩と外記が間合いを詰める。

藤九郎は後ろに下がらず、右に回ろうとしたがそこを回らせまいと外記が抑えてくる。坂の上下が逆になれば有利不利も逆になる。

「抜けッ！」

外記が太刀《たち》の柄を握ると藤九郎も柄を握った。避けることのできない運命の糸なのだ。

喜平次が坂を一間半（約二・七メートル）ほど下がって、道端で柄を握っている。凄まじい殺気が、薄い星明かりの闇を斬り裂《さ》きそうだ。

ゆっくり太刀を抜いた外記が中段に構える。剣にはそれぞれ構えがあって、中段の構えは相手の眼に向ける正眼《せいがん》の構えがあり、人の構えとか水の構えともいう。上段の構えは天の構えとか火の構え。下段は地の構えまたは土の構えといい、八相《はっそう》の構えは陰の構えなどともいった。

坂の上から無言の圧力がのしかかってくるが、藤九郎は押しつぶされそうになりながらその迫力に耐えた。

半歩右足を前に出して少し腰を下ろす。

外記の太刀がゆっくり上段に上がっていく。一足一刀の間合いから斬り込んでくるつもりだと読む。その時が勝負だ。腕に自信のある外記は間違いなく正中《せいちゅう》を斬ってくる。その瞬間だ。

藤九郎が間合いを詰めた瞬間に決まる勝負だ。

二人がいつでも攻撃できる危険な間合いに入った。近間は藤九郎の得意とする間合いだ。

闇《やみ》を裂く凄まじい気合声と同時に外記の剣が動く。と同時に藤九郎は素早く後《ご》の先《せん》を取った。

藤九郎の腰から、鞘走った刀が外記の右胴に向かった。

同時に藤九郎は外記の剣の下に踏み込んでいる。藤九郎の必殺の剣だ。

神夢想流の秘剣山越《やまこし》、外記の右胴に入った藤九郎の剣が、横一文字に外記の左胴に抜けていた。一瞬早く、藤九郎の剣が外記の左斜め上に伸び、星空に見事な残心だ。

外記は藤九郎と刀を合わせることなく、空《くう》を斬って道端でたたらを踏んだが、力なく顔から地面に突っ込んだ。

血飛沫が飛んで坂を転がるように倒れる。

星空に伸びた残心の剣先が微《かす》かに震えている。悲しい剣だ。

藤九郎は泣いていた。

「お、お見事……」

　あまりに凄まじい藤九郎の剣に喜平次は身震いする。初めて見た藤九郎の秘剣だ。

　血振りをして刀を鞘に戻すと、藤九郎は外記の傍に膝《ひざ》を突いた。

「外記殿……」

「藤九郎、許せ……」

　そうつぶやいてこと切れた。噴き出した血が坂を流れ下る。息絶えた鬼頭外記を藤九郎は抱きしめた。痩せて苦労したことがわかる。

　藤九郎は涙が止まらなかった。

　一緒に酒を飲みたい兄弟子だったが最悪の再会になってしまった。

　傍に喜平次が呆然《ぼうぜん》と立っている。フッと気づいて呼子《よびこ》を出すと冬空にピーッと鋭《するど》く吹いた。凍った闇に突き刺さるように響いていく。しばらくすると倉田甚四郎と本宮長兵衛が駆けてきた。

「辻斬りか？」

「うむ、そうです……」

　戦いの一部始終を見ていた喜平次が二人にうなずいた。だが、あまりに凄まじい戦いの様子は話さない。

秘剣を見てしまった喜平次は、生涯この戦いのことは誰にも話さなかった。

藤九郎は外記の腰にあった太刀、名刀千子村正《せんじむらまさ》を勘兵衛に差し出すと同時に、鬼頭外記との若き日の経緯《いきさつ》などをすべて話した。

勘兵衛は二人のことも辻斬りのことも何も言わず目を瞑って聞いた。

若い頃にはありがちなことだと思う。一人の女を取り合うのは若さというものだ。

「藤九郎、この村正を神田明神に奉納してはどうだ。脇差はそなたの腰に差しておけ、供養《くよう》になる。それに、鬼頭外記の名は記録に残すな」

「はい……」

千子村正は斬味凄絶無比《きれあじせいぜつむひ》といわれたが徳川家では好まれない名刀だった。

それは家康の祖父清康《きよやす》が、守山崩《もりやまくず》れで家臣に刺されて二十五歳で亡くなったが、その時の刀が村正だった。

家康の父広忠《ひろただ》が家臣に刺されて、二十四歳で亡くなったが、その時の刀も村正だったという。

家康の嫡男信康《ちゃくなんのぶやす》は信長に咎《とが》められ、家康が切腹を命じるがその時、信康を介《かい》錯《しゃく》した刀も村正だった。また、家康が関ケ原《せきはら》で武功を上げた織田有楽斎《うらくさい》の槍《やり》を見て、手を滑らせて怪我をする。

その槍が村正だったといわれている。

そんなことから、千子村正は徳川家に仇《あだ》なす刀などといわれた。

村正のそんな噂《うわさ》は語り継がれ、幕末になると徳川幕府を倒したい志士たちが、われ先にと千子村正を買い求めて腰に差したという。

西郷隆盛《さいごうたかもり》まで腰にしたというから、すべての刀剣屋から村正がなくなるほど売れた。

官軍の総大将有栖川宮《ありすがわのみや》さまが、村正は皇族が差すような格の高い剣ではないと止められたが、よほど幕府を倒したかったのだろう。村正を腰にされたといぅ。

徳川家に降嫁《こうか》された和宮さまと、有栖川宮さまは婚約されていたといわれるから、宮さまは相当に腹を立てておられたものと思われる。

勘兵衛は家康の小姓《こしょう》だったから、村正のそんないわくを知っていた。

だが、よく斬れる名刀で伊勢桑名《いせくわな》の刀工ということもあり、三河《みかわ》に近いところで作刀されたためか、三河武士が好んだ刀でもあった。

千子村正とはそんな名刀で、藤九郎と外記との経緯もあって、神田明神へ奉納するのがいいだろうと勘兵衛は判断した。

その辻斬り事件が解決した夜、吉原の入舟楼で騒ぎがあった。藤里《ふじさと》という遊女が、好きになった客の男と足抜けしたのだ。その男は船で来た男で吉原の土手下に小船を舫《もや》っておいた。

間もなく夜が明けるという頃で、平三郎と君華も足抜け騒ぎで目を覚ました。

「足抜けと言ったようだな？」

「ええ、そう聞こえましたけど、誰かしら……」

君華がそう言いながら、関係がないというように平三郎に覆いかぶさっていった。

「君華、またか……」

平三郎は若い君華に何度もせがまれて、夜半過ぎまで大往生《だいおうじょう》したのだ。若さというものは恐ろしいものだと今さらながら平三郎は思い知らされた。

命さえ持って行かれかねない。

もう朝の早い客は帰る支度《したく》を始めていた。

「また来るって約束して、お願いだから……」

君華は平三郎とはこれっきりにしたくない。何がなんでも引き止めておきたい大切な人になっていた。

元は武家だった平三郎に君華は心底惚《ほ》れてしまった。

こうなると男と女は危ない。平三郎の脳裏《のうり》には角の生《は》えたお浦とお絹がいる。

その頃、土手から釣竿を出して、早朝の大物を狙っている乙松爺《じい》さんの目の前を、藤里を乗せた小船がギイギイと滑るように通過した。

耳の遠い乙松には船の音は聞こえないが、いつも見る朝帰りの船とはあきらかに違っていた。

「女を連れて逃げるのかな……」

船の行先は木更津《きさらづ》辺りかなどと考えながら、乙松は霧《きり》の中に吸い込まれて行く小船を見ていた。

「若い者は向こう見ずでいいやな。うまく逃げるこった……」

乙松は若い時は命がけの無謀《むぼう》でもいいと思う。

若いということは無分別ということだと思っている。人は分別が出てくると、もう若くはない。

魚釣りの乙松は自分を分別の塊《かたまり》、分別が着物を着て歩いていると思っている。

「おうッ、乙松のとっつぁん、野郎と女が逃げてこなかったかい？」

「ああ？」

「女だよ女ッ！」

文六が叫んだ。乙松の耳が遠いのは知っている。

「あっち、あっちだよ……」

乙松は小船が消えた逆の土手の上を指さした。何ともおかしな爺さんだ。

「おう、ありがとうよッ！」

文六と二人の男が真逆の方に走って行った。

「ヒッヒッヒッ、文六の奴、泡食っていやがる。いつも女をいじめやがって、馬鹿め……」

乙松がうれしそうにニヤニヤしている。

藤里を連れて逃げた男は袖《そで》ケ浦《うら》の漁師で、元助《もとすけ》という。二人ができたのは半年ほど前のことだった。

藤里は客あしらいが下手《へた》でよく客と喧嘩をした。

吉原の女は美人ぞろいだが二種類に分かれる。客あしらいの上手な女と下手な女だ。

藤里は気が強く伝法《でんぽう》で、吉原に来るくらいだから器量はいいのだが、気持ちがまるっきり遊女には向いていない。

「お前さん、大したお足もないくせにこんなところに来るんじゃねえよ」

「藤里、そりゃねえだろう」

「いいからおとなしくおっかさんの乳をくわえていな」

「いいな、藤里のそんなところがたまらないぜ……」

おかしな野郎がいるもので、そういう変わった女に叱られるのがたまらないという風変わりな客も少なくない。

「藤里、ぶってちょうだい！」

などと吉原に何しにくるのか、そういう性癖《せいへき》の男もいる。

藤里は伝法だが普通の遊女なのだ。少しばかり気が強く不器用という程度のものだった。

それでも何んとか勤《つと》め上げて、年季があと二年ほどになっていた。もう結構な年増になっている。

それを美人の化粧で隠している。

そんな藤里がいつものように客と喧嘩をした。

何んとも壮絶な喧嘩で、二人はつかみ合って廊下《ろうか》に転がり出た。こういうことが絶えないから、藤里は入舟楼の厄介者、吉原の恥さらしなどといわれる。

そんな藤里を見て気風《きっぷ》のいい女だと思っている男がいた。それが元助だった。

「おいおいッ、女をいたぶるんじゃねえぞッ、この糞餓鬼《くそがき》がッ！」

喧嘩の仲裁に入った元助が、藤里を庇《かば》って客の男を突き飛ばした。藤里の喧嘩を買おうと粋がった。

「この野郎ッ、話が逆じゃねえかッ、おれは客だぞッ！」

「馬鹿野郎ッ、客のくせしやがって、いい女に喧嘩を売るとはふてえ野郎だッ、ぶん殴《なぐ》るぞてめえッ！」

「違う、違うッ、喧嘩を売ってきたのは藤里の方だッ！」

「てめえは女に喧嘩を売られて買ったのかッ、馬鹿野郎ッ！」

元助のげんこつが男の頭に炸裂《さくれつ》した。

男は二間（約三・六メートル）も吹っ飛ばされて入舟楼の廊下にぶざまに転がる。

文六たち忘八が駆けつけて元助に飛びかかるが、漁師の丸太ん棒のような腕に突き飛ばされた。

「お客さんッ、お静かに願いやす……」

文六が懇願《こんがん》してようやく騒ぎが収まった。怪我人続出で張本人の藤里までが呆然と見ている。

「藤里、怪我はねえか？」

「うん……」

「おめえも悪いんだぜ藤里、客は小判の入った銭箱だ。わかるな？」

「うん……」

「よし、来い。一緒に飲もう！」

傍若無人《ぼうじやくぶじん》、忘八さえ手古摺《てこず》っている藤里を黙らせてしまう。

あっけに取られている文六をにらみつけると、勝手に藤里の手首をつかんで連れて行ってしまった。

「手の施《ほどこ》しようがねえな、こりゃ……」

「喧嘩が収まったんだから、いいじゃねえですか兄《あに》い……」

「そうだな。蒸し返すのも業腹《ごうはら》だ」

さすがの文六もあきらめ顔だ。喧嘩の仲裁をしたのだから元助を叱ることもできない。

そんなことをすれば、文六も二、三発ぶん殴られて、丸太のような腕では当たり所が悪いと死んでしまいそうだ。

「触らぬ神に祟りなしか、お客さん、大丈夫でござんすかい……」

廊下に転がった客の介抱をする。

「痛いよ。何んでこうなるんだ？」

「すまねえ、本当にすまねえな。他にいい女がおりますから……」

「そうか、誰だその女は？」

殴られた男も結構したたかだ。文六が廊下に額《ひたい》をこすりつけて謝罪する。一方、藤里を連れて行った元助は、大暴れをして上機嫌だった。

「まあ、一杯やれ、おれはお前のような気の荒い女は大好きだ。飲め！」

藤里は気が荒いわけではない。粗野《そや》な女でもないのだ。遊女としては少しばかり気が強く不器用なだけである。

「おれはおめえのような女を嫁にしたい。わかるか？」

元助は一方的に藤里に惚れ込んで、藤里を押《し》し倒すといきなり覆いかぶさった。押さえ込んだ藤里の尻を叩いたり、首を絞めたり、蹂躙《じゅうりん》された藤里が無抵抗で少々可哀そうだった。

そんな藤里が元助に抱かれて泣いた。

これまでこんな口説《くど》かれ方をしたことがない。乱暴狼藉《らんぼうろうぜき》、我武者羅《がむしゃら》、言語道断なのだが、この男となら一緒に死んでもいいと藤里は思ってしまった。

こうなると男と女の話は早い。塩梅《あんばい》が良過ぎて危険だ。こういう命知らずの暴走は行きつくところまで行くしかない。

元助は何度か藤里のところに通い、遂《つい》に連れて逃げた。

そんな経緯を平三郎は知らないが君華は知っている。藤里が逃げたとすぐわかった君華は驚かなかった。

あの大喧嘩の後、半年近くというもの藤里は腑抜《ふぬ》けのようにおとなしくなり、客もあまり取らないで元助を待っている。

強烈な元助の毒が藤里の五体の骨まで溶かしてしまった。

こうなってはさすがの藤里でも使い物にならない。楼主《ろうしゅ》も客との喧嘩がなくなっただけでも良いというしかない。

そんな藤里でないと駄目だという客が逆に増える。

いつも部屋の中でボーっとして客を取ろうとしない。楼主もそんな藤里と元助が怖いから見て見ぬ振りだ。

藤里はもう楼主にほとんど借財はなかった。

君華はそんな藤里が幸せをつかんだのだと思う。苦界《くがい》の遊女はみなそんな幸せをつかみたいと願っている。藤里を羨《うらや》ましく見ている遊女は少なくない。

中には藤里が元助と逃げるのではないかと思っていた遊女もいた。

「君華、また来るから……」

平三郎は、ずるずると君華の色の世界に引きずり込まれそうな危機に陥《おちい》った。

こういう時は逃げるしかない。

角の生えたお浦が恋しい。男は勝手なものだ。

「うん、本当に約束だから、来てくれないと首を吊って死んでやるからね……」

「わかった。わかった。死んじゃいけねえよ……」

「好きなんだから、好きになっちゃったんだもの、本当だから……」

平三郎は、若い君華に脅《おど》されたり泣きつかれたり、手練手管かもしれないと思うが、情けないほど翻弄《ほんろう》されているとわかっている。

とんでもないことにかかわったと思う。

それでいて君華が可愛いと思うのだから、女以上に男という生き物は性懲《しょうこ》りもなく成仏できない。
お浦に間違いなく角が生えそうだ。

第十三章　悪人をや

辻斬り事件で藤九郎の剣の凄《すご》さを見た喜平次は、自分の剣の未熟さを痛感する。

その腕の違いはあまりにも歴然だった。

怪我《けが》ばかりしているのはお濡の祟《たた》りだというが、大きな間違いで剣の未熟さが招いているのだと猛省した。

奉行所では吟味方《ぎんみかた》の秋本彦三郎が、俎橋で捕らえた無宿人たちの調べが厳しかった。

彦三郎は拷問にかけて、取り調べには容赦《ようしゃ》しない。

一人ずつ牢《ろう》から引き出されて石を抱かされたり、あまり強情だと駿河問状にかけられて次々と白状する。

その中に一段と強情な男がいた。

石を四枚抱かされても白状しないのだ。五枚、六枚と抱かせても足が麻痺《まひ》して痛みを感じなくなる。

あとは足の骨が砕《くだ》けるだけだ。

「長野さま、あの野郎は一日、二日おいて駿河問状で責めてみますが？」

「うむ、何か出てきそうか？」

「はい、半端な悪じゃないようで、叩《たた》けばいくらでも埃《ほこり》が出てきそうです」

「そうか、お奉行に話しておくから白状するまで容赦するな」

「承知しました」

彦三郎の勘では、殺しをしたような血の匂いのする男だった。こんな男がなんで組橋の願泉寺のような寺でうろうろしていたのだと思う。

大物かもしれないと思わせる男だ。

こういう男を見ると、彦三郎の闘志《とうし》に火がつく。責め甲斐《がい》のある男だ。彦三郎の拷問からはまず逃げられない。

駿河問状の苦しさは並大抵《なみたいてい》のものではなかった。

ギリギリと背骨を責めつける究極の拷問で、両手足を背中で縛《しば》られ三尺吊《つ》るされただけで苦しいのに、ゆっくり背中に石を載せるのだから絶望的だ。

それを回転させるのだから、何がどうなっているのかわからなくなる。

人間は逆さ吊りにされただけで、しばらく放置されると目鼻から血が流れて、塗炭《とたん》の苦しみで死ぬ。

人の体は吊るされたり、回転させられたり、逆さ吊りにされるようにはできていない。二足で歩くようにできている。

駿河問状は駿河問いともいう。

駿府町奉行の彦坂光正《ひこさかみつまさ》が考案した拷問で、逆海老反《えびぞ》りにして吊るすなど、人間の弱点を利用するのだから、残酷極まりない拷問だった。

石抱きと駿河問状は彦三郎の得意な拷問である。

「あの強情な奴《やつ》を引き出せ……」

「はッ！」

「おいッ、お前だッ、出ろ！」

男は名前も言わず、捕まった時から沈黙している。

牢番が呼んでも羽目板に張りついて動かない。仕方なく二人がかり三人がかりで牢から引きずり出す。

男は不安そうに眼をギョロつかせる。

「名無し、喋《しゃべ》りたくなければ喋らなくていいが、今日は駿河問いという拷問だ。知っているか？」

男が顔を曇《くも》らせ鋭い目で彦三郎をにらむ。

「知っているようだな。わしをにらんでも駄目だぞ。今日がお前の命日にならぬようじっくり責めてやる。白状するなら今のうちだぞ」

彦三郎の真面目《まじめ》な忠告だ。それは決して脅しではない。あまりの苦しさに死ぬことがあるといわれる。

「いい加減に名前ぐらいいったらどうだ。拷問も少しは楽にしてやる」

だが、男がまた彦三郎をにらんだ。

「そうか、覚悟はできているということか、それじゃ始めようか、粋《いき》がっていられるのも今のうちだ……」

男を蹴飛《けと》ばして冷たい石畳に腹ばいにさせた。

「縛り上げろ！」

彦三郎はじっくり責めるつもりだ。手足を背中で縛り上げると石畳に転がしておく、それだけで充分に苦しい体勢になった。

「そのままにしておけ……」

吟味方同心の沢村六兵衛と牢番に命じると、彦三郎が仕置き場から出て行った。

「お前さん、名前ぐらい名乗った方がいいのではないのか？」

六兵衛が屈《かが》み込んで男に話しかける。

「ここで死ぬより、少しでも生き延びた方がいいと思うがな？」

男は亀のように首を伸ばして六兵衛をにらみつける。

半端な強情さではない。

「お前さん、相当悪いことをしてきたようだな。人殺しだろ？」

「うるさい……」

「ほう、初めて口を利《き》いたな。わしは悪いことはいわない。お前さんのような悪党を大勢見てきたが、強情な奴ほど苦しんで死ぬ。楽に死んだほうがいいぞ。捕まったということは運が尽きたということだ。わかるか？」

男がじろりとまた六兵衛をにらんだ。

「ここに来たらもう助からないんだから楽に死ぬことを考えろ。わしは吟味方同心の沢村六兵衛という。話すことがあれば何《な》んでも聞いてやるから、お前さんを見ていると可哀《かわい》そうでな。意地もあるだろうが閻魔《えんま》さまにお前の意地などは通じないよ……」

沢村六兵衛は優しい男で、悪党でも往生際《おうじょうぎわ》には引導《いんどう》を渡してやりたいと思う。苦しむのを見るに忍びない。

「お前さん、親鸞《しんらん》さんという偉い坊さんを知っているか？」

男は何をいいたいんだという顔で六兵衛を見た。

「その坊さんはな、善人なおもって往生を遂《と》ぐ、いわんや悪人をやとおっしゃったのだ。難しいか？」

男は益々《ますます》怪訝《けげん》な顔だ。

「その意味はな、善人でさえ往生できるのだから、ましてや悪人ならなおさら往生できると教えておられるのだ。善人なおもって往生を遂ぐ、いわんや悪人をやというのだ。覚えておけ、死ぬのが少し楽になるかもしれんからな……」

変な役人だという顔で男が六兵衛を見た。

「いわんや悪人をやだ……」

無学な悪党でも成仏《じょうぶつ》できるならしたい。六兵衛のいっていることがわかる。

半左衛門と話して戻ってきた彦三郎が「上げろ！」と牢番に命じた。男の体が石畳から離れそうなところで引き上げるのを止めさせた。

「ゆっくり始めるからいいか、白状するなら今のうちだぞ！」

彦三郎は男の顔色を見ている。

「ゆっくり上げろ！」

ギイギイと吊るす梁《はり》が軋《きし》んで男の体が石畳から五寸（約一五センチ）ほど離れた。逆海老反りにさせられて腰が折れそうになる。

「止めろ！」

吊るされた男の体がゆっくり回る。そのまま彦三郎は男を放置した。自分の体の重さで充分に苦しい。手首と足首がグイグイと絞まる。

「そろそろ石を一枚載せる。白状したい時は吊るされたままだ。いいか踏ん張れ、さもないと背骨が折れるぞ！」

こういう時の彦三郎は残忍な顔になる。

この強情な男のために何人もの人が犠牲になったと思われる。それを白状させるまでは容赦しない。六兵衛と男の目が合った。

助けてくれといっているような訴えている眼だ。

「石を載せろッ！」

彦三郎の命令で、男の背中に石の板が載せられた。

「ギャーッ！」

凄《すさ》まじい悲鳴が牢屋に響いた。何人もの強情な男がこれで観念した。駿河問状はかけられた者でないとわからない究極の拷問だ。

「上げろ！」

ギイギイと軋んで男の体が石を載せたまま三尺（約九〇センチ）まで上げられた。

もう男は苦悶《くもん》で顔が歪《ゆが》んでいる。相当に苦しいことは白状した男たちの数でわかる。二枚、三枚と石を載せる男は滅多にいない。

「回せ！」

「止めろッ！」

「ほう、口が利けるようだな。お前に殺されて口を利けなくなった者たちの報《むく》いを受ける時が来たのだ。ほざくな。回せ！」

容赦ない彦三郎の命令で牢番が吊るした縄をねじるように男を回した。十数回で回すのを止めると反動でグルグルと逆に回り始めた。

「ギャーッ！」

駿河問状の男が絶叫する。

石を載せた男の体が勢いよく回転すると苦痛が最高潮に達する。するとガクッと男が気を失った。

「止めろ！」

回転を止めると綱《つな》が緩《ゆる》められて男の体が石畳に下ろされた。

「水をかけろ！」

あらかじめ用意されている桶《おけ》の水を牢番が男にぶっかける。

死んではいない。気が付くと「牢に戻しておけ、また明日にする」と、彦三郎が一旦拷問を中断した。

歩けない男が引きずられて牢に戻される。

この拷問の中断が重要で、駿河問状の恐怖が増幅され、二度と同じ拷問にかけられたくないと思う。白状しやすくなる。そのための間合いだった。

拷問の名人秋本彦三郎はすべて心得ている。

その夜、男が牢の格子に這《は》ってくると、「牢番……」と小さな声で夜回りを呼んだ。

「何んだ？」

牢番が格子の傍《そば》によると「沢村の旦那に会いてえ……」という。他の罪人は板の間に転がって大いびきで寝ている。

「おめえ、そういうが、沢村さまはさっき役宅に帰ったばかりだよ」

「それなら呼んで来い……」

「馬鹿野郎、てめえ何さまだと思っていやがる！」

「おれか、おれはな、牛久《うしく》の又蔵《またぞう》というんだ。聞いたことがあるめえ……」

「牛久の又蔵だと？」

「沢村の旦那に聞きたいことがある。呼んで来い……」

「てめえ、偉そうにいうんじゃねえよ。糞ったれが！」

牢番は怒って罵《ののし》ったが、まだ奉行所にいた半左衛門にこのことを知らせた。

「ほう、六兵衛に聞きたいことがあるというのか？」

「そうなんでございます」

「あの男も駿河問状で白状したくなったんじゃないのか、すぐ、八丁堀に走って行って六兵衛を呼んで来い！」

「はいッ！」

牢番が奉行所から飛び出して八丁堀に走った。

沢村六兵衛は役宅に戻って着替えが済み、妻の支度《したく》したささやかな夕餉《ゆうげ》の膳に着こうとしていた。

「沢村さまッ！」

　牢番が役宅に飛び込んだ。

「牛久の又蔵が沢村さまに話があるというんでッ！」

「牛久の又蔵とは誰だ？」

「あッ、例の今日拷問された男でございます！」

「名乗ったのか？」

「ええ、牛久の又蔵と！」

「わしに話があるというのか？」

「そうなんで、長野さまが沢村さまを呼んで来いというので走ってきました……」

「わかった！」

　六兵衛は箸《はし》を置くと、太刀を握り着替えもしないで、羽織だけを引っかけて寒空に飛び出すと、「こりゃ寒いな……」と渋い顔で言って牢番と一緒に奉行所に走った。

「長野さま！」

六兵衛は待っていた半左衛門に会って指示を仰いだ。

「牛久の又蔵と牢番にいったそうだ。お前に何か話したいのではないかと思う。例の駿河問状でまいったのだろう。奴の話を聞いてやれ、吐《は》くかもしれないからな？」

「はい、それでは早速に……」

「じっくり聞いてみろ」

「はい！」

六兵衛は男が何を話したいのか、まずは聞いてみようと思った。牢格子の前に六兵衛は屈み込んだ。又蔵が格子まで這ってくる。

「旦那……」

「牛久の又蔵というそうだな？」

小声で聞くと又蔵がうなずいた。もう素直な顔だ。

「悪人でも往生できるというのは本当か？」

「ああ、親鸞聖人《しょうにん》さまがそう言われたのだから、間違いない……」

「おれでも往生できるのか？」

「ああ、穏《おだ》やかに大往生できるとも……」

「本当だな？」

「うむ、親鸞さまは嘘《うそ》はいわないよ……」

「地獄《じごく》には行きたくねえ……」

格子に顔を押し付けて小声で訴える。

「又蔵、お前はそんなに悪いことをしたのか？」

「うん、したんだ……」

「人を殺したのか？」

「殺した……」

又蔵は人が変わっていた。それも菩薩《ぼさつ》に変貌《へんぼう》している。善人なおもって往生を遂ぐ、いわんや悪人をやという。

人は変わる時は一瞬で変貌するものだ。仏は仏性《ぶっしょう》が現れると一寸の眼に菩薩が宿ると説《と》いた。

「殺した人たちにはすまないことをした……」

「そう思うか？」

「思う……」

「それなら、閻魔さまと奪衣婆《だつえば》に素直にそういって許してもらえ、必ず大往生できるから……」

「うん、わかった……」

「今夜はゆっくり寝ろ、明日、また話そう」

「旦那、眠れねえ……」

「お前が殺した人たちが出てくるんだろう？」

「うん……」

「それはな、お前が菩薩になったからだ。お前に殺された者たちはまだ成仏していないのさ、だから成仏させてくれと出てくるんだ。祈れ。祈って、祈って、殺したお前が成仏させてやるしかないんだ。わかるな？」

「あっしが？」

「そうだ。お前を頼って出てくるんだ。南無阿弥陀仏《なむあみだぶつ》と祈れ、お前が殺したんだから、祈ってやるのがお前の役目だろ……」

「旦那……」

「人の心の中には必ず仏性というものがある。仏さまになる種だな」

「あっしのような悪党にもか？」

「ある。間違いなくある。だから親鸞聖人さまが悪人をやといわれたのだ。悟《さと》れ、お前はもう菩薩になったのだ」

「旦那……」

大悪党、牛久の又蔵が泣きそうな顔になった。

「ゆっくり眠れ、明日また話そう……」

六兵衛は牢格子の前から立った。

妻が支度した夕餉の膳を放り投げて飛び出してきた。大急ぎで戻らないと夕餉を食いっぱぐれる。

半左衛門には「明日に……」と簡単に報告して奉行所を飛び出した。

八丁堀に走って戻った。善人なおもって往生を遂ぐ、いわんや悪人をやというのもいいのだが、腹が空《す》いて死にそうだ。

六兵衛の妻は暢気《のんき》な人で、支度した夕餉の膳に向かって、夫が戻ってくるのをじっと待っている。

こういう暢気で我慢強い人でないと同心の妻は務まらない。

「おう、帰ったぞ。急なことで待たせたな……」

「いいえ、少々、汁が冷めたようでございます」

「そうだな、温めるのも面倒だ。冷めたままでいいのではないか?」

「そうでございますか、それではいただきましょうか……」

六兵衛もなかなかだが、鷹揚《おうよう》で何ごとにも動じない大人物の妻なのだ。こういう人でないと同心の妻は困る。同心はいつも生き死にをかけて仕事をしているのだから。

吟味方でも、時には捕り物に出て戦わなければならない。

八丁堀の役宅には、お文やお末《すえ》、お鈴やお夕のような武家の生まれではない女たちが何人かいた。

江戸は女不足であることを同心たちは知っている。いい女なら武家も町家も百姓もない。

大場雪之丞の妻お末などは、六兵衛の妻お久《ひさ》を同心の妻の鑑《かがみ》のように思って尊敬さえしていた。

同心の妻たちも隣近所の付き合いがあってなかなか大変なのだ。

翌日から牛久の又蔵の取り調べは、半左衛門の命令で沢村六兵衛になった。秋本彦三郎も事情を聴いて苦笑しながら納得だ。

駿河問状より親鸞の「善人なおもって往生を遂ぐ、いわんや悪人をや」の方が、効き目があったということだ。

大いなる納得だ。凡人は親鸞聖人には勝てない。

人殺しの悪党でも心の片隅に仏性を残しているということだ。彦三郎はこれでいいのだと思う。

牛久の又蔵は六兵衛の取り調べに、すらすらと自分のしたことを話した。

北町奉行所で追っていた未解明の皆殺し事件が、この又蔵の一味がやった凶悪事件だとすべてわかった。

あまり目立たない沢村六兵衛の大手柄になる。

「善人なおもって往生を遂ぐ、いわんや悪人をや」

親鸞の大慈悲である。

その後、十人を超える人を殺した又蔵が、狼狽《うろた》えることなく従容《しょうよう》として死の座に臨《のぞ》んだという。

又蔵が極楽に行ったか地獄に行ったか、それは閻魔さましか知らない。

第十四章　袖《そで》ケ浦《うら》

その頃、袖ケ浦に逃げた元助と藤里は相思相愛で、吉原から足抜けしてきたとは思えない平然とした暮らしをしている。

まるで悪いことをしたと思っていない。

吉原では文六たちが二人のことを調べていた。足抜けされたままでは吉原の面子《めんつ》がつぶれ、他の遊女たちにもしめしがつかない。

放置すれば金銭の問題ではなく吉原の痛手にもなる。

惣名主庄司甚右衛門の意を受けた忘八の惣吉が、文六たちを動かして調べ、袖《そで》ケ浦《うら》の荒くれ漁師の元助が藤里を連れ出したとすぐわかった。

小船で逃げたこと、その日は海上に霧が出ていたこと、文六が乙松爺さんに嘘をつかれたことなどが判明した。

ことと次第によっては袖ケ浦の漁師と、吉原の忘八の出入りになりかねない。

こういうことは意地が絡《から》むと厄介なことになる。藤里を取り返したい忘八とそれを渡したくない漁師たちだ。双方とも話のわかる連中ではない。

どちらかというと血の気の多い喧嘩《けんか》自慢の若い衆たちだ。

「惣吉、若いところを五、六人連れて行って、元助と話をつけて来い。暴れ者の元助だ。気をつけるんだぜ……」

「へい！」

「袖ケ浦なら船を仕立てて行け、すぐだ……」

庄司甚右衛門は奉行所の手前、あまり手荒なことはしたくないが、足抜けは吉原の死活にかかわる重大事で見逃せない。場合によっては殺しもやる。だが、袖ケ浦の漁師も気が荒い。板子一枚下は地獄だぜと粋がっているのが漁師だ。

年季明けの近い藤里だから入舟楼の被害はない。気の強い女だが良く働いて楼主からの借金もあとわずかだった。

藤里は身の処し方はだらしなくない女だった。

吉原には金銭にだらしなく、借金まみれの女が少なくない。そういう遊女は男にもだらしがなかった。

　金にだらしのない女は、男にもだらしがないというのが吉原の通り相場だ。遊郭だから男には少しだらしのない方が商売にはなる。

　その藤里は吉原では変わり者だが世間に出れば、どこにでもいる喧嘩好きで、曲がったことの嫌いな漁師の女房といったところだ。

　文六が先に袖ケ浦へ行って元助の家を見つけ、藤里が暢気な顔で漁師の女房のように暮らしているのを確認して戻ってきた。

「兄《あに》い、少々、厄介かもしれませんぜ？」

「何が？」

「漁師っていうのは気が荒いようで、元助のような乱暴者が浜にはゴロゴロしているんですぜ、不味《まず》いんじゃないですか？」

「馬鹿野郎、何をビクビクしていやがるんだ。てめえ、忘八だろうが！」

「兄い、そうなんだが、奴らは顔が真っ黒で腕っぷしが……」

「顔の黒いのは海の日焼けだ。驚くことはねえ」

　忘八は夜の仕事だから漁師とは逆で色白だ。日焼けした忘八なんかはいない。

「そうなんだが……」

船の櫂《かい》を振り回して暴れると、匕首《あいくち》などでは太刀打ちできない。中には丸太のような櫓《ろ》を振り回す力自慢もいる。まるで海坊主のような化け物だ。

「文六、飯の種の女に足抜けされて、相手がどうのこうのというんじゃねえ、それがたとえ将軍さままでも、取り返しに行くのが忘八者じゃねえのか、おい？」

「へい、兄いの言う通りでござんす……」

「だったら、つべこべいうんじゃねえ、喧嘩をしに行くんじゃねえんだ」

惣吉は惣名主の甚右衛門に信頼されている男だ。

よく頭も切れて忘八にしておくには勿体《もったい》ない器量の男なのだ。武家だった頃の庄司甚右衛門の家来である。

惣吉は五人で船に乗ると袖ケ浦に向かった。

凪《なぎ》の海を船が滑って行く。江戸の海は穏やかな日が多いが、それでも北や南から強風が吹き込むとずいぶん荒れる。

沖に惣吉たちの船が現れると袖ケ浦の浜がざわつき出した。

「あれは誰の船だ？」

「今は誰も海に出ていねえ……」

「それならどこの船だ？」

「わからねえが、木更津あたりの船じゃねえか？」

「木更津？」

「違うな、あれは江戸の方から来た船だろう？」

「江戸だと？」

ざわざわと浜に二人、三人と漁師が集まってきた。その中に元助がいる。

「おいッ、元助、吉原の連中がおめえの女を取り返しに来たんじゃねえのか？」

「吉原だとッ？」

五人、六人と集まって漁師たちが色めき立った。

「忘八の惣吉じゃねえか、藤里を連れて行くつもりじゃねえのか？」

袖ケ浦の独《ひと》り者の漁師は吉原の常連だ。吉原から漁に出るなんていう魚臭い豪《ごう》傑《けつ》がいるくらいだ。

「そんなことはさせねえッ、そうだろ元助！」

「うむ、ぶっ殺してやる！」

「よしッ、やろう！」

「忘八どもを追い返せ！」

荒くれ漁師が浜に並んで近づいてくる船をにらんでいる。

「兄い、浜に人が集まっていやがる。まずいんじゃやねえか？」

「船を浜の外れに回せッ！」

惣吉は木更津寄りの遠い浜に船を回す。いきなり漁師たちと対決する気はない。

漁師は結構なお足を運んでくる上客なのだ。あまりひどく揉《も》めるのは吉原にとって得策ではない。

藤里一人ぐらいはくれてやってもいい。

だが、同じことを繰り返されると困る。惣吉はどうするか迷っていた。

袖ケ浦の浜に着いた惣吉たちが、文六の案内で元助の家に走った。それを阻止《そし》しようと漁師たちも走る。

先に回って元助たちが惣吉たちの前に立ち塞《ふさ》がった。

荒くれの漁師たちは早くも櫂や棹《さお》の折れた棒を握って喧嘩支度だ。

「てめえらッ、どこへ行くッ、この浜で勝手な真似《まね》はさせねえッ！」

「喧嘩に来たんじゃござんせん。藤里を返してもらいたいだけなんで、話の出来る者はいやせんか？」

惣吉は事を荒立てず下手《したて》に出た。

「話だと！」

黒く日焼けした漁師が三人五人と走って集まってくる。たちまち多勢に無勢で忘八が不利になった。

「藤里だと、この浜にそんな女はいねえッ！」

「おのれら、帰れッ！」

「藤里があの家にいることはわかっておりやす……」

惣吉が元助の家を指さした。

「あの家は空《あ》き家《や》だッ！」

「そう乱暴をいっちゃいけやせんぜ、ほら、あの家の軒下《のきした》に藤里が立っているじゃござんせんか？」

「あれはわしの女房だ。お前のいうような女ではないッ！」

「困りましたな。あれは確かに藤里でござんすよ。そう意地を張られては話になりやせん……」

「話などする気はねえッ、帰れッ！」

「人の者を盗《と》れば盗人《ぬすっと》でござんすよ。それを穏やかに話そうといっているんだ」

「うるせいッ！」

「叩き殺して海に沈めてしまえッ！」

惣吉をにらんで襲いかかろうというのだから、吉原の忘八より短気で乱暴な漁師たちだ。

「兄いッ、やろう！」

文六が懐の匕首を握った。

「文六、待て……」

「こっちがやられる前に三人や五人は殺せやすぜ！」

「待てといってるんだ。死ぬのはいつでも死ねる。意気込んではいるが奴らも死にたくはねえはずだ……」

惣吉は冷静だ。

ここで争いになっては双方に怪我人が出る。運が悪いと死人が出てしまう。それは惣吉の望むところではなかった。

そんなことになれば、吉原と袖ケ浦の戦争になってしまう。場合によっては日本橋魚河岸《うおがし》まで敵に回しかねない。そんなことになれば吉原の大損になる。

「そなたらでは話にならん。村の長《おさ》はどこだ？」

「ここにはそんなものはいねえッ！」

「ぐずぐずとうるせい奴らだ。ぶっ殺してしまえッ！」

今にも漁師たちが櫂や棒を振り上げて五人に襲いかかりそうな気配だ。それでも惣吉は冷静だ。

だが、気短な文六が懐の匕首を抜くと、双方に殺気が走って一気に緊張が浜を支配した。

「抜きやがったぞッ！」

「殺せッ！」

「やっちめえッ！」

浜に集まってきた漁師十人ばかりが、惣吉たちを半円に取り囲んでじりじりと渚《なぎさ》に追い詰める。

「野郎、吉原の忘八をなめやがってッ！」

次々と匕首を抜いた。

こうなっては惣吉も戦うしかないかと思った。その時、漁師たちの間からひと際日焼けした黒い男が出てきた。

「待て、待て……」

「お、親分!」

「お前たち、喧嘩になれば一人二人の死人じゃすまねえぞ。いいのか。お前さん方は吉原の忘八さんだな?」

「そちらさまは?」

「わしか、わしはこの浜では親分と呼ばれている磯太郎《いそたろう》というものだ。藤里は確かに預かっているが、返せと言われて、はいそうですかというわけにはいかないのだ……」

磯太郎と名乗った親分はなかなかの貫禄《かんろく》だが、吉原には現れたことがないから惣吉は磯太郎を知らない。

「藤里は吉原から足抜けをしましたので……」

「それはそちらの言い分だ。窮鳥懐《きゅうちょうふところ》に入《い》れば猟師も殺さず、ということばを知っているか?」

「はい……」

「それがこっちの言い分だ」

惣吉は磯太郎の言葉に手ごわい相手だと感じた。

遊女を攫《さら》っておいて、漁師たちの勝手な言い分だといいたいが、それでは喧嘩になってしまう。

「わしはお前さんにあれこれいいたくない。吉原には惣名主という人がいるそうだな？」

「はい、庄司甚右衛門さまと申しやす」

「会いたい」

惣吉は磯太郎が惣名主との間で直《じか》に話をつけたいといっているように思った。

「会えるか？」

「わかりました。吉原に戻って話をしてまいります」

「そうしてくれ、惣名主を粗略《そりやく》にはしない。こっちも吉原への出入りを禁じられては困るしな。若い者は女なしでは漁もできやしねえ。江戸の人たちに袖ケ浦の魚は食わねえと言われても困る……」

「承知しました」

話がまとまって、惣吉たち五人が船に飛び乗ると江戸に向かった。

袖ケ浦という美しい少し変わった名には物語がある。その昔、倭建命《やまとたけるのみこと》が東《とう》征《せい》の折に、走水《はしりみず》（江戸湾）を渡海しようとした。その時、海の神が怒り大荒れになり、妃《きさき》の弟橘媛《おとたちばなひめ》が海に身を投げて神の怒りを鎮《しず》めたという。

その弟橘媛の袖《そで》が千切《ちぎ》れて、海岸に流れ着いたといわれるのがこの浜で、そのため袖ケ浦という美しい名がつけられたと伝わる。

その袖ケ浦から戻ってきた惣吉の話を聞き、甚右衛門は海を渡って袖ケ浦に行く決心をした。

磯太郎という男がどんな男か会ってみたいと思う。

「明日の朝、二人で行こう」

「はい……」

「船の支度をしておけ、藤里の残りの年季は二年だったな？」

「そうです」

「入舟楼の主は何かいっているか？」

「いいえ、格別には、藤里という女はちょっと変わった女のようで……」

「それは聞いている。楼主はわしに任せるということだな？」

「はい、間もなく年季が明けますので入舟楼の損はありません。厄介払いぐらいに考えているようで……」

「そうか、だが、足抜けを放置すれば吉原内にしめしがつかないだろう？」

「はい、そこが問題です」

「けじめをつけなければならぬか……」

「磯太郎という男は、その辺りのことをわかっているかと思われます」

「だといいがな……」

甚右衛門はどのような決着がいいか考えていた。

吉原のことを考えれば、甘いことをいってもいられないが、難しいことになって話がこじれるのも困る。

こういう事件は話の落としどころが難しい。

吉原から惣名主が出て行き、袖ケ浦からは親分と呼ばれている男が出てくるということは、それは双方の顔が立つようにしなければならないということだ。

翌早朝、惣名主庄司甚右衛門と惣吉の二人が、船に乗って袖ケ浦に向かった。

海上には薄い霧が出ている。

袖ケ浦では沖に船が現れると、磯太郎が浜の渚まで出て来て甚右衛門を迎えた。

「わざわざご苦労さまです。どうぞ……」

磯太郎が案内したのは自分の大きな屋敷だった。

二人の話し合いを見ようと漁師たちが集まっている。吉原の惣名主が来るという噂は袖ケ浦村だけでなく、周辺の村々にまで聞こえていた。

すぐ二人の話し合いになった。

「まず、惣名主の話を伺いたい？」

「わかりました。藤里はあと二年の年季が残っていますが、充分に働いていただきましたので、残りを一年一両で買っていただきたいと言いたいところですが、藤里が一両の女といわれては吉原もつらいし、袖ケ浦の面目も立たないかと思います」

「なるほど……」

「双方の面目が立ち、藤里も恥をかかないように一年十両というところで、親分が身請《みう》けする形を取っていただければ穏便かと思いますが？」

「二年で二十両ですか、わかりました。身請けいたしましょう」

簡単に話が決まってワッと歓声が上がった。

親分同士の話し合いだ。

「少々、色を付けて百両と言いたいところだが、見ての通りの漁師村、そういうこともできないので二十両だけ色をつけさせていただき、倍の四十両でわしが身請けさせていただきましょう」

「結構でございます。それでは藤里を一旦吉原に返していただき、今日中にも親分にお引き渡しするということでお願いしたいが？」

「それで吉原の面目が立つならそのようにしましょう。みんな、船の支度をしろ！」

「おおーッ！」

漁師たちが一斉に外に飛び出した。

「それではまいりましょう」

物わかりのいい二人の話がまとまって、磯太郎が先に立って、甚右衛門と惣吉も浜に出て行った。二人とも話の落としどころをわかっている。

「惣名主さま、お許しください……」

藤里が元助と並んで甚右衛門に頭を下げた。

「親分が身請けしてくれることになった」

「はい……」

「一旦、吉原に戻って、今日中にここへ戻ってこい……」

「はい、ありがとうございます」

「礼はわしではなく親分にしなさい」

浜には二十数艘《そう》の船が旗を立てて並び海の上で大騒ぎだ。一斉に袖ケ浦の漁師が吉原に繰り出そうというのだ。

「どうぞ……」

磯太郎が自分の船に甚右衛門を誘った。二人の相性がぴったりで、話し合いは四半刻もかからなかった。見事な問題の収め方だ。

二人が船に乗り込むと浜から船が出発した。

惣名主が藤里を連れて戻ったことで吉原に驚きが広がった。逃げても海の向こうから連れ戻される。

吉原からは逃げられないということが大切なことだ。

苦界から逃げたいと思っている遊女は少なくない。それを許しては遊郭が成り立たなくなる。

藤里は入舟楼に戻り、半刻ほどで支度を整えてから、正式に磯太郎が入舟楼に四十両を払って、身請けするということになった。

楼主は考えていなかった身請け金が入って大喜びだ。藤里を厄介者と思っていたのだから笑いが止まらない。

吉原から花嫁を出すような大騒ぎで、袖ケ浦の漁師たちも大面目である。

「ねえ、あたしも身請けしてよ。いいでしょ？」

馴染《なじ》みの遊女に身請けを迫られて大慌ての漁師がいる。女たちはみな身請けという幸せをつかみたい。

「おめえを身請けするような銭はねえ！」

「薄情者、親分さんが出してくれたっていうじゃないか、なんとかして！」

「そんなことできるか！」

「じゃ連れて逃げてよ。袖ケ浦に……」

その日のうちに、藤里は磯太郎に身請けされ、三十艘からの船に守られて袖ケ浦に戻って行った。

第十五章　銀次《ぎんじ》の船

丈夫でこれまで小恙《しょうよう》も患《わずら》ったことのない品川宿の寿々屋《すずや》の親父《おやじ》が倒れた。

小豆《あずき》は甘酒ろくごうに人を走らせて三五郎と小春に知らせる。

小春は六郷橋《ろくごうばし》の茶店を母親と弟に任せると、三五郎と久六《きゅうろく》と一緒に茶屋を飛び出し寿々屋に走った。

倒れた親父はまだ生きていた。

「親父ッ！」

先に駆けつけた三五郎が寿々屋に飛び込んだ。

「三五郎、おれはもう駄目だ。小春は？」

「今来る！」

「寿々屋を頼むよ……」

「親父ッ、気の弱いことをいうんじゃねえ、すぐ元気になるから……」

「そうじゃねえよ。もう駄目だ。頼むよ……」

「親父らしくねえ、しっかりしてくれ！」

「親父さんッ！」

　小春が飛び込んできた。

「小春……」

「親父さんッ！」

「おめえ、元気か？」

「うん……」

「泣くんじゃねえぞ。おれはもう駄目だ。この寿々屋は約束通りお前にやるからな……」

「親父さん……」

「うまいことやってくれ、頼む……」

　ニッと微笑《ほほえ》んで、小春と三五郎の手を握った。小春の最初の男がこの親父だった。まだ小春が十四の時である。寿々屋の小女になってすぐ親父が女にした。

「三五郎、小春を大切にしろよ。約束だから……」

「親父、元気になってくれよ」

「うん……」

旅籠《はたご》は閉められ医者が呼ばれ、小春と三五郎や小豆たちが必死の看病を行った。だが、その日の夜遅く、寿々屋の親父が亡くなった。

気丈な小春は寿々屋を一日だけ閉めたが、すぐ旅籠を開けて客を入れる。

その方が親父さんはよろこぶと思う。

仕事熱心な親父さんが旅籠を休んだのを知らない。小豆は三五郎とはもう切れていて小春の妹のように働いた。

兎《と》に角《かく》、小春と小豆は働き者だった。

小春は寿々屋を引き継いだことで、繁盛していた甘酒ろくごうを母親に任せ、旅籠寿々屋の切り盛りに専念する。

このことを三五郎が小春の後ろ盾《うしだて》であるお奉行に申し上げた。

「そうか、小春が甘酒屋と寿々屋の両方をな？」

「それが寿々屋の親父との約束でしたので……」

「お前も忙しくなるか？」

「いいえ、あっしはご用の仕事がありますので何も変わりませんです」

「そうか、小春は働き者だからな……」

「はい……」

小春のような働き者を嫁にすると男は好きなことができた。三五郎は久六を引き連れて北町奉行所のご用聞きをして、品川宿の界隈《かいわい》では三五郎親分と呼ばれている。

それは小春がいるからこそだった。

そんな時、品川宿に藤九郎が現れた。

川崎湊《みなと》のお葉のところへ行くため、品川宿の寿々屋の前を通った。それを小豆が見逃さなかった。

「旦那ッ！」

飛び出してくると藤九郎の腕にぶら下がった。

「小豆、元気か？」

「元気かじゃないよ。立派になっちゃって、お見限りじゃないのよ！」

「親父が亡くなったそうだな？」

「うん、兎に角、寄ってくださいな……」

「川崎湊まで行くのだ」

「川崎ならすぐそこだから、寄って……」

小豆が藤九郎の手首を両手で引っ張る。道端で昼前から強引な客引きだ。

「青木さま！」

小春が顔を出して、二人で藤九郎を寿々屋に引きずり込んだ。小豆は、どうして小春が旦那を知っているんだと怪訝《けげん》な顔をする。

「旦那を知っているの？」

「うん、小豆は知らないのかい。青木さまは北町奉行所のお役人さまだよ」

「北町のお役人？」

小豆は大好きな藤九郎が、浪人から立派な武家に変身したことは気づいたが、お役人とは思わなかった。

「親分の……」

「そう、うちの親分を使っておられるんだから……」

「そうなんだ」

「小豆、そういうことだから勘弁しろ……」

「嫌だね、約束は約束だもの……」

「約束？」

小春が小豆に聞いた。

「うん、内緒の約束。旦那、川崎湊なら船で行けばいいじゃないか？」

「船か？」

「青木さま、そうしてくださいまし……」

藤九郎は太刀《たち》を鞘《さや》ごと抜いて敷台に腰を下ろした。寿々屋には小豆の他にも二人の女がいて藤九郎に茶を出す。

「甘酒屋と両方では大変だな？」

「ええ、でも旅籠の仕事は慣れていますから……」

「うむ、三五郎と久六をうまく使うことだ。親分のご用聞きの仕事は、いつも忙しいわけではないからな」

「はい……」

「旦那は川崎からいつ帰るの？」

小豆は藤九郎を寿々屋に泊めたいのだ。

「今日中に奉行所へ戻らないといかんのだ」

「そんなことといって、いつも逃げるんだから旦那は狡《ずる》いよ。あたしを放っぽり出してさ……」

「小豆、青木さまにそんなことをいうもんじゃありません」

「だって……」

「小豆、必ず抱いてやるからそう怒るな」

「青木さま……」

「小春、これは小豆との約束なんだ」

「そんな約束は……」

反故《ほご》にしていいと言いたい小春だが、小豆が怒った顔で小春をにらんでいる。

「そのうち、必ずお越しください」

小豆の味方に急転する。こういうところが小春の賢いところだ。小豆が納得した顔で藤九郎をにらんだ。

「小豆、しばらく待て……」

「うん、きっと約束だからね？」

藤九郎を好きでたまらない小豆なのだ。そのために三五郎と切れたようなものだ。だが、藤九郎にも事情というものがある。

「小春、そうゆっくりはしていられないのだ」

「はい、裏から船へ……」

小春と小豆が藤九郎を連れて砂浜を湊に向かった。一町（約一〇九メートル）

ほどのところに品川湊がある。

「銀次《ぎんじ》ッ、北町奉行所のお役人さまを川崎湊まで頼むよ！」

小豆が若い漁師に叫んだ。

「お役人？」

「そうなんだ。頼むよ。いいだろ？」

気の強い小豆は、この辺りの若い衆を顎《あご》で使う。銀次が小春に頭を下げた。

「小春姐《ねえ》さんとこのお客さまで……」

「銀次さん、うちの親分を使っておられる北町奉行所の与力さまだ。ちょいと川崎湊まで頼みます……」

「与力さま？」

銀次はご用聞きの三五郎よりずっと偉いのが与力だとわかっている。

「へい、承知しやした」

藤九郎はだいぶ前のことだが、お葉を好きになってここから船に乗って、川崎大師《だいし》にお詣《まい》りに行ったことがある。

「旦那さん、こっちの船に乗っておくんなさい」

「銀次、急いでおくれよ！」

小豆が命じるようにいう。

「ああ……」

「この旦那はあたしのいい人だからね、銀次！」

「ふん……」

鼻を振った銀次がブツブツいう。実は小豆を好きなのだ。すぐ船が海に浮かんで、銀次が勢いよくギイギイと櫓《ろ》を漕《こ》いだ。

「あいつはしょうがねえ女だ。尻軽女め……」

「銀次、そう怒るな。女は尻軽の方が可愛《かわい》いんだぞ」

「旦那……」

「お前は小豆が好きなようだな。あれはいい女だ。わしが抱く前に嫁にしてしまえ！」

「嫁に？」

銀次の漕ぐ船が勢いよく波を切って川崎湊に向かった。

「あんな女……」

「意地を張るな。小豆はお前には過ぎた女だぞ」

「そんな……」

「いいから好きならぐずぐずいってねえで嫁にしちまえ！」

「そんなことというけど旦那……」

「男だろうが？　夜中に浜へ呼び出して、船に乗せて沖に出てしまえば何んでもできるだろうが？」

「そんなことしたら殺されるよ。旦那さんは本当に役人なんですか？」

「なんで？」

「そんな危ねえことを教えるお役人はいませんよ……」

生真面目な銀次は乱暴なことをいう人だと思う。小豆を船に乗せてそんなことをしたらこの品川にいられなくなる。

「そうか、わしにそうしろといわれたといえ、小豆はいうことを聞くはずだから……」

「本当ですか？」

「ああ……」

銀次に少しばかり希望が見えてきた。

実は小豆に惚《ほ》れている若い衆が何人かいて、手を出して小豆に嫌われると仲間に馬鹿にされそうなのだ。だから怖がって誰も手を出さなかった。

銀次は小豆と勝負してみようと藤九郎から与力をもらった。北町奉行所の与力の旦那がそうしろというならやれる気がする。

藤九郎を乗せた船が川崎湊に近づくと、お葉が船を見つけお秀《ひで》を抱いて浜に出てきた。

「しっかりやれよ。小豆を嫁にしてみろ……」

「へい、やってみます！」

何んとも危険な話がまとまって銀次が品川湊に戻って行った。

「お葉、お秀は元気か？」

「はい……」

「風が冷たくないか？」

「ええ、南からの風に変わってきましたから……」

藤九郎は滅多にお葉の家に現れない。忙しいこともあるが、奉行所からでは川崎湊は遠かった。片道だけでも二刻（約四時間）近くはかかる。

勘兵衛の方が気を遣《つか》って「お葉は元気か？」と聞く。

「しばらく行っておりませんので、顔を出してみたいと思っております」

「そうだな……」

すぐ勘兵衛から川崎行きの許しが出る。

内与力ともなると、あまり勝手な振る舞いはできない。なにかと自由に動けるのが同心である。

その日は暗くなってからお葉の家を出て、夜半少し前に奉行所の役宅に戻った。

お登勢は泊まることがわかっていれば別だが、藤九郎が帰ってくる時はどんなに遅くなっても起きて待っている。

「お葉さんはお元気でしたか？」

「うむ、お秀も元気だった」

「それはようございました。なにか少し、食べませんと……」

「そうだな。酒はあるか？」

「はい、奥方さまから頂戴した一升《いっしょう》が……」

「二合ばかり飲もう」

「はい……」

珍しく藤九郎が深夜に酒を飲んだ。

「お前もやれ……」

「まあ……」

お登勢がうれしそうにニッと微笑んで藤九郎から盃《さかずき》を受け取る。武骨な剣客の藤九郎だが、こういうところをお登勢は大好きなのだ。

藤九郎は、まだ鬼頭外記のことをお登勢にいっていない。外記を斬ったといえば、お登勢は悲しむだろうと思う藤九郎なのだ。知らない方がいいこともある。

藤九郎から励まされた銀次は数日後、思い切った行動に出た。

「おい、小豆、今夜、おれの船に来い……」

「なによ？」

「何んでもいいから来いよ」

「夜はお客さんがいるから……」

「断れよ」

「そんなことできないの知っているでしょ！」

「いいから、断って必ず来い。いつまでも待っているから……」

「銀次、あんた……」

「待っているからな！」

砂浜を湊の方に走って行った。その銀次の後ろ姿を小豆が見ている。

その夜は小豆に客がなく手持ち無沙汰《ぶさた》になった。そこで寿々屋の裏口からこっそり出ると湊の銀次の船に向かう。

浜に人影がない。

「銀次の野郎、あんなことといってからかいやがったか……」

小豆が星明かりにきょろきょろしていると、逞《たくま》しい腕で船に引き上げられた。

「なにするんだよッ！」

「来てくれてありがとうな」

「こんな真夜中になんの用なのさ？」

「大事な話だ。船を出すぜ！」

「ちょっとッ！」

小豆は跳び下りようとしたが、船が勢いよく海に滑って行った。飛び乗った銀次が櫓を漕いでグイグイ船を沖に出した。

「銀次、何するんだよ！」

「小豆、おれの嫁になれ！」

櫓を漕ぐのを止めて、銀次が小豆の傍《そば》に来て座った。小豆が怯《おび》えたように身構えて後ろに身を引いた。

「おれの嫁になれっていってるんだ！」

「銀次、こんなことして、ただで済むと思うなよ。奉行所のお役人にいうからな！」

「そのお役人さまがこうしろと教えてくれたんだ！」

「な、なんだって！」

銀次が小豆に襲いかかった。小豆は藤九郎に裏切られたと思う。

「ちょっと待てッ！」

「待てねえ！」

銀次が立って着物を脱ぎ捨て、下帯まで取っていきなり素っ裸《すぱだか》になった。

小豆はそれを見て仰天している。

船の中では海に飛び込むしか逃げ道はない。おとなしい銀次にいったい何が起きたんだと思う。

その銀次は役人が教えたという。

藤九郎の裏切りだと小豆の頭は大混乱だ。

飛びかかったてきた銀次に押さえ込まれ、「待てッ！」と叫んだが、猛獣のような銀次に着物を剝《は》ぎ取られ裸にされた小豆は、銀次を引っ搔《か》いたり、蹴飛《けと》ばしたり必死に抵抗、大暴れをした。

だが、女の力では、たくましい銀次の攻撃を防げるものではない。

たちまち小豆は力尽きた。船がギシギシ左右に揺れる中で、小豆はいつもはおとなしい銀次に蹂躙《じゅうりん》された。

「銀次の馬鹿野郎ッ！」

「小豆、好きなんだよ！」

「死んでやるうッ！」

「好きだよ小豆ッ、ごめんなッ！」

「馬鹿ッ、銀次の馬鹿ッ、こんなことしてッ！」

船の中の戦いはしばらく続いたが、小豆が力尽きて傷だらけ血だらけの銀次に軍配が上がった。

あちこちを引っ搔かれて体中がひりひりと痛い。

だが、戦勝の傷だから仕方がない。

へとへとに疲れた小豆と銀次が、船の中で素っ裸のまま転がっている。暗い海上を船はどこに流れて行くかわからない。

「馬鹿ッ！」

小豆がおもいっきり銀次をひっぱたいた。

「小豆、ご免《めん》な、だけどよ、小豆を好きならこうしろって、あの川崎に行ったお役人が教えてくれたんだ……」

「それでこんなことを、馬鹿なんだもの！」

小豆がまた銀次をひっぱたいた。

銀次の顔は小豆に引っ掻かれて傷だらけだ。

「馬鹿なんだからもう……」

「好きなんだから、いいじゃないか、大切にするよ……」

裸の銀次がまた裸の小豆に覆いかぶさっていく。小豆はもう抵抗しなかった。

「本当に嫁にするの？」

「うん……」

「おとっつぁんはあたしでいいっていったの？」

「まだ聞いてねえ……」

「その顔血だらけ、痛い？」

「うん、ひりひりする……」

　クックックッと小豆が喉《のど》で笑った。

「銀次、おいでよ。もうお前のものだから……」

「本当か？」

「うん、好きなようにしていい、だけど銀次のおとっつぁん、怖いからな……」

「大丈夫だよ。あのお役人の命令だっていうから……」

「本当にそんなこといったのか、あの人……」

「うん、おれの命令だっていえば、小豆は必ずいうことを聞くからって、偉そうにいうから……」

「それで？」

「うん……」

「銀次、さっきより重いんだけど……」

「いいだろ重くても？」

「うん……」

　小豆はキラキラと星がきれいだと思った。

　傷だらけになりながらも、銀次は猛攻で遂《つい》に小豆を自分のものにした。海の若者には勇気があった。

第十六章　浅草寺詣《せんそうじまい》り

浅草の二代目鮎吉こと正蔵が、近くの出合茶屋とか逢引《あいびき》茶屋といわれている近頃流行《はや》りの茶屋を買い取った。

鬼七の女房になった千鳥《ちどり》ことお国にやらせるか、金太《きんた》の女房で小梢《こずえ》の叔母のお昌《まさ》にやらせるかを考え、どんな人間が出入りするかわからないことから、若いお国では無理だろうと定吉《さだきち》と相談してお昌に決める。

話を持って行くと、暇なお昌は大乗り気で正蔵の話を引き受けた。

そこでお国にはお千代と同じように茶屋を持たせることにする。豆観音は独楽《こま》鼠《ねずみ》のようによく働く女だ。益蔵と鬼七はご用聞きだから、同じような茶屋でいいだろうということである。

お昌の逢引茶屋は改装され、怪しげな男や女が入った時にだけ通す部屋を作り、そこの話を聞けるようにし客の顔も見られるよう細工を施《ほどこ》した。

正蔵はその茶屋を奉行所のために使うつもりなのだ。

からくり仕掛け部屋の隣の隠し小部屋から話が聞こえるようにして、床の間の翁《おきな》の能面から覗《のぞ》けるように作った。

お昌は仕事をおもしろがって生き生きとしてきた。浅草には各地から色々な人が集まってくる。その中には悪党もいるはずなのだ。

そんなお昌に金太も大喜びで、定吉にご用聞きになりたいといい出す。

だが、浅草には益蔵と鬼七という二人のご用聞きがいて、金太が望んでも二人の間に入り込む余地はなかった。

「金太、おめえは下足番でもしていろ！」

定吉は大年増《おおどしま》を通り越したお昌を好きで強引に嫁にした金太には厳しい。

お昌は先代鮎吉の女将《おかみ》さんの妹なのだ。姉とは年は離れて若かったが、金太が惚れた時には相当な年だった。そんなお昌の本当の年を誰も知らない。

そのお昌が逢引茶屋を正蔵に任されて張り切った。

お昌の逢引茶屋には色々な人が出入りする。こういうところに出入りするのは、ほとんどすべてが訳ありの男や女といってもいい。

世の中には秘《ひそ》かに会わなければならない人たちが結構いる。

正蔵はそこに目をつけた。奉行所に二人のご用聞きを出しているのだから、それぐらいの協力をして当然だと思っている。二人に手柄を立てさせたい。それには逢引茶屋がいいと思って買い取った。

それが見事に的中する。

ひと月もしないで老人が一人で茶屋に現れた。

お昌は直感で女を欲しがる年ではないだろうと、老人を例のからくり仕掛けの部屋に通した。

「女将さん、ここに碁盤はありますかね？」

「ええ、ございます」

「それを貸してください。間もなく、わしの碁仇《ごがたき》が来ますから通してくださいな」

「碁仇？」

「ええ、年寄りの楽しみで、お願いしますね……」

「はい、すぐ碁盤を運ばせます」

「お酒も二本ばかりお願いしますよ」

「二合徳利ですが？」

「ええ、それで結構です」

　お昌は言葉から江戸者ではないと直感した。常陸《ひたち》あたりだろうかと思った。女たちに碁盤と二合徳利を二本持たせる。

　老人は窓を開けて大川を眺めていた。

「お持ちいたしました」

「おう、ここに持ってきてくれ……」

「はい……」

「ここからの眺めはいいな」

「はい、そろそろ土手に花が咲きますから……」

「そうか、なるほど花が咲くか？」

「ええ、綺麗《きれい》ですよ……」

「それじゃ近々また使わせてもらおう。今度は色っぽいことでな」

「どうぞ、是非お越しください。舟も使えますから……」

「舟遊びかい？」

「ええ、舟遊びでも釣りでも……」

「それはいいね、釣りもできるか？」

その頃、金太が隠し部屋に入って息を潜めていた。四半刻（約三〇分）もしないでもう一人の老人が現れた。

「女将さん、これ、来ていますか？」

ニコニコと碁石を打つ真似をする。

「ええ、四半刻ほど前からお待ちでございます」

「待たせてしまったか……」

先に来た老人は、女中を相手に大川を見ながら酒をなめ始めている。

「お連れさまでございます」

廊下から女の声がして老人が部屋に入ってきた。

「遅くなりまして……」

「川を見ていましたよ。いい季節になりましたな」

「ええ、そうです。大川はこれからが良い季節になります。釣りなども結構かと？」

「今その話を聞いていました。のんびりと釣りなどいいですな」

「ええ、釣った鯉《こい》などはぶつ切りにして味噌《みそ》汁にすると絶品だそうで、大川の鯉は泥臭くないということです」

「それは美味《うま》そうだな」

　この鯉こくを、この頃は鯉汁とか胃入り汁、わた煎鯉《いりごい》などと呼び鯉の輪切り料理だった。川魚では鮎《あゆ》の塩焼きに並んで人々に好まれた。

　女が部屋を出て二合徳利を一本追加で持ってくると、二人の老人の碁が始まった。

「それでは黒で……」

「いいでしょう……」

　先に来た老人が白石を持って強そうだ。

「それでは、ご用の時は呼んでくださいまし……」

「はい、はい、わかりましたよ」

　そういって女が出て行った。

「少しは強くなりましたか？」

「いいえ、さっぱりでございます。二つ三つ置かせてもらいたいほどで……」

　二人は楽しそうに碁の話をし、パチパチと碁石を打つ音だけが響いた。二人はまったく碁以外の話をしない。

まるで、金太が隠れて聞いているのを知っているかのようだ。

「そこに置かれると白が苦しくなるな」

「まだまだ、この程度では……」

「いいところに打ちますな。それではここを切りましょうか……」

「あッ、四目《よんもく》が死んでしまいました」

金太は息を殺してカサとも動かない。ただ、張り詰めた緊張と殺気が伝わってくる。まったく動けなくなった。

金太は怖くて翁面から覗くこともできない。

半刻が過ぎ、一刻が過ぎても碁打ちが続いた。将棋指しや碁打ちは夢中になると刻限を忘れてしまう。

「これはまいりました。右隅が全部死んでしまったようです」

「今日はこの辺りまでにしましょうか？」

二人はほとんど酒を飲んでいなかった。

本当に碁を打つためだけに来たようだった。だが、そこがおかしい。

金太にはそう思えた。

だが実は、遅れて来た老人が、先に来た老人に紙片を渡していた。それを金太は見落としている。

　慣れないことで、緊張した金太は翁面から覗くことができなかった。

　なんともだらしない話だが、いざ覗く段になって金太は痺《しび》れてしまった。こういうことは素人にはなかなか難しい。

　慣れないとなかなかできない芸当である。

「覗いてみなかったのかい？」

「うん、なんだか恐ろしいんだ」

「お前さんのそんなところが可愛いんだけどね……」

　お昌は金太にべた惚れで、ほとんど叱《しか》ることがない。本当の夫なのだが、もう二度と手に入らない若い色だと思っている。

「また来るだろうからその時に……」

「うん……」

　図体は大きいが、金太に甘々のお昌にすっかり骨抜きにされている。正蔵や定吉に知られたらひっぱたかれそうだ。

　その頃、正蔵は奉行所に行き、勘兵衛と面会して逢引茶屋のからくりを話していた。

「ほう、それはおもしろそうだな？」

「近頃、江戸にも妙なものが入り込んでまいります」

「出合茶屋のことか？」

こういう話になると喜与が立って行ってしまう。あまり聞きたくない話なのだ。

「出合茶屋とか逢引茶屋とか怪しげだな？」

「お奉行さまに何かよい呼び名でもございましたら？」

「ない……」

そんなものに名をつけたら何年も残ってしまう。

「そういうところなら、悪党たちの連絡や逢引にはうってつけだな？」

「はい、そのつもりでからくり部屋を作りましてございます。必ず、悪党が現れるかと思います。その時は……」

「益蔵と鬼七がいるから後を追えるか？」

「そのつもりでございます」

「お昌というのは先代鮎吉の義理の妹であったな？」

「さようでございます」

「無理をさせるな。悟られると悪党に殺されるぞ」

「はい……」

「二代目、一度見てみたいが？」

勘兵衛と一緒に聞いていた半左衛門が、からくり部屋とはどんなものか興味を持った。

「長野さま、いつでもおいでください。鯉汁などを支度させます」

「そうか……」

半左衛門は、鯉汁だけでなく、鰻《うなぎ》、鮒《ふな》、泥鰌《どじょう》、鼈《すっぽん》、山椒魚《さんしょううお》、野鳥などが、味噌仕立てで密《ひそ》かに食べられていることを知っていた。

これら川の食べ物は、古くから海に遠い辺りで食べられてきた。海の魚は塩漬けにして山に運ばれる。

「半左衛門は鯉汁を食したいのか？」

「泥鰌なども絶品だそうでございます。お奉行も……」

「泥鰌か？」

三河の海の傍で生まれた勘兵衛は、あまり川魚を食べてこなかった。魚といえば海の魚だった。

「泥鰌より鯉の方がいい……」

「それでは大川の鯉を支度させますので、是非、お越しくださいますよう……」

「行って見るか半左衛門？」

「よろこんでお供仕《つかまつ》ります」

「二代目、行く時は知らせることにしよう。奥も一緒でいいか？」

「はッ、よろこんでお迎えさせていただきます」

「相分かった」

勘兵衛は喜与に浅草を見せてやろうと考えた。

半左衛門は奥方さまが出かけられるとなると大ごとになると思う。お奉行と自分と宇三郎など四、五人で出かけると気軽に考えていたがそういうことではなくなった。

その夜、勘兵衛は喜与に浅草の話をした。

「浅草寺へのお詣《まい》りでございますか？」

「嫌か？」

「いいえ、殿さまと浅草へ出かけるなど驚きましてございます」

「そうか、二代目が大川の鯉などで、そなたをもてなしてくれるそうだ。美味いそうだ」

「まあ、鯉でございますか？」

「二代目が逢引茶屋というものを手に入れたそうでな、そこでわしとそなたに美味いものを振る舞おうというのだ」

「それは先ほどの出合茶屋のことでございますか？」

「そうともいうらしいな」

「そこはいかがわしいところではございませんか？」

「そなた、わしと逢引きするのが嫌か？」

「まあ、逢引きなどと……」

「嫌か？」

「いいえ、殿さまとご一緒でしたらどちらへでもよろこんで……」

「よし、どんなところかわしにもわからんが、大川の傍で景色のいいところだと聞いた。おもしろいではないか？」

「ええ、逢引きでございますから……」

喜与がニッと悪戯《いたずら》っぽく微笑んだ。浅草へ出かけることが決まった。

「楽しみだな。こっちにくるか？」

「はい……」

この二人は幾《いく》つになっても仲が良かった。

勘兵衛に呼ばれると、喜与は娘のような笑顔で覆いかぶさってくる。

「殿さま……」

「なんだ？」

「浅草に行きましたら、茶屋というところで茶をいただきたいのですが？」

「茶屋か？」

「はい、野点《のだて》のようなものだと聞きましたが？」

「なるほど、野点か、似ているが非なるものだな」

「そうでございますか？」

「一度、縁台というものに座ってみればいい……」

「ええ……」

勘兵衛は喜与を大好きなのだ。

数日後、半左衛門は浅草の正蔵に、勘兵衛と喜与の浅草寺詣りの日を伝えた。

奉行所では北町奉行の供廻《ともまわ》りが検討され、格式に則《のっと》った行列にすることにした。浅草寺にも北町奉行の参詣が伝達される。

この頃、幕府に寺社奉行という正式な職責はなかった。

家康が関ケ原の後に、足利《あしかが》学校の庠主《しょうしゅ》で禅僧の三要元佶《さんようげんきつ》に寺社のことを命じてから、同じ禅僧の金地院崇伝《こんちいんすうでん》や京都所司代の板倉勝重《いたくらかつしげ》が、寺社に関する職務を行った。

このことから初代の寺社奉行は三要元佶であるともいう。

その後、寛永《かんえい》十二年（一六三五）になってようやく正式に寺社奉行が置かれるようになる。十五年後のことだ。

家康が亡くなった後でも、幕府の統治体制はなかなか整わなかった。

幕府成立の頃、家康が正式に置いたのは、老中と大久保長安《おおくぼながやす》の勘定奉行と、米津勘兵衛の町奉行だけだった。

極めて簡単なものだったのである。

その北と南の町奉行は、将軍、老中に次ぐ重職だった。

ふらふらと出歩ける軽い身分ではない。駕籠《かご》が嫌いな勘兵衛は騎馬で喜与には女駕籠が用意された。

供揃えには、内与力の宇三郎、藤九郎、文左衛門に、筆頭与力の長野半左衛門と青田孫四郎と倉田甚四郎、同心は松野喜平次や本宮長兵衛、林倉之助や朝比奈市兵衛など北町奉行所自慢の剣客、村上金之助や大場雪之丞などが従う。

喜与の駕籠の傍には、お志乃《しの》、お登勢、お滝、お香が従い、総勢三十人からの行列になった。

なんといっても奉行所の女たちが揃っての外出だから警戒が厳しい。

小作りの行列だが、中には勘兵衛を入れて十人を超える剣客がいた。五、六十人の襲撃なら充分に対応できる構えになっている。

万一にも、町奉行が襲撃されるようなことがあってはならない。

行列の周辺には、幾松、寅吉、三五郎、久六、益蔵、鶏太、鬼七などのご用聞きが警備についた。

半左衛門が考えた水も漏らさぬ警戒態勢だ。

その中には、隠密廻りで槍《やり》の名手の島田右衛門《うえもん》、駒井弥四郎、小栗七兵衛《しちべえ》、黒川六之助《ろくのすけ》などもいる。

道端にはお元や直助、七郎やお民などが出て来て勘兵衛に頭を下げた。

勘兵衛と喜与が揃って出歩くのは初めてだ。

北町奉行米津勘兵衛一行は二代目の屋敷に到着すると、正蔵と小梢の挨拶を受けて一休みした。

そこから一行は徒歩で浅草寺に向かう。

正蔵の屋敷から浅草寺の本堂までは五、六町（約五四五〜六五四メートル）ほどだった。

溜池《ためいけ》の米津屋敷や呉服橋御門内の役宅から出たことのない喜与は、見るものがすべて珍しい。

だが、あまりキョロキョロするのは上品ではない。

「あの御女中方は誰なんだい。お城の方々か？」

「いや、わからねえ……」

「北町の鬼の奥方だそうだ」

「勘兵衛のか？」

「そうらしい……」

町奉行の奥方ともなると、野次馬は立ち止まって興味津々だ。

宇三郎と半左衛門は勘兵衛を警護し、藤九郎と文左衛門が喜与の傍にいる。境《けい》内《だい》の人込みを本堂まで進んで中に入った。

住職など数人の僧侶たちが出て来て勘兵衛を出迎える。

米津勘兵衛は幕閣に列する重要人物なのだ。

浅草寺の始めは推古《すいこ》三十六年（六二八）三月十八日というから古い。漁師の檜前浜成《ひのくまのはまなり》と竹成《たけなり》の兄弟が、宮戸川《みやとがわ》（大川）で投網《とあみ》打ち漁をしていると、一寸八分の小さな聖観世音菩薩《かんぜおんぼさつ》像を川の中から得たという。

まことにありがたいことであった。

そこで村の長である土師中知《はじのなかとも》が出家して、屋敷を寺として聖観世音菩薩像を安置したと伝わるのが浅草寺の始まりだ。

その菩薩像は人々にも信仰され大切にされた。

すると大化元年（六四五）に僧勝海上人《しょうかいしょうにん》が訪ねてきて宝塔《ほうとう》を建立《こんりゅう》、そこへ観音さまが現れて「みだりに拝するなかれ」と告げられたという。よって一寸八分の聖観世音菩薩像を秘仏として祀《まつ》ったと伝わる。

以来、誰も見られない仏さまになり、後年、前立ち観音像が安置される。

その後、多くの戦禍《せんか》に遭《あ》うが、頼朝の修復などで消失をまぬがれ、家康が江戸に入ると徳川家の祈願寺となった。

幕府の庇護《ひご》を受けて、浅草寺は関東随一の古刹《こさつ》として、三十カ寺を超える支院を持つ巨大寺院となる。

山号は金龍山《きんりゅうざん》、寺号が浅草寺である。宗派は天台宗《てんだいしゅう》だった。

浅草という地名は草深い武蔵野の中で、草が浅く茂っていた場所だったとか、海を越すをアイヌ語でアツアクサといったとか、聖者のいる場所をチベット語でアーシャクシャというなど定かではない。

この観音さまは浅草観音と呼ばれ人々に信仰される。

浅草には石浜《いしはま》とか今津《いまづ》といった湊があって、船で品川湊などとつながり、門前は古くから栄えた。

勘兵衛と喜与は浅草寺の祈禱《きとう》を受けた。

宇三郎たちの警戒は厳重だ。誰も手出しができないように本堂を包囲している。正蔵の子分たちも定吉に率いられ、三十人ばかりで警備していた。

勘兵衛と喜与は正蔵によってお千代の茶屋に案内された。喜与が行きたいと楽しみにしている茶屋だ。

お千代とお信が現れて挨拶し勘兵衛と喜与に茶を供する。

勘兵衛は自慢の銀煙管《ぎんギセル》を出して煙草《たばこ》を詰めると、煙草盆から火を吸いつけてうまそうに一服やった。その傍には藤九郎が立っている。

喜与は縁台というものに座るのが初めてだ。参道の人通りが見えてなかなか楽しいものだと思う。

「志乃と登勢もいただきなさい。お滝とお香には珍しくもないでしょうが……」

「奥方さま、そのようなことはございません」

お滝は文左衛門に嫁いでから鬼屋に行くこともままならない。武家は勝手なことはできないのだ。奉行の密偵《みってい》を務めるお香だけは別だ。

お千代の茶店で茶を馳走《ちそう》になり、お国の茶屋にも立ち寄った。

まだ、できたばかりの茶屋だが、お国の母親が作る焼き団子が、醬油《しょうゆ》の香ばしい匂いで評判になっていた。

この焼き団子が、喜与を始め女たちにも受けが良かった。

醬油が癖《くせ》になる味で、喜与は奉行所に戻ると、お国の焼き団子が美味いと言い、その度にお国が奉行所に持って現れるようになる。

上品な食べ物ではないが、喜与にお国の焼き団子が来ると、役宅のお志乃たちが集まってきて茶会になった。

そこに半左衛門が呼ばれると上機嫌だった。

お国は喜与に気に入られるようになる。

そのお国の茶屋は茶も出すが、焼き団子屋といった方がよかった。お国の母親は賢い人で、注文が入ってから醬油をつけて焦げ目がつく程度に焼く、その間の醬油の焼ける匂いが食欲をそそって、三本、五本と食べる客が多かった。

この頃になると草団子なるものが好まれた。よもぎ団子ともいう。

そもそも団子というのは、上杉謙信《うえすぎけんしん》が戦いの時に持ち歩いた笹《ささ》団子が最初などというが定かではない。

くず米を無駄にしないように団子にし、中に具を入れて笹で巻いたものを笹団子という。

笹には殺菌作用があると考えられていた。

具の入ってない団子を男団子などともいうようだ。この団子は焼くと美味いことから人気が出る。

なんといっても春のよもぎ団子は香りもよく絶品で好まれた。

このよもぎ餅の由来は三月三日の上巳《じょうし》の節句に、よもぎの強い香りで邪気《じゃき》を払うという意味があった。

それが江戸期に桃の節句として定着する。

桃の木にも邪気を払う力があると信じられていた。そんなことで団子というものが名物になりつつあった。

よく働く独楽鼠のお国は、大男の鬼七に豆観音さまと言われて愛されている。

勘兵衛と喜与は正蔵の屋敷に戻ってくると、一休みしてから近くのお昌の逢引茶屋に向かった。

「このようなところにお越しいただきましてありがとうございます」

特上の着物に着替えた女将のお昌が、化粧などをして年を隠し玄関で平伏する。

「世話になるぞ」

「はい、どうぞ、こちらでございます」

お昌が勘兵衛と喜与、それに半左衛門と四人の女衆をからくり部屋に案内した。

そこには正蔵の妻の小梢が平伏して待っていた。

「二代目、この翁面が仕掛けか？」

「はい、こちらの寝所にもございます……」

不用意に正蔵が寝所の襖《ふすま》を開けてしまった。

喜与がチラと寝所を見て「あッ……」とひっくりかえりそうになった。派手な赤い寝具が目に入って顔をそむけ目を瞑《つむ》った。強烈な目の毒だ。

驚いた正蔵が慌ててすぐ襖を閉めた。いつも穏《おだ》やかに生きている喜与の頭の中が大混乱である。

「失礼をいたしました。お奉行さま、どうぞこちらへ……」

顔を背《そむ》けた喜与に慌てた正蔵が、勘兵衛と半左衛門を裏の隠し小部屋に案内した。

「狭いな？」

「はい、二畳しかございません」

「暗い？」

「はい、明るいと座敷からこの隠し部屋がわかってしまいます」

「なるほど……」

狭く暗い息苦しい隠し部屋だ。

「この小さな引き戸を開けると二つの穴がございます。座敷の翁面の目でございます」

「半左衛門、先に覗いてみろ……」

「はい……」

正蔵が引き戸を開けると、二つの穴から半左衛門が覗いた。すると三間（約五・四メートル）ほど先に喜与と女たちが並んでいた。座敷の中が丸見えだ。話し声まで聞こえてくる。これはまずい。

「お奉行、これは……」

半左衛門が驚いている。それを見て勘兵衛が代わって覗いた。喜与の話し声がはっきりと聞こえた。

「向こうからはわからないのか？」

「はい、向こうは明るく、こちらは暗いのでまったく見えません。音を立てれば聞こえるかと思いますが……」

「こっちも同じなのか？」

「はい、そちらは寝所の方にございます」

「なにッ、寝所も覗くのか？」

「いいえ、寝所は覗きませんが話を聞きます。寝物語は聞き逃しません」

「話を聞くだけか？」

「はい、見ることはできないようになっております」

「そうか、この引き戸はなんだ？」

「ここから大川に出られるよう作りましてございます」

「ほう、隠れた逃げ道か？」

「はい、何かの時に大川に出られます」

正蔵が引き戸を開けるとパッと明るくなって、川に反射した明かりが部屋に飛び込んできた。

「あの小舟で大川に逃げるか？」

「逃げるだけでなく、ここから侵入することもできます」

「なるほど、おもしろい作りだ……」

勘兵衛は正蔵の説明を聞いてから座敷に戻った。窓が開け放たれて春の爽やかな川風が流れ込んでくる。

行き交う舟や土手に咲き始めた花が見えていた。

勘兵衛が座に着くと酒が運ばれ、続々と山海の珍味が料理されて運ばれてきた。女たちは飛び上がらんばかりに大よろこびだ。

二代目鮎吉が北町奉行を招いての大盤振る舞いである。

手広く舟運を家業にしている正蔵の力は、今や浅草一といえる大親分なのだ。舟による荷運びは江戸には欠かせない。

江戸は川と海の水の城下でもある。

その子分たちが、今日のためにあちこちから運んできたものが、料理されて勘兵衛と喜与に供された。

山海の珍味というべき大豪勢だった。目の下一尺もあろうかという大鯛が焼かれて膳の上で跳ねている。次々と運ばれてくるのは四の膳まであった。

将軍さまでもこのような贅沢《ぜいたく》はできないだろうと思える料理だ。

まさに二代目鮎吉が、北町奉行米津勘兵衛の日頃の恩に報《むく》いるための、一世一代のもてなしである。

第十七章　成田山新勝寺《なりたさんしんしょうじ》

長野半左衛門も大感激で豪勢な料理を馳走になった。

「お奉行さま、お帰りは舟にしていただきたくお願いいたします」

「舟？」

「はい、川舟で呉服橋御門近くまでまいります」

「神田川か日本橋川か？」

「日本橋川の方が近いかと存じます」

「そうか、舟にしてみるか……」

勘兵衛は舟で大川を下るのも風流だと考えた。喜与は早速船酔いの心配だ。奉行所にいては滅多にできることではない舟遊びだ。正蔵の命令で定吉が急いで舟の支度をする。

勘兵衛夫婦を招いた盛大な宴は一刻半（約三時間）ほどで終わった。

最初の舟に勘兵衛夫婦と藤九郎が乗り、景色を説明する案内役の正蔵が乗った。二番舟には半左衛門や宇三郎たちが乗り、三番舟には喜与の駕籠が載せられた。

勘兵衛の馬だけは舟を怖がって、雪之丞たちが曳《ひ》いて奉行所に戻ることにする。四番舟には、お志乃たち女衆が乗り、五番舟、六番舟、七番舟、八番舟と、与力、同心が分乗して大川を下った。

なんとも優雅な舟遊びになった。

この舟遊びは本来、夏のもので涼を取るのが目的だが、春の舟遊びも川風が少々寒いがなかなかである。

川から見る江戸はまるで違う城下のようだ。

その江戸の冬や春の澄んだ空には、遠くの白い富士山がいつも見えている。

勘兵衛たちが帰って半刻（約一時間）ほどすると、それを待っていたかのように、例の老人が小綺麗な女を連れて逢引茶屋に現れた。

「女将、今日は碁ではない。例の大川の見える部屋は空《あ》いているか？」

「はい、どうぞ……」

片づけたばかりの部屋に二人を案内する。大川の見える窓は開けられていた。

「まあ、いい景色ですこと……」

女が窓から大川を見て大よろこびだ。

「気に入ったかい？」

「ええ、こんなところは見たことがありません」

こういう眺めのいいところは女たちにも人気になる。

景色というのは広々と見るのもいいが、家の窓に切り取られると一段と素晴らしく見えるものだ。

大川の風景は見事というしかない。

この後、二十年後の寛永十七年（一六四〇）に、幕府は風紀の乱れを理由に、吉原など遊郭の夜の営業を禁止するが、人々は実に賢いもので、遊郭ではない風呂の湯屋に多くの湯女《ゆな》を置くようになる。

江戸はいつも女不足だから幕府がどんな命令を出しても抜け道を探す。

そんな一つが逢引茶屋というものだった。

遊郭でない湯屋で、体をこすってくれる湯女たちと遊ぶのだから、幕府も湯女を咎《とが》めることもできず、湯屋を禁止にもできない。

吉原にまでそういう湯屋が進出するようになる。

駿府城の築城の時に、家康が遊郭を作って失敗している。それほど難しい問題で男女のことは神代の昔からある難問なのだ。

三十六年後の明暦《めいれき》二年（一六五六）十月に、日本橋吉原は移転を命じられる。江戸は大きくなって吉原の傍まで武家屋敷が広がってきたからだ。

大名屋敷の隣に吉原の遊郭というのでは具合が悪い。なんといっても武家は体面が重要だから吉原の隣というのは実にまずい。

五代目北町奉行石谷貞清《いしがやさだきよ》は吉原に便宜《べんぎ》を図《はか》り、浅草寺裏の日本堤に移転するにあたり、その吉原の大きさを、これまでの二町四方から三町四方に拡大、禁止していた夜の営業を許可、吉原に進出していた風呂屋を二百軒取り潰《つぶ》す。

それほど湯屋は湯女を集め、私娼窟《ししょうくつ》になって幕府も困っていた。

他にも、周辺の火事や祭りへの対応を免除、それに一万五千両を賦与《ふよ》すると決めた。幕府の大盤振る舞いで強引に移転を承知させる。

その翌年の正月、明暦三年（一六五七）の正月に大火《たいか》が発生して江戸が丸焼けになり、吉原も焼けてしまい、移転が少し遅れてしまうが、日本橋吉原を元吉原、浅草寺裏の日本堤吉原を新吉原と呼ぶようになる。

江戸の拡大の波は大きなうねりになっていた。そんな流行りの中に逢引茶屋もあった。その逢引茶屋は遊郭ではないので客を泊めることはしない。

つまり茶屋と旅籠の中間のような存在だった。

老人が連れてきた女は、遊郭のような派手な寝所を見て、「まあ、綺麗……」と大よろこびだ。

「女将さん、酒をくださいな……」

「はい、鯉汁がございますが？」

「おう、大川の鯉かね？」

「ええ、二、三日前に獲《と》れたばかりで泥を吐かせました。いかがいたしましょうか？」

「美味そうだね。鯉汁をいただきましょう」

「ありがとうございます」

お昌は鯉汁を名物にしようと考えていた。逢引茶屋に来る男女は必ず酒を飲む。その酒の肴《さかな》に鯉汁はちょうどよいと思っている。

鯉の泥臭さは魚の身についたものではなく調理する職人の腕次第で、鯉の内臓を傷つけると泥臭さが出てしまう。川魚は泥臭いと勘違いしている人が多い。泥臭いのは調理人が下手だからに過ぎない。

「それではすぐお持ちいたします」

お昌が部屋から出ると、女が大川の風を吸い込むように窓に腰を下ろした。

「こんないいところにあたしの他に誰と来たの？」

「お前さん、もう悋気《りんき》かい？」

「ええ……」

女が流し目で老人をにらんだ。若い女は無邪気だ。

「悋気とは可愛いじゃねえか、お前の心配するようなことはないよ。何日か前に又七《またしち》とここで碁を打っただけだ……」

「まあ、碁だなんて嘘が下手ですこと……」

女が益々怖い顔をした。

「お頭がこんなところに女以外と来るなんて信じませんからね」

「お衣久《いく》、こういうところでお頭はないぞ」

「ごめんなさい……」

この時、隠し部屋には誰もいなかった。勘兵衛たちが来たことで金太も台所で忙しく働いていた。こういう茶屋などの台所を関東では板前、関西では板場という。そこにいる人をそう呼ぶこともある。

「それじゃ、お前さんと呼んでいいですか？」

「うむ、それでいい。お前は信じないというが、わしはそう浮気者ではないのだぞ」

「ええ、だから大好きなんです」

お衣久がニッと微笑んで立ち上がると、老人の傍に来て寄りかかった。

「もう待てないから……」

「今、酒が来る」

老人は片貝《かたかい》の安太郎《やすたろう》という盗賊だった。

片貝というのは、上総《かずさ》九十九里浜の片貝で生まれたからだ。

九十九里浜は古くは玉浦《たまのうら》と呼ばれていた。

頼朝が石橋山《いしばしやま》の戦いに敗れて房総《ぼうそう》に逃れた。房総とは安房《あわ》、上総、下総《しもうさ》の三国をいう。その頼朝が、家臣に玉浦で一里ずつ矢を立てさせると九十九本だったという。そのことから九十九里浜と呼ばれた。

その片貝は紀州の加太浦《かだうら》の漁民が移り住んだことに由来するという。

安太郎の生まれは片貝だが、成田山新勝寺《なりたさんしんしょうじ》の傍に住んでいた。決して殺しをしない仕事をする盗賊だった。

お衣久は安太郎の子分の駒吉《こまきち》の女房だが、安太郎とできてからもう二年になる。

酒が運ばれてくると二人が飲み始めた。

いける口のお衣久が美味そうにクイッと盃を干す。

「いい飲みっぷりだ。もう一つ……」

安太郎が酌《しゃく》をする。

「お前さんも飲んでくださいな……」

「おう、わしにあまり飲ませるなよ」

「ええ……」

「この鯉汁はいい味だ。まったく泥臭くない」

「そうですか?」

お衣久が盃を置いて鯉汁の椀《わん》を持つ。印旛沼《いんばぬま》に近い成田あたりでも鯉汁はよく食べる。

「美味いねえ……」

「だろう。成田の鯉汁と同じだ」

「ええ、お酒も下《くだ》りもので上等だし眺めもいい。鯉汁も美味い……」

「気に入ったか?」

「ええ……」

お衣久がチラッと寝所を見た。こういうところの寝所はわざと少し開けておくものだ。そうすると男女とも欲情にかられるからだ。寝具の赤い色はそのためである。誰が考えるのかなかなか粋にできていた。

「もう一つやれ……」

「酔っちゃいますよ」

「少し酔ったぐらいがいい味が出るんだぜ」

「そんなことといって……」

お衣久が安太郎を見てうれしそうに微笑んだ。男好きで多情な女なのだろう。

「お前は床上手だから大丈夫だ。もう一つ飲め……」

「少し酔ってきちゃったもの」

そういいながらクイッと盃を空ける。

「ねえ……」

盃を置いてお衣久が安太郎の腕を引いた。二人はほろ酔いでフラッと立ち上がると、もつれながら寝所に転がり込んだ。

「駒吉はどうなんだ?」

「駒吉?」

「うまくいってるのか?」

「こんな時に、そんなこと聞かないで……」

お衣久が怒ったように安太郎をにらんだ。

「そうか、仲良くするんだぞ……」

「知らないもの……」

お衣久がプッと膨《ふく》れる。

安太郎は江戸のことは小頭の又七と駒吉に任せている。その安太郎の子分は仕事のない時にはあちこちに散らばっていて、その間をつないでいるのが駒吉だった。

安太郎は成田にいて時々江戸に出てくる。

江戸と成田の間は成田街道で十六里(約六四キロ)あまりだった。途中の旅籠で一晩泊まれば楽に行き来できる。

成田山新勝寺の門前は古くから栄えていた。

初め、関東で起きた平将門の乱に討伐軍を送った朝廷は、同時に将門調伏《ちょうぶく》を願い、朱雀《すざく》天皇の密勅《みつちよく》を出して、京の高雄山神護寺《たかおさんじんごじ》に安置されている弘法大師《こうぼうだいし》空海《くうかい》作の不動明王《ふどうみようおう》像を、海路で難波津《なにわづ》から上総に下らせた。

朝廷にとって新皇と称する平将門は、何んとしても倒さなければならなかった。

不動護摩《ごま》の霊験《れいげん》あらたかにして、平将門は流れ矢を額《ひたい》に受けて戦死する。

そんなことから、成田山新勝寺は平将門を調伏した寺であり、逆に江戸の神田明神は平将門を祭神としているため、両方を参拝するのは避けた方がいいともいう。

成田というのは昔から雷の多いところで、雷の鳴る田といわれ、鳴田が成田に転じたといわれる。

「ねえ、もっと……」

「お衣久、今日はこれぐらいにしておこう」

「嫌、嫌です！」

お衣久が安太郎に覆いかぶさっていくと「死んじまうよお衣久……」と、満足していないとねだるお衣久から安太郎が逃げようとする。

「逃がさないからね……」

安太郎は厄介な女だと思うが、一ケ月もしないでお衣久に会いたくなる。この二人はそんなことを繰り返してきた。何んとも壮絶なことだった。盗賊の頭が子分の女房に手を出すなど恐ろしいことだが、安太郎が仕掛けたのではなくお衣久が籠絡《ろうらく》したのだ。そういう男好きの女は味がないというが安太郎とお衣久は実に相性がよかった。

二人はズルズルと逢瀬《おうせ》を重ねて切れない。江戸に出てきてまで楽しんでいるのだから仕方がない。

お衣久が吸いつけた煙管を安太郎が銜《くわ》える。

「成田に帰るの？」

「今日は旅籠に泊まって明日の朝だな」

「その旅籠に行っちゃ駄目？」

「駒吉が帰ってくるだろ。おとなしく帰って駒吉に抱いてもらえ……」

「このう……」

「痛ッ……」

「お前さんは薄情なんだもの……」

お衣久が悔しそうに安太郎をつねった。

「いいかお衣久、近いうちに仕事をするつもりだから、駒吉と喧嘩をするんじゃねえぞ」

「うん……」

「明るいうちに帰れ……」

「今度はいつ？」

「来月だ。またここでいいか？」

「うん……」

お衣久は手早く支度をすると逢引茶屋を先に出た。お昌は勘が働いた。この女は只者《ただもの》じゃない。可愛い顔して何か裏のある女だと思う。近頃のお昌は客の顔色を読むようになっていた。

老人にも同じような匂いを感じる。

追跡に不慣れな金太に後を追わせるには、用心深そうな老人よりは女の方がいいと判断する。

「あの女がどこに行くかつきとめてきておくれ……」

「わかった！」

お昌から豆粒銀を五、六個握らされ裏口から出た金太はお衣久の後を追った。

部屋に残った安太郎は窓から大川を見ている。

「わしも年を取っちまったな。女一人を持て余すようじゃもう仕舞いだ……」

川を下って行く舟を見ながらつぶやいた。

「ごめんください……」

「お入り……」

安太郎は女中が部屋に入ってくると、座に戻って膳の上に二分金を置いた。

「釣りは取っておきなさい」

「えッ、こんなにいただいていいんですか？」

「構わないよ。ところで姐さんは幾つだい。三十ぐらいかな？」

「まあ、旦那さん、そんなに若くないですよ。もう四十なんですから……」

「ほう、そんなには見えないな……」

女は年より十歳も若く見えるといわれれば誰でもうれしいものだ。たとえそれがお世辞だとわかっていてもである。

「ところで浅草にはこういう茶屋は他にもあるんですかい？」

「上方の方では出会茶屋などというそうですが、このあたりに他にあるとは聞いておりませんけど……」

「そうかい。ここ一軒だけかい？」

「何か行き届かないところがありましたらおっしゃっていただいて……」

「いや、そういうことではないんだ。わしもこういう茶屋を持ちたいと思ってね」

「まあ、そうでございましたか？」

安太郎はこういう茶屋に私娼を置いたら、おもしろい商売ができるのではと思った。江戸は女が足りていないと聞いている。

上総辺りから女を集めて素人の私娼にすれば、遊郭で遊ぶ人たちとは違った種類の男たちが集まると考えた。

なんとも眼鼻の利《き》いた商売人で、盗賊稼業と二足の草鞋《わらじ》を考える。

安太郎は商人を夢見たこともあるが、若い頃はどうしても盗賊の血が騒いで腰が落ち着かなかった。この頃、ようやく落ちついて何かしてみたいと思う。

「ここは眺めも格別で風流だ」

「ありがとうございます」

「川を見ていると気分がゆったりとしてくる。いいもんだな」

「ええ、この大川は江戸一番の浅草寺さんの軒下を流れている川でございますから……」

「なるほど、大川と浅草寺は一緒か？」

「はい、そのように思います」

「姐さんのいう通りだ」

安太郎はお衣久をこういう茶屋の女将より、私娼になりたがる女だろうと思った。おとなしく女将におさまっていられる女ではない。

「また寄せていただきますから……」

そう言って安太郎が座を立った。

この茶屋が北町奉行所の息のかかった店だとは全く気付いていない。

その頃、お衣久は暢気《のんき》なもので、尻を振りながら上野に向かって歩いていた。

その後を大男の金太が尾行している。

初めての仕事でぎこちないが、不用心なお衣久に悟られる心配はまったくない。

「いい尻をしていやがるな……」

どこを見ているんだか、若い金太は女がどこに行くかより、女の尻の方に興味がある。お昌が聞いたら金太は間違いなくひっぱたかれる。

「あれじゃ、男を探して歩いているようなものだぜ……」

　ブツブツ言いながら追っている金太もまったく不用心だ。二人ともどこか間が抜けている。お衣久は、ぶらぶら不忍池の傍を通って、湯島天神に向かい男坂の下の長屋に消えた。

「ここは湯島天神の下だな。こんなところか……」

　金太はよせばいいのに、女が一人者なのかを確かめようと長屋の路地に入って行った。こういうところが益蔵や鬼七と違うところだ。

　尾行は余計なことをしないことが大切なのだが、金太は路地を奥に向かった。すると、いきなり戸が開いて着物の襟《えり》をつかまれ、お衣久に長屋に引きずり込まれた。逃げる間がなかった。

「あんたッ、あたしをつけてきたのね？」

「あのう、あんまりいい尻だったからつい、ごめんなさい！」

「そんなに尻が見たければ見せてあげるよ……」

　金太を押し倒すと下帯を取ろうと襲いかかった。

「姐さん、ちょっと待ってッ！」

「待てないよ！」

「ごめんなさいッ！」

金太が両手で自分の下帯をつかんで取られまいと踏ん張った。

「ごめんなさいッ！」

「いいから、おとなしくしなさい……」

「勘弁ッ、もうしませんから……」

下帯を取られそうになった。お衣久は楽しんでいるように強引だ。

金太に気づいたのは不忍池の辺りだった。隠れるところがなく金太はお衣久に近づき過ぎた。

「あれッ……」

お衣久はついてくる金太を歩きながらじっくり品定めをした。

とても役人のようには思えない。逃げようと思えばいくらでも姿を晦《くら》ませたが、悪戯《いたずら》心が出ていっそう尻を振って金太を誘った。

そんなこととは気づかない金太はお衣久の色香に誘い込まれた。

「あきらめなよ」

「勘弁、勘弁してくださいな！」

その時、間の悪いことに駒吉が帰ってきた。

「お衣久、いるかい?」

「お前さーんッ、助けてッ!」

金太は下帯をつかむと部屋に飛び上がって裏の戸を蹴破って逃げた。

「お衣久、どうしたッ!」

「泥棒ッ!」

「なにッ!」

駒吉が長屋の裏から飛び出す金太を見て追った。

「待てッ、この野郎ッ!」

金太は外れた下帯を腕に巻いて逃げる。追う駒吉より金太の方が逃げ足は速かった。不忍池に出ると浅草へ一気に逃げた。

駒吉は二、三町(約二一八〜三二七メートル)ほど金太を追ったが、あきらめて長屋に戻って行った。

「お前さんッ、怖かったよ。いいところに帰ってきてくれたね……」

「大丈夫か?」

「うん、ドキドキしちゃって……」

駒吉の手を握って襟から乳房に持って行く。

「そうでしょ？」

「そうだな……」

お衣久が駒吉を押し倒す。ドキドキなどわかるものではない。男を黙らせるお衣久の手練手管だ。

「その前に飯にしてくれないか？」

「ごめん、まだなの、すぐ支度するから、一杯やっていて……」

お衣久に惚れている駒吉は、こうしていつも騙《だま》されている。お衣久が徳利と茶碗を出すと夕餉《ゆうげ》を作る間、一人でチビチビと酒を飲み始める。

「千住《せんじゅ》の兄さんは元気だった？」

「ああ、もう遊ぶ銭がないっていうから五両ばかり置いてきた……」

「兄さんは金遣いが荒いんだから……」

「そういうな」

「だっていつもじゃないのさ……」

駒吉の兄で派手な遊びが好きな男だ。千住の岡場所に入り浸っている。酒が抜けるのは安太郎の仕事をする時だけという男だ。

「明日、お頭が成田から出てこられる。又七小頭と例の旅籠に行ってくる。お前も挨拶に行くか？」

「あたしは遠慮するよ」

お衣久は今日、浅草で安太郎とたっぷり遊んだのだから、今さら会いに行くこともないと思う。駒吉が安太郎との仲を疑っているのではと怯えていた。

発覚すれば駒吉にブスッとやられる。

不忍池から流れ出る忍川《しのぶがわ》に捨てられると、大川に流れて行って浮くことになるだろう。

考えたくないことだ。

「仕事が近いような気がするんだ」

「そうなの……」

「二年ぶりだからな。兄さんだけでなくみんなお足がなくなってきているんだ。千両ばっかり稼がないと飢えてしまう」

「そんなに？」

「ああ、お頭はそのあたりをわかっているんだ」

お衣久は男出入りの激しい女だが浪費家ではない。むしろ、自分の小判は使わないケチな女といえる。

駒吉はお衣久のそんなところを気に入っていた。

盗賊でケチというのは珍しい。どっちかというと先を考えず派手に浪費する者がほとんどだ。

お足がなくなればまた盗めばいいと思っている。

その頃、逃げた金太は道端の藪《やぶ》の裏で下帯を締め直し、こんなドジは口が裂けてもいえないと決心してお昌の茶屋に向かっていた。

「おれはやっぱりご用聞きは駄目だな……」

逃げた時に足のあちこちに擦《す》り傷を作っていた。お昌にどう言い訳するかを考えると戻る足が鈍る。

「藪に隠れたとでもいうか……」

お衣久に迫られたとはいえず言い訳がつらい金太なのだ。これまで金太はお昌に叱られたことがない。

「お昌は勘が鋭いから信じねえだろうな……」

情けない気持ちになる。

「戻ったよ……」

薄暗くなってきた茶屋の裏口から金太が台所の土間に顔を出す。

「女将さんが、戻ったら顔を出すようにって……」

「うん、わかった」

お昌の若い旦那を誰も当てにしていない。

お昌が茶屋を始めてから図体の大きな用心棒のようなものでフラフラしている。定吉は荷舟の仕事に出てこいともいわない。

金太はお昌の紐《ひも》のようなものだ。結婚したから隠し男や情夫ではない。

お昌が金太を可愛くて仕方がないのだから、誰も金太に意見することはできない。大親分の二代目ですら先代の義妹であるお昌には遠慮があった。

そのお昌がよろこんで逢引茶屋の女将を引き受けてくれたから、金太がその傍にいることは仕方ないと見ている。

翁面から覗く役目が最適だろうが、出歯亀《でばかめ》などといわれかねない。

「お前さん、あの女どこに行った？」

「湯島天神下の長屋だった」

「湯島天神？」

「うん、亭主持ちだった」

「亭主持ち？」

「そうなんだ。男が帰ってきたから……」

「そうなの、よくつきとめたね」

お昌が可愛い亭主を褒《ほ》める。

「お前さんから定吉に話して、益蔵に女の長屋を教えてやりなさいよ。怪しい女だって……」

「わかった」

金太が定吉に経緯を説明すると、「二代目に話をしておくから、お前は益蔵と鬼七に話しておけ！」と命じられる。

その夜から、益蔵と鬼七と鶏太の三人が動き出した。

逢引茶屋を使った安太郎とお衣久の正体を探ろうということだ。お昌が安太郎を怪しいとにらんだことがいい勘だった。

三人は金太の案内で湯島天神下の長屋まで走って見張りに入った。

益蔵が北町奉行所に走る。

いつも夜まで奉行所にいる半左衛門に、状況を説明して女を見張る許可を取った。

「その老人と女の関係はわからないのか？」

「はい、老人の方ではなく金太は女の方を追いましてございます」

「そうか、その老人と女がわしらの後にすぐ来たというのが気に入らないな」

半左衛門が少々不機嫌にいう。

「近頃、あのような茶屋を男と女がよく使うようでございます」

「なるほど、それで怪しいとにらんだお昌が金太につけさせたのだな?」

「はい、その女は湯島天神下の長屋で、亭主持ちというから穏やかではないと思います。何か起きるような気がします」

「うむ、厄介なことになるか。すぐ応援を出す。女だけでなく亭主の方も何かあるかもしれない。何をしている男なのか調べろ……」

「はい、承知いたしました」

益蔵が走って湯島天神下に戻ると、半刻ほどして幾松と寅吉が駆けつけた。

「左側の奥から二軒目が女の長屋です」

「奥か、近づけないな……」

「厄介なところで、出てきたのを追うしかないかと思います」

「そうだな、出口は一つか?」

「ここだけです」

六人が長屋の前で話していたが、目立ちやすく男坂の方に歩いて行った。

「金太さん、女の顔を見るまで付き合ってください」

幾松が金太に願った。女の顔を知っているのは金太だけだ。隠れて女の長屋を見張れる場所がないか探した。金太はお昌から女を連れてきたのが老人だと聞いて、その女が色を銜え込んだとは思えない。

おかしな取り合わせだと思う。

「道の反対側にあるお稲荷《いなり》さんの大木の裏なら、二人ぐらいは隠れられるだろう」

「よし……」

金太と鶏太が走って行って身を潜める。

第十八章　盗賊の娘

翌朝、女の長屋から離れて仮眠を取っていた六人が目を覚まして、それぞれの持ち場を決めて長屋の見張りについた。

何んとも怪しげな女で必ず何か出てくると金太は信じている。

「腹が減った……」

その金太が力なく座り込むと長屋から駒吉が出てきた。

「来た！」

「あの男ですか？」

「女の長屋から出てきた。あの男に間違いない……」

「追います！」

駒吉が長屋を出ると神田明神に向かった。

担ぎ売りの小間物屋の恰好《かっこう》をしている。その後を鶏太が追うとその後から益蔵と鬼七が追った。

幾松は女の顔を確かめるため残って長屋を見張る。

寅吉が上野のお民の蕎麦餅屋《そばもちや》に走って、握り飯を頼んで戻ってくるとお香が加勢に来ていた。

お衣久はなかなか外に出てこない。

お駒の後を継いだお香は白粉《おしろい》売りの恰好をしている。ちょいと小粋でいい女のお香だった。

「幾松さん、あたしがあの長屋に行ってみましょうか？」

「お香さん、左側の奥から二軒目が女の長屋です。気をつけて行っておくんなさい」

「ええ、大丈夫です」

お香が長屋の路地に入って行くと、白粉など塗りそうもない女たちが一人二人と顔を出した。

お衣久が出てこないのを、金太がお稲荷さんの傍から見ていた。

もう駄目かとお香が長屋の路地を出ようとした時、お衣久が出て来て「ちょいと、うちに寄っておくんなさいな」とお香を長屋に引き入れた。

「顔を出したあの女か？」

「そうです……」

幾松と寅吉がお衣久の顔をはっきり見た。その時、お民の店からお信が握り飯を持って現れた。誰もが腹ペコで死にそうなのだ。

「おう、有《あ》り難《が》てえ、地獄に仏だぜ、まったく……」

三人がお信の握り飯に飛びついて、両手に持った握り飯を貪《むさぼ》った。いつお香が出てくるかわからず、暢気に飯など食っていられない。

「金太さん、男と女の顔がわかりました。後はやりますから、帰ってゆっくり休んでおくんなさい。また、怪しい客が来た時はお願いします」

幾松があまり寝ていない金太に気を遣《つか》った。金太はご用聞きではないから無理はさせられない。

その金太はご用聞きになりたいのだが危ない仕事だからと反対されそうでお昌に言い出せない。

お信が浅草のお千代の茶屋へ行くというので、金太が一緒に行くことになった。二人がいなくなると間もなくして、お香がお衣久の長屋から出てきた。

「名前は駒吉とお衣久です」

それだけ幾松に伝えてお香が通り過ぎた。

幾松と寅吉は長屋から少し離れて見張ることにした。顔と名前がわかればもう見逃すことはない。

むしろ、お衣久に見張りを悟られないことだ。

「駒吉とお衣久か……」

その頃、駒吉は神田明神をお詣りしてお浦の茶屋で一服していた。

なかなか落ち着いている男で、益蔵は気をつけないと尾行を見破られると警戒した。只者ではない匂いがする。

「鶏太、あの男にあまり近づくな。小間物屋とは違う目つきだ」

「ええ、嫌な野郎で……」

「鬼七も離れろ……」

大男の鬼七は目立ち過ぎる。三人は駒吉を警戒した。

その駒吉は益蔵たちに気づいていないようだった。何を考えているのか、お浦の茶屋の縁台からなかなか立ち上がらない。

三人は茶屋の路地に身を潜めて動けなくなった。

そんな気配を店の中にいた平三郎は感じ取った。三人が動けないでいることもわかっている。

　縁台で煙草を吸っている駒吉を見ていた。

　益蔵は話したこともなく、平三郎のことを知らないが、平三郎の方は三人をご用聞きだと見破っている。

「ここに置きますよ」

「はーい、ありがとうございました！」

　茶代を置いた駒吉を小冬が元気よく送り出す。

　売り物の小間物が入っていると思われる背負子《しょいこ》を背負っているが、さほど重いものが入っているとは思えない速い足取りで駒吉が南に向かった。

　神田を過ぎ吉原に行くと、商売をするでもなく土手に座り込んで海を見ている。

　益蔵は見張りのしにくいところに座りやがったと、半町以上離れた物陰に潜んでどんな動きに出るか駒吉を見ていた。

「おかしな野郎だ……」

「親分、吉原の客が帰ります」

「あの野郎、吉原にいる誰かを待っているんじゃねえのか？」

鬼七が駒吉の不思議な動きをそう見た。

「鬼七、おめえ、いいところを見ているな。あの野郎は吉原に商売に来たんじゃねえ、吉原に泊まった奴を待っているんだ。おそらく間違いないな……」

鬼七が兄貴分の益蔵に褒められてニッと笑った。

「誰と待ち合わせだろう？」

「鶏太、周りに気をつけて見張れ……」

益蔵は待っているのは一人だろうかと思った。

駒吉は長屋を出た時、吉原に行くにはまだ早いと思った。その時、咄嗟《とっさ》に思ったのが近くの神田明神だった。

駒吉が生まれたのは成田で、小さい時から将門調伏のお不動さんを拝んできた。

その駒吉が将門を祭神とする神田明神をお詣りしては具合が悪いのだが、そんなことを駒吉は知らないし、知っていても気にするような男ではない。

吉原に行く刻の調整に立ち寄っただけなのだ。

三人が辺りを気にしながら見張っていると、縦縞の派手な着物を着流しに、遊び人を絵にしたような男が現れた。

「駒吉、待たせたな」

「いや今、来たばかりだ」

「そうか、これからお頭と会うんだな？」

「うん……」

「それでお衣久はどうだった？」

「あの野郎、しらばっくれて、お頭とたっぷり遊んだ後に、男を咥《くわ》え込んでいやがった」

「おめえもそこまでなめられたか？」

「あの尼《あま》、もう許せねえ！」

「やるのは仕事の後だぜ。しばらく待て……」

「兄貴、そこまで待てねえよ。おれは明日にも殺しちまいそうだ。あの女の顔を見ると虫唾《むしず》が走るんだ」

「お頭も一緒に片付けた方がいいんじゃねえか？」

物騒《ぶっそう》な話をしているのは、駒吉の実の兄の仙吉《せんきち》だ。駒吉は昨日、千住まで行って仙吉に五両渡すと二人は舟で吉原に来た。

仙吉は吉原に上がったが駒吉は長屋に帰った。そこで金太と鉢合《はちあ》わせした。

二人は既《すで》に安太郎とお衣久の仲を見破っている。駒吉は女房の異変に気づかないような間抜けではない。だいぶ前から知らぬふりをしていた。

仙吉は今度の仕事が終わったら、安太郎とお衣久を始末してもいいと考えている。どこでも盗賊の頭が子分の女に手を出しては、しめしがつかないというのが通り相場なのだ。

既に、駒吉は何人かの子分と仲間を作って相談していた。

長いこと二年も待たされて、安太郎の誰も殺さずにお宝だけを頂戴するというやり方に飽きている。

そんなまどろっこしい仕事だから子分たちはみな貧乏なのだと思う。

無能な浪費を棚に上げて勝手なことを考えていた。

手っ取り早くみな殺しにして、小判を奪う荒っぽい仕事を仲間と考え始めていた。とろい仕事はもう嫌だ。

こうなると仲間割れは必至だ。それに女が絡んでいる。

「駒吉、お頭のやり方は今回こっきりだ。あのお衣久には腹も立つだろうが、おめえが好きで一緒になったんだから仕方ねえだろう。もう少し辛抱しろ……」

「やっちまいそうだ……」

「我慢しろ。お衣久は味のいい女だ。殺すことはいつでもできるが、あのような女と出会うのは滅多にないぞ。それにお頭は引きずられたんだ」

「そうだけど……」

「あの女の魔性だ。たっぷり楽しんでからブスッとやればいい。しばらくの我慢だよ駒吉……」

「うん……」

駒吉が仙吉に説得された。だが、駒吉の腹の中は煮えくり返っていた。もう一日も我慢できないほどだ。

「なめやがって、この尼ッ！」

相手が安太郎でなかったら、とっくに二人とも始末しているところだ。確かに仙吉のいうように、いい女だとは思うがもう腹に据えかねている。

男にさえだらしなくなければ極上の女なのだが、えてしてこういう女はいるものだと駒吉はわかっている。

惚れて女房にしたのだから、なお許せない気持ちなのだ。

女房にしないで遊んでいる分には何んの不足もない女だったと思う。

駒吉の気持ちは、尻軽なお衣久に追い詰められていた。もう生かしておくことはできないと思うようになった。

「お頭がどこに仕込んでいるのか、いつやるのかわからねえのか？」

「わからねえ、つなぎはお衣久だけだ。仕事が近いのはわかっているよ……」

「お衣久の後をつければ？」

「それはできねえ、そん時だけはあの尼、四方八方に目配りしやがる。おれにつけられねえようにだ。だからお頭はあの尼を手放さないんだ」

「まあ、いずれわかることだ。又七の兄いはどうなんだ？」

「小頭は全部知っていると思う。若い頃からお頭とつるんでいたんだから知らねえことはないだろう……」

「お衣久のこともか？」

「いや、小頭はお衣久とは寝ちゃいねえ、あの人はお衣久に誘われてもそういうことはしない人だ」

「そうだな、堅い人だからおれもそう思う」

「お頭には逆らわない」

「ああ、それでお頭は成田に戻るのか？」

「そうだろうと思う。しばらくぶりでお頭と会ってみるか？」

「その時、余計なことはしねえ方がいい。勘ぐられても困るからな。おれは千住に帰って女のところにしけこんでいるよ。お頭は勘がいいから気をつけろ、決してお衣久のことを悟られるな。仲のいい振りをするんだ。悟られるとおめえが先に殺されるぞ」

「わかっている……」

仙吉と駒吉は、安太郎がどこの店を狙っているのか知らない。

それを知っているのは、小頭の又七とお衣久だけだ。二人はそんな用心深い安太郎を知っている。

その安太郎がいる宿も仕事をする店も、又七が小間物屋をしている店の近くだろうとはわかっていた。

「おそらくみなを集めろという話だ」

「そうだと思う」

「それじゃ、仕事がいつなのか知らせてくれ……」

「わかった」

仙吉が駒吉と別れて歩き出した。

「鶏太、あの男を追え！」

「へい！」

鶏太が仙吉を追い、益蔵と鬼七が駒吉を追った。

その頃、用心深い安太郎は旅籠に泊まっていたが、そこを出ると又七の小間物屋に裏口からそっと入った。

「お頭……」

「駒吉はまだか？」

「間もなく来ると思いやす」

又七は、女房という大年増の女と暮らしていた。

お衣久とはまるで逆のまったく気の利かない女だった。二人は仕事には使えない女だとあきらめている。

安太郎が滅多にこの小間物屋に現れることはない。

「小銀《こぎん》、元気か？」

「うん、おとっつぁんは元気か？」

「元気だ。お前にみやげがある……」

安太郎が懐から簪《かんざし》を出して小銀に渡した。

「ありがとう……」

小銀は安太郎の実の娘で、あまりに気が利かないのでどこにも嫁に行けず、安太郎が又七の嫁として無理に押し付けたのだ。だから又七と小銀は親子ほど年が離れている。

その小銀はニコニコとやさしい女で店番が大好きだった。

「又七、この間、おめえに渡した紙に書いた子分たちとつなぎは取れているか？」

「はい、駒吉を走らせておりやす」

「そうか……」

二人が話しているところに駒吉が現れた。

「駒吉さん……」

小銀が駒吉の背負子を受け取った。

「小銀さん、売れるかい？」

「うん、まあまあだよ……」

「そうかい。それはいいや……」

「二階におとっつぁんが来ているから……」

「それじゃ、ちょっと邪魔するよ」

「うん……」

駒吉を追ってきた益蔵は、この店が奴らの巣と見て、このままではまずいと思った。二人の見張りでは追跡ができなくなる。小間物屋に何人集まるのかわからない。

駒吉の動きは神田明神や吉原をうろうろとして、明らかにおかしかった。

「鬼七、奉行所に走って長野さまに助っ人を頼んで来い。二人だけでは手におえない。早く行け！」

「へい、承知！」

鬼七がドスドスと大股で走り出した。

小銀の店は日本橋の裏店の乙松の店に近かった。半町ほどしか離れていない。

その頃、湯島天神下の長屋を幾松と寅吉が見張っていたが、肝心のお衣久に動く気配はまったくなかった。

お衣久はお香から買った紅白粉《べにおしろい》を顔に塗って試している。

結構いい値の紅白粉を買ったお衣久は化粧するのが好きだ。そのお衣久が綺麗に化粧をして長屋から出てきた。

二人はサッとお稲荷さんの後ろに隠れる。

尻を振り振り男坂の下まで行くと、派手な着物の裾《すそ》をつまんで上って行った。

「寅吉、追えッ！」

飛び出すと寅吉が後を追った。

お衣久は湯島天神を参拝すると神田明神に向かう。

尻を振り振り「きれいなわたしを見て……」といっているように歩いて行く。

その後ろを寅吉が尾行していた。半町ほど離れて幾松も追っている。

ところが、お衣久は神田明神をお詣りすると、お浦の茶店で一休みしてから長屋に戻り始めた。

二十町（約二・二キロ）ばかりグルッと一回りした。化粧した顔を見せびらかしに出てきただけだ。

「クソッ、あの女は何を考えているんだ……」

お衣久に振り回された寅吉は怒っている。

その頃、奉行所に走った鬼七は、半左衛門に状況を話して、見張りの人手を出してくれるよう願っていた。

「鬼七、すぐ同心を回すからお前は先に戻れ！」

半左衛門は鬼七を戻らせると、松野喜平次、本宮長兵衛の二人を、小銀の小間物屋に向かわせた。その小間物屋の二階では安太郎が又七と駒吉に、五月の十五日の夜に子分たちを集める手配をするように命じていた。

「あの紙に書き出した八人でいい。多すぎても困るからな。全員が集まるのは成田だ。小判はそこで均等に分ける」

「お頭、仙吉の名前がねえんですが？」

駒吉が聞いた。

「うむ、今回は仙吉の他に三人ばかり外したが、小判はいつものように渡すから、成田に来るよう伝えてくれ……」

「へい、承知しやした」

安太郎は仙吉の穏やかでない動きを察知していた。迂闊《うかつ》に仙吉のような男を使うと、仕事が終わった途端に後ろからブスリとやられかねない。

やられる前に殺すことも考えていた。

だが、一方では駒吉に感づかれないようにして気を遣っている。兄弟で何を仕組んでいるかわからない。

盗賊にも信じられる奴とそうでない奴がいる。

五月十五日にこの小銀と又七の店に集まるのは、安太郎、又七、駒吉の他に五人だけだった。用心深い安太郎は素早く仕事をして逃げる。

「お頭は成田に？」

「うむ、一旦成田に戻る。江戸に長くいるのは危険だからな。お前たちも仕事が終わったら江戸から消えることだ。いいな？」

「へい、それじゃ十五日に……」

駒吉が二階から降りてくると、小銀が小間物の入れ替えをしていた。

「あまり売れていないようだね。駒吉さん？」

「うん、おれは売り方が下手だから……」

「あたしと同じだね？」

「小銀さんはそれでもまあまあだからいいじゃないですか？」

「うん……」

「あちこち回るんだから気をつけるんだよ」

「じゃ行ってくるよ」

「ありがとう小銀さん……」

駒吉は背負子を背負うと店を出た。

「鬼七、あの男を追ってくれ……」

えない。
鬼七が大きな体で駒吉を追って行った。その鬼七はどう見てもご用聞きとは思えない。

「承知！」

しばらくすると小銀の小間物屋から旅支度の安太郎が出てきた。

「あの老人が、浅草の逢引茶屋に女と来た男だと思われます」

益蔵が喜平次と長兵衛にいった。

「旅支度だな……」

「こうなったらどこへ行くのか追うしかない」

喜平次が追うことになった。

「あっしも行きましょう」

益蔵が一人で追うより二人の方がいいと思う。場合によっては、奉行所とつなぎを取らなければならないことが起きるからだ。

「行ってくれ。ここはわし一人でいい……」

長兵衛の言葉で喜平次と益蔵が安太郎の後を追った。

第十九章　深川村《ふかがわむら》

湯島天神下の長屋のお衣久を見張る幾松と寅吉、千住の仙吉を追った鶏太、駒吉を追った鬼七、安太郎を追った喜平次と益蔵、小銀の店を見張る長兵衛と、四方に散っての難しい仕事になった。

こう動きがバラバラでは追うのに難儀する。

長兵衛のところに、半左衛門は村上金之助を出し、幾松のところに大場雪之丞を向かわせた。

どこの誰が本筋なのかわからない。喜平次は追っている老人が本筋だとにらんでいる。年恰好《かっこう》といい貫禄といい、盗賊であればその頭に間違いないと思う。

その頃、半左衛門は勘兵衛と話し合って、この一味はその動きから明らかに怪しいと考え、追跡して一網打尽にすると勘兵衛に進言していた。

それを勘兵衛が了承して同心を配置することになった。

喜平次と益蔵が追う安太郎は、成田街道へ行くため東に向かっていた。

成田街道は水戸《みと》に向かう道から葛飾新宿《かつしかにいじゆく》で分岐《ぶんき》して成田に行く。佐倉《さくら》を経由することから水戸佐倉道などともいう。

成田山新勝寺は栄えていて東西南北に道が伸びている。

この安太郎一味は結束が崩れて危なっかしい状況だった。裏切る寸前の駒吉は千住に急いで兄の仙吉と会っていた。

「兄貴、不味《まず》いことになりそうだ」

「どうした?」

「お頭が今度の仕事から兄貴たち四人を外したんだ」

「なんだと?」

「兄貴がお頭を裏切ると気づいたんじゃねえのか?」

「あの野郎……」

「分け前はいつもと同じように分けるから成田に来いということだ。不味いよ。成田に行けば殺される……」

「くそッ、勘づきやがったか?」

「早いとこ、ここを引き払った方がいいんじゃねえか、お足がないならおれの小判を回してもいいぜ……」

「仕事はいつだ？」

「五月十五日に小頭の小間物屋に集まる。おそらく、その夜の仕事だ」

「そこを襲うか？」

「仕事の前じゃ一文にもならねえよ。襲うなら仕事の後がいい……」

「成田に小判を運ぶところをか？」

「ああ……」

「だが駒吉、船で運ぶということはないか？」

「船か、それはあり得るな……」

「成田に行く道は海沿いだから、船で運ぶところならいくらでもあるぞ」

「そうだ。船というのは考えていなかったな……」

二人が考え込んだ。安太郎の仕事を横取りできればいいのだが、狙いがどこなのかまったくわからない。

「お衣久を締め上げてみるか？」

駒吉はいたぶればお衣久が白状するだろうと思う。

「どこがお頭の狙いかあの尼が吐くと思うか？」

仙吉はお衣久が結構強情で簡単には白状しないと見ている。仕事を横取りするか小判を横取りするか、仙吉は小判の横取りがいいと思う。

その襲撃場所が問題だった。小判と女が絡んだ仲間割れだから間違いなく殺し合いになる。

「やるしかないか……」

「仕事の人数は、お頭と小頭におれを入れて八人だ」

「よし、小判を横取りするのが楽でいいな？」

「うん……」

「どこで襲うか考えてみる。あの野郎、なめた真似《まね》をしやがって、ただじゃおかねえ。おれはやるぜ！」

「わかった兄貴……」

兄弟は安太郎から仕事の後に小判を横取りすると決めた。お衣久を締め上げて殺してしまったりしたらすべてが水の泡になる。

荒っぽい仙吉でもそういう危険はおかせない。女を殺すのは最後だ。

千両からの大金を奪い取ろうというのだ。盗賊が盗賊から横取りしようというのだから穏やかではない。

「ここを引き払ったら逃げたと思われる。仕事が終わるまではここから動かねえよ」

「兄貴、お頭のことだ。殺しをする奴《やつ》を雇うかもしれねえぜ、いいのか？」

「いいってことよ。逃げるのは殺し屋を見てからでも遅くねえ、どんな奴が来るかわからねえが易々《やすやす》とやられてたまるか……」

仙吉は強気だ。簡単に殺されるとも思っていない。返り討《う》ちにする自信もある。千住の岡場所に仙吉の仲間が潜んでいた。みな小判の欲しい奴らだ。

「駒吉、悟られないようにしろ、知らんふりをすることだ」

「うん、あと十両置いていくから……」

「お前の方は大丈夫か？」

「小頭から手当てをもらったから心配ない」

「そうか……」

「集めろといわれた子分たちを一回りしてくる」

「気をつけろよ」

「うん……」

仙吉と駒吉は仲のいい兄弟だ。仙吉を追ってきた鶏太と、駒吉を追ってきた鬼七が、岡場所の前でばったり合流する。

「おう、妙なところで一緒になったな?」

「鬼七親分、ここは岡場所ですよ」

「わかっている。奴らのねぐらがここにあるんだろう」

「ええ、こういうところは隠れ家にはうってつけで、女のところに潜り込まれると外からじゃ何もわからない」

「迂闊《うかつ》に手の出せねえところだ」

「奴らに捕まると簀《す》巻《ま》きにされて大川に流されますよ」

「そうだな」

さすがの鬼七でも馴染《なじ》みのない岡場所では手出しができない。二人が路地の入口で話をしていると駒吉が出てきた。

「それじゃ、気をつけろよ鶏太親分……」

「鬼七親分も……」

そう言い残して鬼七が半町(約五四・五メートル)ほどの間を取って駒吉を追った。

この頃、江戸の東に深川村《ふかがわむら》というのができていた。慶長元年(一五九六)から家康の江戸の町造りが始まると、摂津《せっつ》大阪《おおさか》から深川八郎右衛門《ふかがわはちろうえもん》という男が移ってきて、小名木川《おなぎがわ》北岸一帯の開拓を始めた。

それが元和元年（一六一五）頃に一段落して深川という村ができる。

深川は北に平野《ひらの》、東に冬木《ふゆき》、南に富岡《とみおか》、西に福住《ふくずみ》と隣接し漁師村として、江戸の海の魚を獲って日本橋の魚河岸に運んでいた。

そんな深川が大きく変貌《へんぼう》するのは、三十七年後の明暦三年（一六五七）の大火で江戸が丸焼けになった時だ。橋がなく逃げ場を失った人々が十万人も焼死したことから、幕府は二年後の万治《まんじ》二年（一六五九）に両国橋を架ける。

万一の時に両国橋を渡って東に逃げられるようにだ。

その両国橋のお陰《かげ》で人の流れが変わり、深川方面が急速に発展することになる。

橋というのは不思議なものでたちまち人が集まり永代寺《えいたいじ》門前や、寛永四年（一六二七）に建立された富岡八幡宮《とみおかはちまんぐう》の門前に、料理屋や屋台売りなどと、男を集める岡場所などが犇《ひし》めく繁華な場所に変貌する。

やがて紀伊国屋文左衛門《きのくにやぶんざえもん》や奈良屋茂左衛門《ならやもざえもん》が屋敷を構えるなど、江戸といえば日本橋か深川というほどに栄え、赤穂浪士《あこうろうし》の派手な事件の舞台ともなる。

この頃は開拓されたばかりの村で静かな漁村だった。

その深川村に安太郎の子分が二人で隠れていた。駒吉はそこに向かっている。

鬼七は大川の渡しを先に渡られて駒吉を見失った。

こういう川を越える尾行は難しい。近づき過ぎると警戒されるし離れると見失う。

鬼七はすごすごと渡し舟で戻ってくると、がっくり肩を落として湯島天神下まで戻ってきた。

「ご苦労、どうした……」

冴《さ》えない顔の鬼七に大場雪之丞が聞いた。

「深川まで追ったが大川の渡しで見失った」

「小間物の荷を背負った男だな？」

「へい、日本橋から千住、そこから深川と忙しい野郎で……」

「そいつは駒吉だ」

「駒吉？」

「お香さんが調べてきたんだ」

「そうですか……」

無念そうに言う鬼七を幾松が、「大川を渡ったか。だが、夕方にはここに戻ってくるだろう。後はあしたのことだ」と励ます。

ねぐらを抑えているのだから見失ったわけではないという。

「浅草に戻ってひと眠りしたほうがいい。夕べは帰っていないんだから、お国さんが心配しているんじゃないか？」

「大丈夫です」

駒吉を見失ったまま家に帰ることはできない。なんとも悔しい。

「それじゃ、お国さんに顔だけでも見せてきた方がいいんじゃないか？」

「そうだ鬼七、顔を見せて戻ってこい。早く行け！」

雪之丞が鬼七に命じる。寝不足の追跡では歩きながら寝てしまう。それに駒吉はいつ戻ってくるかわからない。

「それじゃ、ちょっくら行ってきやす……」

鬼七が急いで浅草に向かった。

「幾松、駒吉が千住宿に行ってから深川村とはおかしな動きだ。何かのつなぎだな？」

「ええ、そういうことに間違いないと思います。小間物屋が小間物の売れないところを歩いております」

「つなぎだとすれば仕事が近いということか？」

「そういうことだろうと思います」

「クソッ、奴らの親玉はどこにいるんだ？」

「さっき、鬼七が日本橋から千住といいました。日本橋のあたりで誰かと会ったのではないでしょうか？」

「そうか、親玉は日本橋にいるか？」

「そうかもしれません。子分を集めているとか……」

「そのつなぎをしているのが駒吉だ！」

大場雪之丞と幾松の考えた結論だ。

当たらずとも遠からずのいい勘である。その頃、寅吉は男坂を上った湯島天神の軒下《のきした》でグウグウ眠っていた。

見張りが四方に広がって難しい動きになっている。

千住宿には鶏太がいるが、仙吉を見張るのは難しいことになっていた。その鶏太も寝ていない。

早く交代させないと鶏太が倒れる。

深川村に行った駒吉を鬼七が見失った。その駒吉は幾松のいる湯島天神下に戻ってくるだろう。

日本橋の小間物屋は、本宮長兵衛と村上金之助に見張られている。

問題なのは成田に向かう安太郎を追って行った松野喜平次と益蔵だった。二人は兎《と》に角《かく》、老人がどこまで行くのかあきらめずに追うつもりでいた。

「この道は成田に行く道だな？」

「そうです。どこかで泊まるはずです」

「同じ宿に泊まるか？」

「そうするしかないかと。見張るのが難しくなります」

二人は一町ほど離れたり、半町ほどに詰めたり、一人ずつで追ったり二人になったり、難しい追跡になっている。

茶店で草鞋《わらじ》を買ったり笠《かさ》を買ったり、旅の恰好をするなど工夫に忙しかった。

決して老人には近づかない。

難しい追跡に二人が苦労していた。このままだと成田まで行くのだろうと覚悟を決めて追っている。

その夕刻、薄暗くなって駒吉が湯島天神下に戻ってきた。

「やはり戻ってきたな」

「ええ、鬼七の追跡に気づいたようではありません」

「そのようだな。鬼七を巻いたわけでもないようだ。大川の渡しで見失ったというだけのことだ」

「そう思います」

「奉行所に戻って、長野さまに今日の様子を報告してくる。戻ってくるから、お前は寅吉と交代して少し休め、この見張りは長くなるぞ」

「はい、そうします」

雪之丞が奉行所に走った。

その時、奉行所では日本橋から戻った長兵衛が半左衛門と話をしていた。

「その縦縞の着物を来た男を追って行った鶏太が心配だな」

「はい、一人で追って行きましたから……」

「喜平次と益蔵が老人を追って行ったのだな？」

「旅支度の老人ですから、かなり遠くまで行ったものと思われます」

半左衛門にはまだ事件の全体像が見えていなかった。同心とご用聞きがバラバラに動いているように見える。

そこに雪之丞が戻ってきた。

半左衛門は雪之丞の話を聞いてあちこちの動きが少しつながってきた。

「鬼七は千住の岡場所で鶏太と会ったのだな？」

「そうです。駒吉という湯島天神下の男が、あちこちにつなぎを取っていると思われます」

「老人とその駒吉が、日本橋の小間物屋で会ったというのだな？」

「はい、その老人と駒吉の女房が、浅草の逢引《あいびき》茶屋で会ったということです」

「なんとも怪しげな話だな……」

半左衛門が不愉快そうな顔だ。なんだか嫌な事件になりそうだと思う。

「それでお香はどうした？」

「長屋に戻っています」

「そうか、何日かかるかわからないが、厳重に見張る必要があるな」

半左衛門は長兵衛と雪之丞の話を聞いて、どんな事件が動いているのか大よその見当がついた。

お奉行と話し合って態勢を組み直さないとまずいと感じる。かなり深刻な事件が進行していると思われる。ようやく打つべき手が見えてきた。

二人が状況を日本橋と湯島天神の持ち場に戻ると、半左衛門は夕餉《ゆうげ》の終わった勘兵衛と会って話した。

「お奉行、盗賊と思える一味の動きが見えてまいりました」

「やはり盗賊が動いているのか？」

「はい、湯島天神下の駒吉という男の動きから、仕事をする一味とつなぎを取り始めたようです。おそらく仕事が近いのではと思われます」

「そうか、賊の狙いはわかるか？」

「それはまだわかりませんが、一味の隠れ家が日本橋の小間物屋と思われますので、狙いはその周辺かと思われます」

「なるほど……」

「その小間物屋と、湯島天神下の長屋の見張りを厳重にしたいと思います」

勘兵衛が半左衛門の話を聞いて気になったのは、千住宿のことと、老人を追った喜平次と益蔵のことだった。

どこまで追って行ったかだ。

「その旅支度の老人というのが気になるが？」

「はい、知らせはありませんが、江戸を出たのではないかと思われます」

「何《な》んのために江戸を出たと思う？」

「それがわかりません」

「喜平次と益蔵がどこまで行っていつ帰るかだ」

勘兵衛は小間物屋で駒吉という男と会ったという、その老人の動きが重要だと考える。駒吉の動きを聞いてその老人から、何んらかの指示が子分たちに出たと読んだ。

「千住の岡場所というのはおそらくその老人の子分だな」

「はい、そのように思います」

「どのように見張る？」

「千住は岡場所で見張りづらいところだと聞きました。鶏太だけでは無理ですから同心を走らせます」

半左衛門はどのように人を配置するか少し混乱していた。

「半左衛門、その駒吉の廻った先は子分たちだ。そやつらはいずれ日本橋に集まってくる。見張る必要はない。大切なのはそなたのいう通り小間物屋と湯島の天神下だ」

「はい……」

「それに老人の行方《ゆくえ》だな」

「畏《かしこ》まりました」

半左衛門は見張りの手配が少し楽になった。あっちもこっちもでは手が回らない。

「それでは早速に……」

その日の夜のうちに、半左衛門は小間物屋に朝比奈市兵衛を派遣、湯島天神下に林倉之助を向かわせる。

千住から鶏太を引き揚《あ》げさせるよう幾松に伝えた。

浅草から天神下に戻ってきた鬼七が鶏太を呼びに千住に向かう。半左衛門には事件の的が徐々に見えてきた。

第二十章　喜与《きよ》の一言

その夜、湯島天神下の長屋で事件が起きた。

駒吉とお衣久の言い争いがあって、長屋の住人がポツポツと飛び出してきたが、いつもの夫婦喧嘩《げんか》だろうと苦笑して家に戻る。

騒ぎはほんのわずかの間のことで、すぐ静かになったのだが、実は駒吉がお衣久をブスッとやってしまったのだ。

駒吉はお衣久を抱いた後、安太郎が狙っているお店がどこなのかお衣久に聞いた。

「お前、お満《まん》がどこにいるか知っているだろう?」

「知らないよ。どうして急にそんなこと聞くんだい?」

「なんでもねえよ、仕事の日は決まったが、仕事先がわからねえからさ……」

「そりゃ、お頭しか知らないことだ」

「お満とつなぎを取っているのはおめえだろが？」

「違う、あたしじゃないよ」

「それじゃ、誰がつなぎを取っているんだ。おめえしかいねえだろう」

「知らない」

「強情で可愛《かわい》くねえ女だな……」

可愛くないという言葉は、お衣久の一番嫌いな言葉だ。

「お前さんこそ、そんなこと聞いておかしいじゃないか、お頭を裏切るつもりじゃないだろうね？」

「なんだと！」

「その怒った顔は、図星じゃないのかね？」

「この尼ッ！」

「裏切り者は殺される決まりだ。お頭にいうからね！」

お衣久は駒吉を脅《おど》したつもりだが、駒吉は裏切りを見破られたと思った。こうなると夫婦でも血を見るしかない。

「そういうおめえこそ、お頭とできているだろう。おれが知らないとでも思っていやがるのかッ！」

「ふん、誰と寝ようが勝手じゃねえか！」

「このくそ尼が！」

カッと頭に血が上った駒吉は、お衣久に馬乗りになると、枕元の匕首《あいくち》を抜いて心の臓をブスッとやった。一突きで決着がついた。

お衣久は悲鳴も上げず、足をばたつかせることもなくこと切れた。

「なめたことを言いやがって、ざまあみろ、馬鹿な女が……」

駒吉は好きで女房にしたお衣久だったがもう我慢の限界に来ていた。

やってしまってから不味いことになったと思う。だが、惚《ほ》れて一緒になった女を自分の手で始末したのだから気持ちは悪くない。

「こうなるしかなかったんだ……」

駒吉は裸のままのお衣久に着物を何枚も着せて、腰紐《こしひも》でぐるぐる巻きにしてきつく縛った。

「おめえの好きな着物だ。みな着て行け……」

お衣久を殺してしまったが、駒吉は愛した女に少しは優しかった。

「お前が男好きに生まれてきたのが悪いんだ。今度はそういう女じゃなく生まれてくるんだぜ……」

ブツブツ言いながら、駒吉は死んだお衣久に着物を着せ終わると、床板を何枚か上げて床下を掘り始めた。そこにお衣久の遺骸《いがい》を埋めて隠す。夜半過ぎまでかかって四尺（約一・二メートル）ほどの深さまで土を掘り、そこにお衣久を入れて土をかぶせて床板を元に戻した。

お衣久が消えてしまった。

そんなことが起きているとは誰も気づかない。その夜遅く、千住宿から鬼七と鶏太が戻ってきて湯島天神の軒下で仮眠した。

さすがの鬼七もぐったりで腰を下ろすとそのまま寝てしまう。

翌朝、駒吉はいつもの恰好で長屋を出る。

その時、鬼七と鶏太はもう起きていて見張りについていた。

「駒吉を寅吉と鶏太の二人で追え！」

林倉之助が眠そうな顔で命じる。なんといっても鶏太は足が速く身軽でこういう時は八面六臂《はちめんろっぴ》の活躍だった。

奉行所ではこういう小回りの利くご用聞きを調法に使う。

どうしても事件が起きると奉行所は人手不足になる。その事件が二つ三つと重なることさえあった。

そうなるとご用聞きがいても人数が足りなくなる。

だからといって悪党を江戸の中にのさばらしておくわけにはいかない。半左衛門の人使いが荒くなることがしばしばだ。

「がってんだ。寅吉の兄い、先にあっしが追いますんで！」

「おう、頼んだぜ！」

若い鶏太は一眠りするとすぐ生き返る。着物の裾を尻まくりで後ろ帯に挟《はさ》んで駒吉を追う。

その駒吉は千住に向かった。

お衣久が死んだことを知らない幾松たちは湯島天神下にいた。

林倉之助、大場雪之丞の同心に、幾松と鬼七の四人だ。いくら待っていてもお衣久が現れない。幾松は仮眠しただけで疲れ切っている。

それは雪之丞も同じだ。

その頃、日本橋の小間物屋には品川宿の三五郎と久六が支援に入っていた。

「奉行所に報告しなければならん。大場殿、行ってくれるか？」

倉之助は眠そうな雪之丞を見かねてそう頼んだ。何日続くかわからない見張りは、仮眠したぐらいでは疲れがたまるだけだ。こういう厄介な事件になると八丁堀の役宅に何日も帰れなくなる。

そんな雪之丞を奉行所で少し休ませようと倉之助は考えた。

「承知しました。行ってまいります……」

ふらふらと雪之丞が奉行所に行き、半左衛門に状況を説明すると「少し寝た方がいいのではないか？」と言われたが、「役宅へ行って着替えてまいります」と奉行所を飛び出して八丁堀に走った。

愛するお末の顔が見たいのだ。

雪之丞とお末はすったもんだはあったが、二人は若さにまかせ惚れ込んで一緒になった。

「お末ッ、着替えだッ！」

外から大声で言いながら役宅に飛び込んでくる。近所の同心たちの家にも、奉行所は事件でたいへんなんだと伝わっている。

「はい、はいッ！」

お末と母親の幸乃《ゆきの》は急に忙しくなる。父親の孝兵衛《こうべえ》も手伝って湯を沸かし、お末が雪之丞の体を拭き、幸乃が遅い朝餉《あさげ》の支度をする。

それを二人の子どもが遊びから戻ってきて驚いた顔で見ていた。

雪之丞はお末に抱きついてそのまま寝てしまいそうだ。

それでも飯を食い着替えると太刀を握って、「二、三日は帰れないかもしれない！」と言って役宅を飛び出す。

一刻ほどで雪之丞が湯島天神下に戻ってきた。

「駒吉が出てからまったく気配がなくなった。お衣久はどうしたんだ。おかしいじゃないか幾松？」

「へい、一回ぐらい顔を出してもいいようなもんですが……」

「具合でも悪くて寝ているのか？」

倉之助と幾松が話しているところに雪之丞が顔を出した。

「長野さまからは？」

「夕方に交代の見張りを寄越《よこ》すそうです。どうかしたんですか？」

「あれから何んの音沙汰《おとさた》もない。駒吉だけが出て行ってお衣久が出てこない。おかしいと思っていたところなんだ」

「お衣久が動かない？」

「そうだ。顔も見せないんだ。何かがおかしいような気がする……」

幾松はあまりにも静かで、お衣久が病気ではないかと思っている。

鬼七は長屋を見に行こうとしていた。その長屋に人の出入りはあるのだが、奥から二番目の駒吉の家だけは戸が開かない。

長屋というものは人がいる限り、何かと賑《にぎ》やかなものだがその気配がない。

その頃、千住に向かった駒吉は、岡場所に入り浸っている兄の仙吉と会っていた。

「昨日来たばかりなのに何があった？」

仙吉は連日顔を出す駒吉に驚いている。朝から女を抱きすでに仙吉は酒を飲んでほろ酔いだ。

「兄貴、お衣久のことだ……」

「なんだと、おい、しばらくどこかに消えろ……」

仙吉が傍《そば》の女の尻を叩《たた》いた。

だらしなく赤い襦袢《じゅばん》を引っ掛けた女が、「はーい……」と気怠《けだる》くいって部屋から出て行った。

「やっちまったのかッ？」

「うん……」

「死体は？」

「床下に埋めた……」

「そうか、そのうち、長屋を焼き払った方がいいんじゃねえか？」

「兄貴……」

「それは後のことだ。仕事が終わるまで隠し切ることはできるのか？」

「わからねえ、お衣久が小銀の店にいかねえと、お満とつなぎが取れなくなるから、小頭が会いに来るかもしれねえ……」

「それはまずいな。お衣久の死を隠す何かいい方法はないのか？」

「考えながら来たんだが、病気だというしかねえと思う」

「そうだな。やっちまったものは仕方ねえ。何んとか隠し切るしかないんだから病気でも怪我《けが》でも何んでもいいや」

「うん……」

駒吉は安太郎を騙《だま》すのは難しいが、小頭の又七なら何んとか騙せると思っている。

「それでお前はこれからどうする？」

「しばらく、ここにいるつもりできたんだ。いいだろ？」

「ああ、そうか、あれをやってしまったしな。男にはだらしなかったが、お衣久のようないい女はいないぞ、駒吉……」

仙吉も何度かお衣久を抱いたことがあるのだ。

「うん、やっちまったんだから仕方ないよ。これから松戸《まつど》まで行ってくる。夜には戻ってくるから……」

「つなぎか？」

駒吉が小さくうなずいた。

江戸から成田に行くには大きく三つの道がある。

安太郎は日本橋から行徳《ぎようとく》に向かい、海沿いを船橋《ふなばし》まで行って成田街道に出た。これは江戸から船を使える道だった。

成田街道というのは日本橋から千住宿まで行き、千住大橋を渡って葛飾新宿まで水戸街道を行って、新宿から成田街道というのだが、そこから八幡《やわた》、船橋へ行くこともできる道だ。

もう一つは水戸街道を新宿、松戸、小金《こがね》、我孫子《あびこ》まで行ってから成田に向かうという道もある。

東の成田山新勝寺と西の大山阿夫利《おおやまあふり》神社は、江戸からの道程が遠からず近からずという塩梅《あんばい》で、人々が殺到してやがて大繁盛する。

江戸四宿の一つの千住宿は奥州《おうしゅう》街道（後に日光《にっこう》街道）、水戸街道、成田街道に向かう重要な宿場になっていた。

「急いで行ってくる」

駒吉は背負子《しょいこ》を千住の岡場所に置いて走って松戸に向かった。

その駒吉を鶏太が追いその後から寅吉が追った。背負子がないから千住宿に戻ってくるとわかったが二人は追いかけた。

北町奉行所のご用聞きはしつこい。喰《く》いついたらすっぽんのように放さない。

成田に向かった安太郎は、船橋宿に泊まって暗いうちに旅籠を出ると、大和田《おおわだ》宿《しゅく》、臼井《うすい》宿、佐倉宿、酒々井《しすい》宿、成田へと急いでいた。

その後を、松野喜平次と益蔵が一町（約一〇九メートル）ほど離れて追っている。

難しい追跡になっていた。

その二人が奉行所に戻ったのは翌々日の昼頃だった。

「長野さま、成田まで行ってまいりました……」

喜平次と益蔵が疲れ切って戻ってきた時、奉行所はお衣久に逃げられたと大騒ぎになっている。

前日、お香が湯島天神下に呼ばれお衣久の長屋に顔を出した。

そこにはお衣久の姿はなく、駒吉は夜になっても姿を現さず、騒ぎになって灯りのつかないお衣久の長屋をご用聞きたちがにらんでいた。

お衣久がどのようにして姿を消したのかわからない。見張っていたのだから逃げられたとは思えない。

だが、長屋のどこを探してもいないのだ。長屋の誰かに匿《かくま》われているとも思えない。

駒吉が千住の岡場所にいることは鶏太の知らせでわかっていた。

だが、お衣久の行方《ゆくえ》が杳《よう》としてわからず、幾松たちは見張りを悟られたのではないかと考えている。

お衣久がいなくなり奉行所の半左衛門は、同心やご用聞きの手配りを変えなければならなくなっていた。

そんな騒ぎの中に喜平次と益蔵が戻ってきた。

「成田とは遠いな？」

「あの老人は独り住まいのようで他に人はいませんでした」

「湯島天神のお衣久が後から行ったとは思えないか？」

「そのようなことはありませんでした。百姓家に老人が一人です。追っているうちにこの盗賊たちの頭はあの老人だと思いました」

「なぜ？」

「落ち着きといい振る舞いといい、ただの年寄りとは思えません。足腰も達者で見た目より若く感じました」

「おそらく、すぐ江戸に戻ってくると思います」

益蔵が感じたことをつけ足した。

「そうか。二人は帰って休め、明日からしばらく船橋宿に行ってもらう。江戸に出てくるその老人を追ってもらうから、何日か家には帰れないぞ。そのつもりで支度しろ。千住にいる鶏太を連れて行け。倉田甚四郎も向かわせる」

「承知しました」

半左衛門は成田の老人を重視した。

二人は船橋宿で合流することにして別れる。

喜平次は役宅に戻ると、お夕に四、五日は戻れないかもしれないといって、支度を命じると寝てしまった。

なんとも忙しい事件だった。

益蔵は千住まで走って鶏太を連れてくると、お千代に船橋の見張りを命じられたから十日ぐらいは戻れないといい、まだ陽《ひ》は高かったが茶屋の奥で寝てしまった。

鶏太もここ数日、満足に寝ていなかったがお千代とお信の手伝いをする。何んとも元気のいい男だ。

一方で半左衛門はお衣久の行方を気にしていた。

千住の岡場所にいるとは考えにくい。成田にも行っていないとすれば、日本橋の小間物屋しか考えられない。

だが、長兵衛はそんな女の出入りは見かけていないという。

そんな時、駒吉が小間物屋に現れた。

「どうした駒吉?」

「小頭、お衣久が病気だ……」

「なんだと?」

「具合が悪いといって寝ている。しばらく駄目かもしれねえ……」

「子でもできたか?」

「そうかもしれねえんで、小頭に伝えてくれっていうから……」

「そうか、それなら仕方ない、心配するなといってくれ、子ができたなら医者に見せることだな」

「うん、そうします。大事な時にこんなことになって……」

「子ができることは悪いことじゃねえ、お衣久は若いんだから当たり前のことだ。大切にしてやれ……」

「へい、すみません」

　駒吉はうまく小頭の又七を騙した。お衣久は既《すで》にこの世にはいない。

　その頃、勘兵衛と半左衛門が、この事件をどうするか相談していた。二人の見方は成田の老人の動きで決まるということだ。

「船橋には四人か？」

「はい、倉田甚四郎に松野喜平次、それに益蔵と鶏太を行かせます」

「喜平次と益蔵はその老人の顔を知っているから見逃すことはあるまい」

「そう思いまして配置いたしました」

「湯島天神には幾松だったな？」

「はい、お衣久がいないのに幾松は意地になっているようで、天神下から離れません。時々、お香が見廻《みまわ》っております」

「お衣久に逃げられたのが悔しいのだろう」

「そうだと思います」

勘兵衛は幾松のそういうしつこいところがいいと思う。ご用聞きがあっさりしていては困る。怪しいと思ったら喰《くら》いついて離さないしつこさが大切だ。

「幾松はご用聞きらしくなってきたな？」

「はい、なかなかしぶとくなりました」

「うむ、千住宿には倉之助と雪之丞、それに鬼七と寅吉だな？」

「そうです」

「左京之助を行かせろ。手薄のような気がする」

それは勘兵衛の勘だった。千住宿の岡場所には何人かの盗賊仲間が巣を作っているように思う。

成田の老人の一味が何人ぐらいなのか全貌が見えてこない。

奉行所が動きをつかんでいるのは老人と小間物屋の主人と駒吉だけだ。お衣久の動きはわからなくなった。

「承知いたしました」

「日本橋は長兵衛に金之助、それに市兵衛と三五郎、それに久六だな？」

「はい、足りませんか？」

「孫四郎を行かせろ、仕事をするのはあの周辺だと思われる。それにな、島田右衛門と黒川六之助、小栗七兵衛に夜の見廻りをするように伝えてくれ……」

「畏まりました」

勘兵衛と半左衛門は、盗賊が仕事をする時が近いと判断、与力、同心と、ご用聞きを動員して万全の態勢を整えた。逢引茶屋のお昌が見つけた事件で思いの外《ほか》広がりが大きくなった。

失敗は許されない。

千住宿に戻った駒吉の動きが止まって仕事の日が近いと思われる。

そんな時、小間物屋に客の女が現れた。地味な身なりでどこかの店の小女と思い見落としそうだった。縫《ぬ》い糸を買いに来た女だった。

「十五日です」

女と小銀が話している時、又七が奥から小声でつぶやいた。

「十五日の夜？」

そういって小さくうなずいたのがお満だった。お衣久のつなぎがないので不安になったお満が、縫い糸を買うという口実で出てきたのだ。

案の定、そのことに見張りの誰もが気づいていない。女は縫い糸を買うと足早に戻って行った。そんな女は日に何人も小間物屋には出入りする。お満に誰も不審を感じないのは当然だった。

その夜、幾松が見張っている湯島天神下の駒吉の長屋に、真夜中に久しぶりに灯りがつき眠そうな幾松が目を凝らした。

その灯りに一瞬だが人影が映った。

「駒吉だな……」

幾松がそう思った瞬間だった。その灯りは燃える火だったのである。

幾松がお稲荷さんの裏から飛び出すと、長屋の路地に飛び込んで「火事だッ、火事だッ！」と叫んだ。

「火事だ……」

叫びながら家々の戸を叩いて幾松が騒いだ。

長屋から住人たちが飛び出してくると、男たちは桶《おけ》で水を汲《く》んだり、女たちは子を連れて路地から通りに逃げる。

一瞬、灯りに映った人影の付け火だと幾松は駒吉を探したが、その姿はどこにも見当たらなかった。あの人影は駒吉に違いないと幾松は見た。

とんでもないことをする野郎だと幾松は怒り心頭だ。

その夜は、運よくほとんど風のない夜で、長屋ひと棟が全焼しただけで、他には燃え移らなかった。死人も怪我人もなくそれだけは幸いである。

奉行所の調べにことの一部始終を見ていた幾松は、この事件の中で見張りに気づいた駒吉が、長屋を焼き払ったのではないかと説明する。

この幾松の話に半左衛門はそうかもしれないと思う。

「幾松、お前の見た人影は駒吉に間違いないだろう。人気のない駒吉の家から出火したのだからな？」

「はい、あの時、追うべきでした」

「いや、長屋から死人も怪我人も出なかったのはお前が知らせたからだ。駒吉を追っていたら逃げ遅れる者が出たかもしれないぞ。駒吉はこの事件の解決で捕まえればいい。それにしても、千住の岡場所からうまく抜け出したものだ」

半左衛門は千住の見張りが見破られたのかと、放火の原因ではなくそっちの方が心配になっている。

この時、駒吉の放火がお衣久殺しを隠すためだったと誰も気づいていない。

幾松はなぜだと一瞬だが放火の理由を疑ったが、お衣久のことまでは気が回らなかった。

岡場所のようなところは出入り口が何か所もあって、見張りのしづらいところだとはわかっている。

だが、悪党どもに易々と出入りされては困る。

見張りの者により厳重に警戒させる必要があると半左衛門は考えた。それは当然のことだった。勘兵衛は半左衛門からその放火の話を聞いて、なにか腑《ふ》に落ちないものがあった。

それはお衣久の行方だ。

お衣久がいないまま長屋が燃えてしまった。

勘兵衛は半左衛門の話の中にお衣久が消えているのに、まったくその名前が出てこなくなったことにひどい違和感を持った。

よくよく考えてみれば、この事件の発端《ほったん》は老人と釣り合わない美女との密会だった。それにお昌が不審を感じた。

そのお衣久がまるで端《はな》からいなかったように消えた。

勘兵衛がこの事件に薄気味悪さを感じるのはそのことである。いつの間にか誰の口からもお衣久のことが語られない。幽霊のように消えてしまったとしか思えない。

　その夜、勘兵衛はお衣久がどうなったのか色々考えてみた。

「眠れないのでございますか？」

　喜与が心配する。

「うむ、女が一人、霞《かすみ》の中に消えてしまった……」

「お衣久さんという方でございますか？」

「知っておったのか？」

「はい、数日前にいなくなったと聞いておりましたから……」

「うむ、そのお衣久の長屋が放火で燃えてしまったのだ。それがどうしても腑に落ちない……」

「殿さまはどのようにお考えなのでございますか？」

「それを考え中なのだ」

　喜与が褥《しとね》に起き上がって薄明かりの中で、珍しくいつまでも眠れないでいる勘兵衛を見る。

「喜与の考えを申し上げてよろしいでしょうか？」

「うむ、聞こう」

「お衣久さんは老人とのことが発覚して駒吉に殺されたのです」

「殺された？」

喜与の自信に満ちた大胆な言葉に、勘兵衛も褥に起き上がった。

その喜与の一言で「そうだったのか！」と勘兵衛の頭の中の混乱が一気に氷解したのである。

喜与の大手柄だ。

「お衣久はもうこの世にいない。どこにいるか。長屋の床下に埋められた。その証拠を消すため長屋を駒吉が燃やした。お衣久を葬《ほうむ》ったつもりだろうが、愚《おろ》かにもかえって墓穴を掘ったことになる。お衣久の執念がそうさせたか？」

「ええ、お衣久さんが怒っているのです……」

「喜与、そう怖い顔をするな。わかったからこっちにきなさい」

「はい……」

ニッと微笑んで喜与が勘兵衛の褥に引っ越してきた。

第二十一章　駒形《こまがた》の渡し

誰よりも遅く八丁堀の役宅に帰った長野半左衛門が、翌朝には誰よりも早く奉行所に出てくる。こういう上役《うわやく》がいると、暢気《のんき》な村上金之助も、お文といつまでも仲良くしているわけにはいかない。

ましてや今は非常時で、与力同心が見張りに出払っている。

いつもなら奉行所に泊まる半左衛門だが、万全の配備をして役宅の老妻のところに帰った。

「奉行所にお泊まりになっていただいてよろしいのに……」

「着替えに戻ったのだ。仮眠してすぐ行くから……」

「そうでした。着替えをお届けするのを忘れておりました。あたくしこの頃、こういう大切なことを忘れてしまうのです。年でしょうかしら……」

老妻の言葉に半左衛門は、若い頃からちょくちょく忘れていたと言いたいが、そこは阿吽《あうん》の呼吸だ。

半左衛門が奉行所に戻ってくると、後を追うように村上金之助が現れた。

「金之助、お前は日本橋だな？」

「はい、本宮殿と交代します」

「そうか……」

「お奉行がお二人をお呼びです」

書き役同心の岡本作左衛門が伝えてきた。

二人が勘兵衛の部屋に急ぐと、喜与と宇三郎が奉行の傍にいる。

「半左衛門、これから宇三郎と一緒に湯島天神下に行き、燃えた駒吉の家の床下を掘ってみろ、そこにお衣久がいるはずだ」

「ゲッ、お衣久は殺されているッ！」

「そうだ。捕り方を十五人ばかり連れて行って、野次馬を遠ざけて掘ってみろ。騒ぐな、悪党の誰かが見に来ているかもしれないからな……」

「畏《かしこ》まりました」

「金之助、お前も行け！」

「はい！」

勘兵衛の命令で金之助は日本橋ではなく、急遽《きゅうきょ》、湯島天神下の焼け跡に行くことになった。

「半左衛門、馬で行け！」

「はッ！」

勘兵衛から馬で行けと言われた半左衛門は、年寄り扱いされたと不満顔だ。だが、急ぐ仕事だから仕方がない。

焼け跡には縄が張られ、幾松、直助、お香の三人がいる。

そこに馬に乗った半左衛門と宇三郎が現れて、野次馬たちを焼け跡の見えないところまで遠ざけて道を封鎖した。

「何が始まるんだ？」

「お奉行所の調べだろう」

「付け火だという噂《うわさ》があるからな」

「そうなのか？」

「放火というのは捕まると火焙《ひあぶ》りだな？」

「そうよ。火つけの罪は重い。火焙りの刑が御定《ごじょうほう》法だな」

「詳しく調べるんだろう」

そんな野次馬の中に仙吉の仲間が一人紛《まぎ》れ込んでいた。

焼け跡を掘り起こすのは慎重だった。

燃え残って倒れた柱などを片付けると、駒吉の家のところだけ筵《むしろ》で目隠しをして、その中で掘り起こし作業が行われた。

お衣久の死体は浅く埋められていたためすぐ見つかった。

「みな囲いの外に出ろ！」

死体の検分は半左衛門、宇三郎、金之助、幾松、直助、お香の六人で行われた。お衣久の死体は着物に包まれていたが中は素っ裸だった。

まだ、綺麗な顔のままだ。死んでもなお、お衣久は「あたし綺麗でしょ……」と言っているようだ。

「匕首で心の臓を一突きだな」

「ずいぶん深い傷です。切っ先が背中に出ているかもしれません」

直助がいう。

「駒吉の仕業《しわざ》でしょうか？」

お香は怒った顔で誰にともなく聞いた。

「お香、こういうことをするのは亭主の駒吉しか考えられない……」

「長野さま、女をこんなにする野郎は許せません！」

お香の言葉に宇三郎と金之助が顔を上げて驚いた。これまでおとなしい娘だと思っていたからだ。だが、おとなしく見えても女は時としてこういう激しいものを見せる。

「そうだな。その上、家に火をつけた。必ず捕らえて三尺高いところで火焙りだ」

半左衛門の言葉に小さくうなずいたお香が、自分と似たような女賊のお衣久の死体に手を合わせる。

まだ生きられたのにと思う。

お衣久の傷はその深い傷一つで、苦しまないで死んだことがわかる。

「暗くなってから近くの寺に運べ、事件はまだ終わっていない。幾松！」

「はい、わかっております」

半左衛門と金之助は、半刻（約一時間）あまりで奉行所に戻って行った。宇三郎と警備の十五人は焼け跡に残った。

江戸は火事というと大騒ぎになる。

広く延焼することがあるからだ。この火事も湯島天神に燃え移ることが心配された。火が崖を這《は》い上るとたちまち社殿に延焼する。

大きな地震と火事は恐ろしい。

火が暴れ出すと人の力ではいかんともしがたい。逃げ出すしかないが、なぜか逃げた先に火が襲いかかってくる。

火事と喧嘩は江戸の華などと粋《いき》がるが、火事には歯が立たずに悔しいから、負け惜しみにいっているように聞こえる。

関ケ原の翌年の慶長六年（一六〇一）から、大政奉還の慶応三年（一八六七）までの二百六十七年間で、江戸の大火は四十九回、京は九回、大阪六回、金沢三回で圧倒的に江戸が多く、この火事の多さは世界的にも類例がないという。

それほど江戸は燃えやすかった。

大火以外の火事を含めると千七百九十八回というから、恐怖至極、笑止千万、言語道断である。

何万人、何千人、何百人という死人の出る大火が起きるのだから言葉がない。

中でも明暦三年一月十八日、十九日の大火は、明暦の大火といわれ、およそ十一万人が亡くなる悲惨なものだった。

この火事のひどいところは、三カ所から出火したことと運悪く風の強い日だったことである。

本郷丸山本妙寺《ほんごうまるやまほんみようじ》から出火、神田、京橋《きようばし》まで燃え広がり、大川の対岸まで延焼する火の勢いで、霊巌寺《れいがんじ》に逃げた一万人が焼死、浅草橋では二万人が死亡した。

小石川伝通院《でんずういん》表門下新鷹匠町《しんたかじよう》大番与力の宿所からも出火、飯田橋《いいだばし》から九段《くだん》一帯に延焼して、江戸城にも燃え移り、大天守が燃え上がり江戸城の大半が燃えてしまう。

なんの打つ手もなく逃げるか、ただ茫然《ぼうぜん》と見ているしかなかった。

麹町《こうじ》からも出火、風に煽《あお》られて新橋《しんばし》方面にまで延焼し海岸まで燃えて、燃えるものがなくなって鎮火《ちんか》する。

火の走る速さから逃げきれず多くの人が死んだ。

身元不明の死体が多く、船で本所牛島《ほんじようしじま》に運んで埋葬、その人々を供養《くよう》するため回向院《えこういん》を建立した。この明暦の大火は振袖《ふりそで》火事ともいう。

麻布台《あざぶだい》の遠州屋《えんしゆうや》という質屋《しちや》の娘で十七歳の梅乃《うめの》が、母親と本郷の本妙寺に母親と墓参りに来た。その帰りに上野で寺の小姓らしき美少年とすれ違い一目惚れする。

恋焦《こいこ》がれてもどこの誰かもわからず、裕福な親はその美少年が着ていたという、荒磯《あらいそ》と菊《きく》の柄の振袖を作って娘の慰みに与えた。

梅乃はその振袖を抱きしめて哀れにも焦《こが》れ死《じ》にする。

親は娘の棺《ひつぎ》にその振袖をかけて本妙寺で葬儀を行う。この頃は棺にかけられたこのような遺品は、寺男たちがもらっていい決まりだった。

この振袖は寺男によって古着として売られ、上野の十六歳の娘きのの手に入る。

ところが、きのはほどなく病で亡くなると、棺にその振袖がかけられてまたもや本妙寺に運ばれてきた。その振袖をまた寺男が古着として売った。

今度は、いくという十六歳の娘のものになったが、その娘もほどなく病で亡くなり棺に振袖をかけてまたまた本妙寺に運ばれてくる。

さすがに寺男もその振袖を恐れ、住職は寺で焼いて供養しようという。

読経の最中に火に振袖を投じると、火のついた振袖が風に煽《あお》られて立ち上がると、火のついたまま空に舞い上がり寺の軒に落ちて燃え上がった。

寺の大屋根に燃え移った火が、たちまち風に煽られ湯島方面に走り、駿河台方面へと燃え広がって江戸を焼き尽くした。

あまりに因縁じみていて作り話だろうといわれる。

この頃、江戸は急速に拡大を続け、住居は過密、衛生は最悪、疫病が流行、連日の殺人事件、江戸城下は最悪の状況に陥っていた。

幕府は城下を改造するしか、方法がないと考えて焼き払ったという。そんな噂まであったのだ。

当初、風は北西からと予測したが、思惑と違い真北からの強風で、その炎が江戸城に襲いかかってきたという。

なんとも恐ろしい話である。

幕府が放火するなど間抜けな噂でもあるが、その後の幕府の江戸を作り直した事例を見ると、まるっきりの出鱈目《でたらめ》な嘘とも言い切れない。

もう一つの噂は、老中阿部忠秋《あべただあき》の屋敷から出火したのだが、火元が老中屋敷では幕府の威信が失墜する。そのため、幕府は阿部屋敷に隣接する本妙寺に、大火の火元を引き受けるように命じたという。

この噂の信憑性《しんぴょうせい》は怪しい。というのは大火の後に本妙寺が取り潰されず、移転も命じられず元の場所への再建が認められ、焼失前より大きな寺院になり、触頭《ふれがしら》という特別な寺の地位を幕府から与えられているからだ。

大火後に阿部家は、多額の供養料を毎年本妙寺に寄進したともいう。

何よりも火元とされた本妙寺が、火元を引き受けたのだといったというから、かなりきわどい話になる。

この明暦の大火と明和《めいわ》の大火と文化《ぶんか》の大火を江戸の三大大火という。湯島天神下の火事は運よく大火にならずに済んだ。

「望月さま、この事件はどうなりましょうか？」

「おそらく、間もなく大きく動き出す。この火事はその予兆のようなものだろう」

「すると盗賊どもが？」

「うむ、この火事はその証拠隠滅のつもりだろうが、かえって墓穴を掘ることになるとお奉行はお考えのようだ」

「なぜ、お衣久を殺したのでしょうか？」

「男と女のことだから、何かいざこざがあったのだろう」

「思い当たるのは駒吉とお衣久が喧嘩をして、長屋の住人が家から出てきたことがありました。あの時だったのではないかと……」

「幾松、過ぎたことだ悔やむな。お衣久の寿命なのだ。駒吉もそう長くは生きられまい。その時お前が喧嘩を止めていても結果は似たようなものであろう。わしはそう思う」

「はい……」

「実はな。お衣久が殺されているといったのは、奥方さまなのだ」

「お、奥方さま？」

「奥方さまは女のことを良くおわかりだ。お衣久の行方がわからなくなったと聞いて、殺されたと思ったようなのだ。女が姿を消すということはよほどのことだ。そこが男にはわからないということだな……」

「はい……」

「ここが片付いたらどこに行く、千住か？」

「そうします」

「わしが気になっているのは、成田に行ったという老人のことだ」

「成田の老人？」

「お奉行はその老人がこの盗賊の頭だと見ておられる……」

幾松はその老人のことは話には聞いたが、詳しいことはなにも知らない。

「どうも浅草のお昌の茶屋に、また現れるような気がする」

「例の逢引茶屋に？」

「うむ、お衣久に会うためだ……」

「そうですか？」

幾松には宇三郎が想像していることが少しわかった。仕事の前に好きな女に会うことは考えられる。だが、死んだ女とどうやってつなぎを取るのだと思う。そんなことを考えながら幾松は浅草から千住へ向かった。

その頃、安太郎は成田山新勝寺にお詣《まい》りしていた。

この仕事を最後に稼業から身を引こうと考えている。成田山の傍で一人暮らしをしてもいいし、ほとぼりが冷めた頃に、日本橋で又七と小銀と暮らしてもいい。

問題なのは仙吉をどうするかだ。

黙って潔《いさぎよ》く仲間から分かれるような男ではない。

それを見抜いている安太郎は殺しをしたくないが、後腐れのないよう仙吉を殺すしかないかと思っている。

仙吉さえいなければ仲間は銭を持ってバラバラになる。それでいい。

成田山新勝寺を参拝した安太郎が家に帰ると、百姓家の縁側に浪人が座って腕を組み目を瞑《つむ》っていた。

「お待たせしたようですな？」

「おう、戻ったか、少し眠くなってな……」

「どうぞ、中へ……」

「いや、ここでいい。畑を眺《なが》めていると色々とおもしろいものが見える。見ろ、あそこの男と女はさっきまで傍の藪《やぶ》の中にいた。仲が良過ぎて仕事にならぬようだぞ」

「はい、あの二人は近くの百姓で、数日前に祝言を上げたばかりでございます」

「なるほど、それでは何をしてもおもしろいわけだ」

「このところ毎日あの藪が二人のいい場所になっております。薄暗いうちから仕事に出てくる働き者にございます。すぐ子ができましょう」

「それはいい。羨《うらや》ましいな」

　安太郎は家に入り縁側に出てきた。その間、浪人は畑の幸せな夫婦を見ている。何んとも楽しそうな二人なのだ。

「弦巻《つるまき》さま、これで仙吉を斬っていただきたい」

「仙吉か？」

「どうも馴染まない男でございます」

「そうか、裏切るか……」

「何をするかわからない男で、この片貝の不徳にございます」

「それで仙吉はどこに？」

「千住の岡場所と聞いております」

「千住か？」

「少ないのですが三十両でございます」

「充分だ……」

弦巻朔太郎《さくたろう》が紙に包んだ安太郎の三十両を受け取った。

「これから発《た》とう、必ず仕留めてやる」

「お願いします」

朔太郎は一人で成田街道を千住に向かう。

安太郎と一緒に仕事をしたことはないが、朔太郎は仙吉を何年も前から知っていた。扱いにくい男だと安太郎が苦労しているのを知っている。

翌朝、江戸に向かって安太郎が出立した。

成田から酒々井宿、佐倉宿と成田街道を西に向かう。安太郎が船橋宿を通過した時、松野喜平次と益蔵に発見された。

「倉田さま、あの老人です！」

「髪は白いが、まだ六十ぐらいではないのか？」

「追います！」

鶏太が素早く安太郎を追い始めた。

「葛飾八幡宿だな？」

「はい、この刻限ですと、泊まりは八幡宿あたりかと思います」

鶏太の後ろから、倉田甚四郎、喜平次、益蔵の三人が、一町ほど離れて歩いて行った。

その頃、弦巻朔太郎は千住宿に入っていた。

安太郎を見て事態が大きく動こうとしているのを甚四郎たちは感じている。

その安太郎は八幡宿の旅籠に入り、同じ旅籠に益蔵が一人で泊まり、甚四郎ら三人は道向かいの旅籠に入った。仮眠を取るだけで交代で旅籠を見張ることにした。

翌朝、安太郎は成田街道から離れて大川に向かった。鶏太が追っている。

「益蔵、この道は浅草に行く道ではないか？」

「そうです。駒形《こまがた》の渡しに行きます」

「浅草か？」

「例の逢引茶屋に行くのでは？」

「あの女と会う？」

益蔵は老人が駒形の渡しで浅草に渡るのだと思った。女の名はお衣久だと半左衛門から聞いている。仕事の前に女と会うつもりだ。四人はそのお衣久の死を知らない。

「仕事は今日の夜か明日の夜辺り？」

喜平次が勘を働かせる。それを甚四郎は黙って聞いていた。

安太郎は駒形の渡しに来ても舟に乗らない。しばらく対岸を見ていたが土手の草むらに腰を下ろした。

「どうしたんだ。なぜ、渡し舟に乗らない？」

喜平次が不思議そうにつぶやいた。

「ここまで来て……」

益蔵も安太郎を見ている。隠れる場所が少ない。三人が居る柳の巨木の下に鶏太が戻ってきた。

「どうした？」

「誰かが迎えに来るのを待っているようです」

「女ではないのか？」

「煙草《たばこ》などを吸っています」

「誰を待っているのだ？」

「くそッ、ここまで来て動けなくなったか？」

「喜平次、慌《あわ》てるな……」

与力の倉田甚四郎は落ち着いている。

「この辺りには隠れるところがない。鶏太、あの老人が舟に乗るようなら一緒に乗れ、ここには益蔵が残って喜平次とわしは後ろに下がる」

「承知しました」

鶏太は大川を渡ればそこは浅草で庭のようなものだ。

ところが、半刻が一刻になっても安太郎は動かない。対岸にお衣久が現れるのをじっと待っていた。だが、そのお衣久が現れない。

一刻が過ぎた頃、安太郎はお衣久に何かあったのではないかと感じた。

「お衣久に何かあったか……」

安太郎の勘は鋭い。これまでお衣久が約束を破ったことは一度もない。二人は禁断の仲だがいつも会うことを楽しみにしてきた。

「お衣久が来ないはずはないのだが、駒吉の野郎が……」

この駒形の渡しを渡るべきか、それともこの仕事にはあやがついたと見て投げるか、安太郎は煙管《キセル》を出してまた一服つけながら考えた。運命を分ける駒形の渡しのように思う。舟に乗るべきかそれとも引き返すべきか。

「あの土手にお衣久が立たない限り、この川を渡るべきではないな。あきらめて成田に戻ろう……」

安太郎はお衣久が現れないのだから、駒形の渡しは渡るべきではないと判断する。お衣久の身に何かのっぴきならないことが起きた。

盗賊の勘がそういっている。

「もうこの世にはいないのかもしれない。いい女は命が短いか……」

煙管を仕舞うと草むらから立ち上がって道を戻り始めた。

「あれ？」

鶏太は慌てて草に這いつくばって身を隠した。

危なく見つかるところだった。

安太郎は益蔵がいる柳の大木《たいぼく》の下を通って、慌てて甚四郎と喜平次が身を隠した藪の前を通過して八幡宿に戻って行った。

「どうしたんだ？」

喜平次が怪訝《けげん》な顔で鶏太に聞いた。

「それが変なんです。二刻近くも駒形の渡しの対岸を見ていました。あれは間違いなく誰かを待っていたんですよ……」

「例の女だ。間違いない！」

「鶏太、追え！」

甚四郎が命じた。鶏太が脱兎《だつと》のごとく走る。

「待ち人来たらず、仕事に異変を感じて成田に戻るか？」

「戻りましょうか？」

喜平次が不満そうに甚四郎を見る。

「道を変えて江戸に入るか？」

「あっしは成田に帰るような気がします」

益蔵は老人が駒形の渡しで迎えを待ったが、現れないので何か異変を感じて警戒したのだと思う。鶏太の言葉はそういっていた。

近頃の鶏太は、ご用聞きらしくなってきてなかなかいい勘をしている。この仕事に合っていると思う。

その鶏太が老人の傍まで這い寄って行って感じたことだ。

三人も鶏太の後を追って歩き始めた。

倉田甚四郎は難しいことになったと思う。

与力としてどう判断するべきなのか、江戸に入らず成田に戻るのを見過ごすのかということだ。

一旦、途中まで戻って行徳から江戸に入ることはないのか、甚四郎は老人の動きによっては、難しい決断を迫られることになる。

頭の痛いことだ。

その安太郎は船橋宿まで戻って早々と旅籠に入った。

なんとも微妙なことになった。

この船橋宿からは成田に戻ることもできれば、道を変えて行徳から江戸にも入れる。厄介なのは船を使って江戸に入れるということだ。

海に出られては追跡が不可能になる。

甚四郎たち四人は頭を抱えてしまった。何がどうなっているのかさっぱりわからなくなった。

第二十二章　又七《またしち》の女房

夕刻、日本橋の小銀の小間物屋に、一人、二人と人が集まってきた。

与力の青田孫四郎は仕事をするのは今夜だろうと判断する。

「長兵衛、奉行所に戻って、長野さまに今夜動きそうだと知らせてまいれ！」

「はッ！」

長兵衛が呉服橋御門に走った。

その頃、千住宿でも仙吉たちが動き出していた。

いつもの派手な着物を着替え、紺《こん》の地味な着物で夜の闇に溶け込みやすい。駒吉は用心深く川舟を用意していた。

暗くなると仙吉たち五人が岡場所から出て川に向かう。隅田川は浅草を過ぎて大川と名を変える。五人は緊張しているのか誰も喋らない。

その後を赤松左京之助、林倉之助、大場雪之丞、幾松、寅吉の五人が追っている。倉之助は鬼七に舟の支度を命じていた。

駒吉が舟を用意した時、その鬼七は、河原に舟を支度して待っていた。

鬼七は二代目鮎吉の子分で、舟のことは任せてもらいたいという大川で育った男だ。

ところが、仙吉たちが土手を下りて行くと、河原に安太郎から仙吉を斬れと頼まれた弦巻朔太郎が現れた。予想外のことに左京之助たちは土手の草むらに身を隠す。

「仙吉……」

「弦巻の旦那、どうしてこんなところに?」

「お頭の用向きできた」

その瞬間、仙吉は懐の匕首を握ったが既に遅かった。朔太郎の剣が鞘走《さやばし》って仙吉の胴を横一文字に貫き斬った。

「ギャーッ!」

凄《すさ》まじい悲鳴で仙吉が河原に崩れ落ちた。

「お前たちは日本橋の小間物屋に行けッ、いいか、お頭を裏切るんじゃねえぞ!」

そう言い残すと、弦巻朔太郎は河原を上流の方へ走って行った。突然の出来事に五人を追ってきた左京之助たちは呆然《ぼうぜん》と見ている。

「赤松さまッ！」

「おう、寅吉、あの男を追えッ！」

「はいッ！」

寅吉が土手を走って行ったが、既に朔太郎は闇に溶け込んで姿を消している。

河原に残った四人は、仙吉の死体を放置できず舟に運び入れると、その舟に乗って大川を下って行った。

「よし、奴らを追うぞッ！」

左京之助が河原を走って鬼七の舟に飛び乗った。幾松は舟の傍に立って上流を見ている。

「幾松、寅吉は置いて行くッ、あの舟に逃げられるぞッ、乗れッ！」

左京之助の命令で幾松が舟に飛び乗った。

「鬼七、船を出せ！」

「承知ッ！」

朔太郎を追った寅吉は、闇の中でどこに行ったのか見失っていた。河原や土手をいくら探しても見当たらない。千住大橋まで走ったが橋には人影がない。

その頃、弦巻朔太郎は岡場所に戻っていた。

大川を下った駒吉たちは舟の中で揉《も》めている。兄の仙吉を斬られた駒吉は日本橋には行かずに逃げるべきだという。だが、他の三人はこうなっては仕方ないから、お頭に詫《わ》びを入れて一味に戻るべきだという。

駒吉はお衣久を殺しているから、今さら、安太郎に会うことはできない。その上、兄の仙吉を弦巻朔太郎に殺された。

その朔太郎はお頭の用向きだとはっきり言った。

ということは安太郎がすべてを知っているのだろう。駒吉は逃げる以外もう行くべきところはないと思う。

安太郎に会えば間違いなく殺される。

「兄貴を殺されたんだ。おれは逃げる。みんなはお頭のところに行け……」

「わかった。舟を岸につけるから下りろ！」

「駒吉の兄い、悪いな……」

「いいんだ。こういうことになったんだから気にするな。兄貴の死体は川に流す、手伝ってくれ……」

「おう！」

駒吉が仙吉の死体を流し、舟が駒形の渡しに近い岸に止まった。鬼七も素早く舟を操って岸に寄せて止めた。

「誰か下りるのか？」

「どうも、舟に乗せた死体を流したようです」

大男の鬼七が背伸びして前方の舟を見ている。川面《かわも》は暗いがわずかに星明かりがある。あまり近づくのは危険だ。

「おかしなことをする奴らだ……」

「あれ、一人、舟から降りたぞ！」

鬼七が気づいた。それを聞いて幾松が舟から飛び降りる。

「赤松さま、あの男を捕らえます！」

「よし、倉之助、お前も行けッ、わしと雪之丞と鬼七と三人でいい！」

「はいッ！」

幾松に続いて林倉之助も舟から飛び下りた。

事態が刻々と変化している。

赤松左京之助はそれに対応して、遂に三人だけになった。

舟から下りた倉之助と幾松が追ったのは駒吉だ。それに気が付いたのは、駒吉が浅草から湯島天神下に向かったからだ。

「林の旦那、あいつは駒吉です」

「駒吉？」

「ええ、奴は湯島の焼け跡を見に行くつもりです」

「あの野郎、放火した後を見に行くのか？」

「はい、犯人が付け火の現場を見に戻ることはよくあることです……」

「そこで捕らえるか？」

「はい、あの焼け跡にはお衣久の恨《うら》みが残っていますから……」

追われているとは気づいていない駒吉が、浅草から上野に出て湯島天神下の長屋の焼け跡に向かった。

すでに検分の済んだ焼け跡には見張りも警備もいない。

お衣久の遺体を掘り出したところは筵《むしろ》で囲まれている。駒吉は辺りを見回し、警戒しながら筵に近づくと囲みの中に入った。

「あッ、掘り出しやがった。お衣久がいねえ……」

駒吉は驚いたが、お衣久を埋めた穴から半間（約九〇センチ）ほど離れた辺りの土を掘り始めた。駒吉は慌てて殺したお衣久を床下に埋めたが、お衣久の小判を探さないで逃げた。

その小判を思い出して掘りに来たのだ。

筵の裏に倉之助と幾松が立って中の気配を聞いている。

駒吉が掘り出したお衣久の小判は二百五十両を超えている。それを懐に入れて駒吉が立ち上がった時、倉之助の刀がスッと駒吉の首に貼りついた。

「そこまでだ。両手を上げろ。動けば首が飛ぶぞ！」

「くそッ……」

「お衣久を殺したな、駒吉！」

幾松が駒吉を蹴飛ばして、お衣久が埋められた穴に突き落とした。

「お衣久の恨みを晴らすから覚悟しろ、お前は火焙りだ！」

捕り縄を取り出して幾松が駒吉をキリキリと縛り上げる。

その頃、舟で大川を下った三人が、日本橋に上がって小銀の小間物屋に急いでいた。

小銀の小間物屋は本宮長兵衛が、奉行所から率いてきた捕り方で包囲している。その長兵衛は物陰に潜んで動きを見ていた。

「三人が入った。まだ、何人か来るのか？」

「ぼちぼちしまいだと思いますが、肝心の老人が入っていないようで……」

最初から見張っている長兵衛が不満そうにいう。そこに、千住から三人を追ってきた赤松左京之助と雪之丞と鬼七が現れた。金之助がその三人を呼びに走って行った。

「長兵衛、おまえが奉行所に行っている間も老人などこなかったぞ？」

指揮を執っている青田孫四郎がいう。

「そこがなんとも気に入らないのです」

「成田の老人は甚四郎が追っている。間もなく、現れるんじゃないか？」

「そうは思うのですが……」

それにしても頭と思える老人が遅いと長兵衛は思う。

「さっきの三人で小間物屋に入ったのは八人だ。成田の老人が来れば九人、小間物屋の親父を入れて十人になる。ちょうどいい人数だな」

孫四郎と長兵衛が小間物屋をにらんでいた。表の戸が閉まってからずいぶんになる。

そこに宇三郎、藤九郎、文左衛門の三人が現れ、金之助が左京之助と雪之丞と鬼七を連れて戻ってきた。

「ご苦労です。動きはどうですか？」

宇三郎が孫四郎に聞いた。

「中に人数は集まったのだが、例の成田の老人が現れない。倉田甚四郎が追っているはずなのだが……」

「知らせもありませんか？」

「それがないのです……」

宇三郎と孫四郎が考え込んだ。なんとも重苦しい雰囲気になってきた。

小間物屋から見えない道端に与力、同心が身を潜めている。本宮長兵衛は老人の顔を見ているだけに、この真夜中になっても現れないことに不満なのだ。頭のいない盗賊が動きだすはずがない。

「赤松殿、千住から来たのは三人？」

青田孫四郎が聞いた。

「そうです。一人は急に現れた浪人に斬られ、一人は途中で舟から下りましたので、倉之助と幾松が追っています」

「斬られただと、誰に？」

「その斬った浪人を寅吉が追っています」

「どこで何が起きているのだ……」

青田孫四郎は事態がややっこしいことになっていると判断する。何が起きているかわからないこんな捕り物は初めてだ。

その頃、小間物屋の中でも、安太郎が現れないことで揉めていた。

「小頭、お頭は本当に来るんですかい？」

「もうすぐ子の刻（午後一一時～午前一時頃）です。なんだかおかしくないか？」

「千住の河原で仙吉兄いが浪人に斬られた。知り合いだったようだ。弦巻とかいった」

「弦巻？」

「小頭は知っているのか？」

「いや、そんな男は知らねえ……」

又七は弦巻朔太郎が安太郎の古い友人だと知っている。それを知っているのは、又七の他には仙吉と駒吉の兄弟だけだ。安太郎の古い子分でないと知らないことだった。

この時、小銀は階下で寝ていた。

「小頭、お頭に何かあったのかもしれねえ、この仕事をやるか、それとも投げるか決めてくれ！」

「何をいってるんだ。やるに決まっているだろう！」

「だが、お頭がいねえんだぜ？」

「お頭が仕込んだ仕事だが、その仕事先は小頭が知っているはずだ？」

それに又七は答えない。仕事先はお頭しか知らないことになっている。

「やらなければ、もう、銭がねえ。飢え死にするしかねえんだ。小頭、やってくれ、仕事先はこの近くなんだろ、手はずは済んでいるはずだ。四半刻（約三〇分）でやれるんだから頼むよ……」

「いや、お頭がいないんだからこの仕事は投げるしかあるめえ……」

又七が弱気になった。

「小頭！」

「ここまで来て投げるはねえだろう！」

「そうはいかねえ、この仕事にはなにかあやがついているんだ。だからお頭が現れねえんだ。あきらめろ……」

「ふざけるなッ！」

子分二人は立ち上がって又七に飛びかかった。

「何をしやがる！」

「うるせいッ！」

紐で又七を縛り上げた。

「小頭がやらねえならおれたちだけでやる。仕事先はどこだ？」

「知らねえ！」

「小頭、小銀には手を出したくねえんだ。仕事先はどこなのか言ってくれ……」

「おのれ！」

「仕事先さえ言ってくれれば小銀に手は出さねえ。みんな支度しろ！」

子分たちはみな懐が寂しくなっている。今度の仕事を当てにして使い果たし、一両も持っていない者がいた。追い詰められているのだ。

「小頭、言ってくれ。小銀に手は出さねえから、さもないと……」

「この先の紙問屋、美濃屋《みのや》だ。裏口をお満が明けておくことになっている。お満にも手を出すな……」

「ああ、お宝さえもらえばいいんだ。みんな行くぞ！」

八人が続々と階下に下りると、草鞋《わらじ》を履《は》いて外に出た。

「出て来たぞ……」

見張りが緊張する。人数を数えていた金之助が「八人だけだ……」とつぶやいた。

「一人足りないんじゃないか？」

盗賊たちは小間物屋から出ると軒下の暗闇に隠れた。

「望月殿、小間物屋をお願いします」

「承知！」

青田孫四郎、本宮長兵衛、朝比奈市兵衛、村上金之助に藤九郎と文左衛門が賊を追う。

「おいッ、北町奉行所だッ、神妙にしろッ！」

孫四郎が美濃屋の近くで呼び止め、長兵衛と前に回り込んで行く手を塞《ふさ》いだ。

八人は与力、同心、ご用聞き、捕り方に包囲される。

「逃げられないぞッ、死にたくない者は匕首を捨てろッ！」

朝比奈市兵衛と村上金之助が太刀を抜いた。賊が匕首を抜くと市兵衛がその匕首をチーンッと跳ね飛ばす。

「神妙にしろいッ、死にたいかッ！」

長兵衛に叱られて次々と匕首を捨てる。

「三五郎ッ！」

「へいッ！」

三五郎と久六が急いで八人を縛り上げた。安太郎の子分たちは匕首を持っていたが使ったことがない。

安太郎はそういう荒っぽい仕事は一度もしたことがなかった。

その頃、宇三郎が暗い小間物屋に飛び込んだ。だが、人の気配がないのに階段の上で灯《とも》りが灯っている。太刀を抜くとゆっくり階段を上って行った。

「ううッ……」

薄暗い部屋に縛られた又七が転がっている。暗い灯りが恐怖の顔を浮き上がらせた。

「奉行所の者だ……」

「ううッ……」

又七は猿轡《さるぐつわ》を嚙《か》まされている。

「ここの主人か？」

「ううッ……」

宇三郎がプツンと紐を斬った。又七が自分で猿轡を取る。

「お役人さま……」

「そなたには娘がいるそうだな？」

「へい、下で寝ておりやす。娘は何も知らないことなので、なにとぞお助けを……」

又七が這いつくばって宇三郎に懇願する。

「神妙にするか？」

「はい……」

「外に出ろ！」

宇三郎に命じられて又七が階下に下りた。

「娘はこの奥で寝ておりやす」

「わかった。出ろ！」

二人が外に出ると宇三郎は何事もなかったように小間物屋の戸を閉める。そこに久六が走ってきた。

「縛らなくて良い。この男はわしが奉行所に連れて行く……」

「へい……」

「捕り方を二人ばかり連れてきてくれ……」

「はッ！」

久六が走って行ってすぐ捕り方を連れて来た。

「ここの女が店を開けるまで警備をするように、誰も中に入れるな！」

「はい！」

そう命ずると宇三郎は又七を連れて奉行所に向かった。

「引き上げるぞ！」

青田孫四郎が引き上げを命じた時、美濃屋のお満が騒ぎを聞きつけて裏口から顔を出したが、危険を感じそのまま闇の中に姿を消した。

あっという間の捕り物で、八人は三五郎に引っ立てられて奉行所に向かう。

青田孫四郎が美濃屋を起こして事情を説明、裏口の戸が開いていることも判明。お満がいなくなったことがすぐわかった。

宇三郎は神妙な又七と歩きながら色々なことを聞いた。

「お前の名は？」

「又七といいやす」

「なぜ奴らに縛られた？」

「情けないことで、今夜の仕事を止めようとしてあの八人に縛られやした」

「お前たちの頭は？」

「片貝の安太郎といいやす」

「成田にいるそうだな？」

「へい……」

驚いた顔で又七は宇三郎を見る。

「奉行所をなめたらいかんぞ。全部わかっているんだ」

「恐れ入りましてございます。へい……」

「仲間割れだな？」

「へい、仙吉という古い子分が、お頭のいうことを聞かなくなりやしたので……」

「その頭がなぜ現れなかった？」

「それが、わからないのです。こんなことはこれまでありやせんでした」

「知らせもなかったのか？」

「へい……」

「その頭には奉行所の見張りがついている」

「えッ！」

又七が立ち止まって宇三郎を見る。信じられないという驚きの顔だ。

「どうした。今、奉行所をなめるなと言ったはずだが？」

「そうですが、何んでお頭を……」

「それは奉行所の秘密だ。お前もすぐその頭と会えるだろうよ」

又七がもう駄目だというようにうなだれて歩き出す。お頭も自分も見張られていたのだと悟った。

宇三郎と又七が奉行所について、砂利敷に入ると半左衛門が出てきた。

「小間物屋の親父を連れてきたが仲間割れをしたようで、今夜の仕事を止めようとして仲間に縛られていた」

「ご苦労さまです」

すぐ半左衛門の調べが始まった。

宇三郎は砂利敷を出て役宅に向かうとお志乃が寝ないで起きていた。宇三郎は着替えると公事場に出て半左衛門の隣に座る。

そこへ青田孫四郎たちが戻ってきた。

「その者たちは牢に入れろ！」

半左衛門が命じる。

引き立てられてきた一味は、筵に座っている又七を見て驚いている。牢に入れられてまた驚いた。そこには駒吉がいた。

次々と牢に入れられると、どうしてだという驚きでざわついた。

「静かにしろ！」

牢番が叱る。さっき大川で別れたばかりの駒吉が先に牢に入っていた。それはすべて発覚していたということで一味には恐怖だった。

江戸の北町奉行所は怖いという噂通りだと思う。捕まってしまってからではすべて後の祭りだ。

又七は吟味方の秋本彦三郎の出る幕がないほどすらすらと答える。

「小間物屋にいるのは娘ではなく女房にございます」

「女房だと？」

「はい、お頭の娘でどこにも嫁に行かないので、お頭からもらいましてございます」

「安太郎の娘なのか？」

「はい、銭の勘定ができないのでございます」

「なんだと……」

半左衛門が宇三郎を見た。そんなことは宇三郎も知らない。

「小間物屋をやっているではないか？」

「はい、隠れ家ですから商売は抜きにございます」

驚いて半左衛門がまた宇三郎を見た。だが、その宇三郎も驚いて言葉がない。

「こうなるとあの仲間と同じ牢に一緒ではまずいな？」

「牢内で殺されては……」

半左衛門と宇三郎が又七の扱いに慎重になった。

「別に、女牢に入れておこう」

二人の考えが一致して、又七は一人だけ牢を別にされた。

「望月殿……」

公事場を下がった二人が、半左衛門の部屋で話し合いになった。そこに藤九郎、文左衛門、孫四郎、左京之助の与力四人が集まってきた。

「又七の話は本当であろうか？」

半左衛門は信じられない顔だ。いきなり銭勘定ができないと言われても、にわかに信じていいものか宇三郎も困惑している。

「望月殿、明日にも又七の女房を確かめてきてもらえないだろうか？」

「わかりました」

他の四人も信じられない顔だ。

第二十三章　十文は安い

暗いうちに船橋宿には動きがあった。

倉田甚四郎と松野喜平次は安太郎が江戸に向かうようなら後を追うが、成田にならば捕らえて奉行所に連れて行くことに決める。

益蔵と鶏太を入れて四人が旅籠《はたご》を出て配置についた。

それから四半刻もしないで安太郎が街道に出てきた。足が成田に向いている。

その安太郎の前に甚四郎と喜平次が立った。

「成田の老人。北町奉行所の者だが、神妙にしてもらいたい！」

「奉行所、そういうことでしたか……」

安太郎の後ろには益蔵と鶏太がいる。「恐れ入ります……」といって、潔《いさぎよ》く安太郎が甚四郎に両手を出した。

「うむ、神妙である」

益蔵が安太郎の手を縛ると、甚四郎が羽織《はおり》を脱いで縛られた手を隠す。

「恐れ入ります。お役人さま、一つだけお聞きしたいのですが？」

「なんだ？」

「お衣久という女のことをご存じでしょうか？」

「その女はお前が浅草の茶屋で会ったという女なのか？」

「はい……」

安太郎は奉行所があの逢引茶屋で、お衣久と会ったことまで知っているのかと驚愕《きょうがく》だ。

「あの女なら湯島天神下の長屋だと聞いた」

「その女は生きておりましょうか？」

「それは聞いていないな。奉行所に戻ればわかるだろう。お前が駒形の渡しで待っていたのはその女だったのか？」

「はい、お衣久が現れないので、異変が起きたと考え成田に戻ろうと……」

「やはり、そんなことだろうと思っていた」

安太郎を捕らえた倉田甚四郎たちが江戸に向かう。船橋宿から北町奉行所までは六里（約二四キロ）あまりだ。

その頃、宇三郎は神田の幾松の女房、お元の小間物屋に向かっていた。

幾松は長い見張りに疲れ切って寝ていたが、宇三郎が現れたので飛び出してきた。

「今日はお元に頼みがあってきたのだ」

「お元に？」

「お元に買い物に行ってもらいたい。一刻（約二時間）ほどお元を借りたいのだ。実はな……」

宇三郎が幾松に又七の女房小銀のことを話した。又七のいった勘定のできない娘が、商売などできるか宇三郎は半信半疑なのだ。それを傍《そば》でお元が聞いている。

「お元、店を閉めろ、大切なお奉行所の仕事だ！」

「はい！」

「寅吉はどうした？」

「それが望月さま、昨夜、仙吉を斬《き》り捨てた浪人を追って行ったきり戻らないのです」

「昨夜から？」

「はい、まさか斬られたとも思えないのですが……」

「寅吉は用心深い男だ。そんな心配はない。遠くまで追って行ったのだろう」

「だといいんですが……」

二人が話していると支度《したく》したお元が出てきた。

「お待たせしました」

「お元、これが奥方さまの買い物で、こっちがわしの妻の買い物だ。これから行く小間物屋で買ってきてもらいたい。店番の女の言い値だけを払って来てくれ……」

「わかりました」

宇三郎が書付《かきつけ》をお元に渡す。三人が日本橋まで行くと、小銀の裏店は何事もなかったように開いていた。

「いいか、お前から値段をいうな。あの女の言い値だけを払ってこい。高くても安くてもいい。これは奉行所のお調べなのだ」

「はい！」

お元が紙片を持って小銀の店に行った。

宇三郎と幾松が道の反対からそれを見ていた。小銀はニコニコとお元と話しながら、注文の品物を集めて渡した。お元が銭を払って店から出てくる。おかしなところはない。

お元は首をかしげながら戻ってくると品物を宇三郎に渡す。

「いくらだった?」

「十文です……」

「そうか、十文か……」

宇三郎がお元に十文を渡した。

「お元、お前の店ならいくらになる?」

「これ全部ですと、糸が四つに指ぬきが二つ、それと針が五本ですから五十二文になります」

「そうか、五十二文か……」

「望月さま……」

「なんだ?」

「あの方はなんでも十文なのではありませんか?」

「どうしてそう思う?」

「はい、勘定しないで十文ですといいましたから……」

「そうか、なんでも十文ということか、それでは商売は無理だな？」

「はい、とてもいい人で可哀《かわい》そうです……」

「望月さま、昨夜の？」

幾松が口を挟《はさ》んだ。

「そうだ」

お元が泣きそうになっている。

幾松は湯島と千住の見張りで、この小間物屋のことは話に聞いただけだ。

「なんてこった……」

宇三郎はお元の話からこのままでは小銀は生きていけないと思う。

「どうするかは奉行所で考える。お元、手を煩《わずら》わせたな」

「いいえ、よろしくお願いいたします」

お元はなんとか小銀を助けてほしいと願った。

宇三郎は奉行所へ戻ると小銀のことを半左衛門と話し合った。

こういうことになると二人では判断できない難しい問題になってくる。娘一人が生きるか死ぬかで盗賊事件とは関係がない。

安太郎が小銀が生きられるよう又七に預けたのだ。だが、その又七も年寄りだ。

勘兵衛が下城してくると、宇三郎と半左衛門が深刻な顔で勘兵衛の部屋に現れた。いつものように勘兵衛は着替えを済ませて一服つけている。

「深刻そうだな？」

「はい、お奉行のご判断をいただきたく……」

半左衛門がいつになく神妙な顔だ。

「小銀のことか？」

「はい……」

「それで小銀がどうした？」

勘兵衛が美味《うま》そうに煙草《たばこ》を吸う。

「奥方さまのお使いでこのようなものを買ってまいりました」

宇三郎がお元に頼んで買った小間物を勘兵衛の前に出すと、それを見て勘兵衛が煙草盆にぽんと灰を落とした。

「糸と針にそれはなんだ？」

「指ぬきが二つにございます。これ全部で十文にございます」

「えッ……」

喜与が驚き、勘兵衛の顔が曇った。誰が見ても十文で買える品物ではない。

「お元に頼んで小銀の店から買ってもらいました」

「これ全部で十文か？」

勘兵衛が困った顔で宇三郎に聞き返した。

「お元の勘定では五十二文だそうにございます」

「五十二文？」

ずいぶん違うという顔で勘兵衛が半左衛門を見る。

「お奉行、又七のいったことは嘘ではありませんでした。にわかには信じられないことでしたが……」

「お元は小銀が誰にでも、すべて十文というのではないかと、そう感じたそうにございます」

「これがすべてで十文？」

いつもは決して口を挟まない喜与が宇三郎に聞き返した。信じられないのだ。

「はい、お元が小銀を助けてもらいたいと……」

「半左衛門、深刻だな？」

「はッ、お元はこのままでは、小銀は生きて行けないといったそうにございます」

「そうか、お元がな……」

勘兵衛は小銀が十文といった小間物を見ている。五十二文の品を十文で売っては商売にならない。そんなことは子どもでもわかることだ。そういう人がいることは聞いてはいた。勘兵衛も宇三郎と同じで半信半疑だったが、目の前にお元が十文で買った品々がある。

「喜与、これを有り難く使ってやれ……」

「はい……」

「人にはそれぞれ生まれながらに背負ってきたものがある。小銀が背負ってきたものは少々過酷すぎるようだ。仏の慈悲にすがるしかあるまい……」

「殿さま、喜与からもお願いいたします」

「うむ、どうするのがいいか考えてみよう。そなたとお元に叱《しか》られないようにな？」

鬼の勘兵衛が仏の勘兵衛に変わった。それを見て喜与がうれしそうに、小さくうなずきニッと微笑《ほほえ》んだ。

宇三郎もこれで笑顔の可愛《かわい》い小銀が生きられそうだと思う。

それから一刻もしないで倉田甚四郎、松野喜平次、益蔵、鶏太の四人が、安太郎を連れて奉行所に戻ってきた。

四人とも疲れた顔をしている。

「ご苦労だった！」

半左衛門が砂利敷に出て行くと、四人を慰労し安太郎をにらんだ。手首の紐が解かれ筵《むしろ》に平伏している。

「長野さま、片貝の安太郎を捕らえてまいりました」

「うむ、四人ともゆっくり休め、安太郎、顔を見せろ！」

「はい、お奉行所にお手を煩わせました。恐れ入りましてございます」

「うむ、神妙である。一つだけ言葉を改めたい。日本橋の紙問屋、美濃屋清兵衛に忍び込もうとした一味の頭目に間違いないか？」

「はい、確かに間違いございません。美濃屋に忍び込もうといたしました」

「神妙である。殺された仙吉と殺した浪人、お前が美濃屋に入れたお満、駒吉に殺されたお衣久、小間物屋の小銀以外はすべて捕縛《ほばく》した」

「お衣久が……」

安太郎が驚いた顔で半左衛門を見上げる。

「お衣久は逃げたので……」

「駒吉に殺され、床下に埋められておった」

「なんと……」

「お衣久の死はお前の不徳ではないのか？」

「はい、可哀そうなことをいたしました。すぐにでも傍に行ってあげたいと思います」

「うむ、そうだな……」

そこに勘兵衛が現れた。

「お奉行さまだ！」

「はいッ！」

安太郎が筵に平伏する。

「お奉行、片貝の安太郎にございます」

「うむ、安太郎、お前に取り急ぎ相談があるのだ。頭を上げろ……」

勘兵衛が公事場《くじば》の縁側まで出てきた。取り調べではない。安太郎が頭を上げて鬼の勘兵衛を見た。

「船橋からここまで神妙だったそうだな？」

「恐れ入りましてございます」

「又七を連れて来い！」

勘兵衛が命ずるとすぐ又七が牢から出されて砂利敷に連れてこられた。

「お頭！」

「又七……」

「こらッ、勝手に口を利いてはならんッ！」

半左衛門が二人を厳しく叱った。

「申し訳ございません……」

安太郎と又七が平伏する。

「これは取り調べではない。お前たち二人に相談だ。いわずと知れた小銀のことよ……」

「お奉行さま……」

二人の顔が急に泣きそうになった。

「小銀は一人では生きて行けそうもないのだ。わかっているだろう安太郎、小銀はなんでも十文というそうだな？」

「はい、小銀はわしらのことは何も知りません。お奉行さま、なにとぞお慈悲を

「……」

安太郎がポロポロと泣き出した。

「そこでなんとか生きられるようにしてやりたいと思う」

「お奉行さま……」

又七が両手で顔を覆って泣いた。

「安太郎、吟味《ぎんみ》が始まる前に、又七を解き放ちたいと思う」

二人が驚いて勘兵衛を見上げる。

「又七という男はいなかったことにするのだ。わかるか?」

「お奉行さま!」

「これはわしからの頼みだ。又七、お前は死ぬまで小銀の面倒を見てやってくれ
……」

安太郎がうっと喉《のど》を詰まらせて大泣きする。

「そう泣くな。お前の罪は厳しく吟味する。これは小銀を助けるための相談で、
吟味とは別口だ。いいな?」

「はい、又七、仏さまのお慈悲だ。小銀を頼む。お前は長生きしてくれ……」

「お頭!」

「頼む、小銀を頼むからな……」

「又七を外に放り出せッ！」

勘兵衛が命じると泣いていた牢番が「立て……」と、又七を出口に連れて行き「達者でな」といって外に出した。又七は地べたに這いつくばって勘兵衛を拝んだ。

それを見て勘兵衛は公事場から消える。

「安太郎、これで奉行所の記録から又七と小銀の名は消える」

「はい、これで思い残すことなくお仕置きを頂戴できます。このご恩は死んでも忘れませんので……」

「そうしてくれ……」

「一つ申し上げていいでしょうか？」

「なんだ？」

「小銀を助けていただきましたので一つ、白状します。成田の百姓家の床下に二千五百両ほど埋めてあります」

「安太郎！」

「申し訳ございません」

半左衛門が安太郎を見て苦笑する。何ともおかしな男だと思う。

「お前もなかなかの男だな？」

「少なくてすみません」

「いや、二千五百両あれば充分だ」

何が充分なのか半左衛門もとぼけている。なんとも人を食ったようなおかしな老人二人だ。

安太郎は又七に変わって女牢に入れられ子分たちと分けられた。

その日のうちに青木藤九郎と、成田の安太郎の百姓家を知っている松野喜平次と益蔵、鶏太と捕り方三人が安太郎の家に派遣された。

再び成田まで行くことになって、喜平次と益蔵は当分は家に帰れない。

又七は息を切らし急いで奉行所から小間物屋に戻った。

「小銀、戻ったよ！」

「お帰り……」

どこに行って来たとも聞かない。小銀は又七を信頼している。なんでも十文の小銀は近所の子どもたちに騙されてばかりいる。

又七はもう小間物屋は続けられないと思っていた。

盗賊の隠れ家だった小間物屋はもういらないからだ。小銀は色々な人と話しができる店番が大好きなのだが、損ばかりしている店を続けることはできない。それを小銀に納得させることは難しい。

数日後、仙吉を斬った浪人を追って行った寅吉が、フラフラになってお元の店に戻ってきた。

寅吉は千住大橋から水戸への道を我孫子まで行き、そこから成田に行って酒々《しす》井《い》、佐倉と船橋まで来て、葛飾新宿から千住へと大きく一回りしてきたのだ。

「無事でよかった……」

お元が疲れ切った寅吉を迎える。

「お、親分は？」

「お奉行所で駒吉という悪い奴の吟味が始まったとか……」

「行ってきます」

「寅吉……」

足を引きずるようにして寅吉が奉行所に向かう。

駒吉の吟味は半左衛門の取り調べに何も答えない強情さで、秋本彦三郎の石抱きの拷問が始まった。

お衣久を殺害し、長屋に放火したのだから火刑は免《まぬか》れない。その拷問に幾松が立ち会っている。駒吉は石を四枚抱かされても白状せず、歩けなくなって牢に引きずられて行った。

奉行所から出てきた幾松と寅吉が出会った。

幾松はあの浪人に寅吉が斬られたのではないかと心配していた。奉行所に戻って半左衛門に浪人の足取りをつかめなかったことを報告する。粘《ねば》りに粘ったが寅吉は弦巻朔太郎に逃げられたのである。

その翌日、成田に行った藤九郎たちが戻ってきた。

叺《かます》二つに小判を入れ、藤九郎が乗って行った馬の背に積んで、帰ってきたのだがその小判は二千五百三十両もあった。

それを勘兵衛は老中に申し上げて、奉行所の費用に充《あ》てることにする。

その日の夜、美濃屋から逃げ出し行方《ゆくえ》を晦《くら》ましていたお満が、どこをうろついていたのかひどく汚れて小銀の店に現れた。

「お満ちゃん、しばらくだね……」

「小銀さん……」

「旦那さんいますか?」

「うん、いるよ。だいぶ疲れているようだね」

小銀がお満を家に入れて表の戸を閉めた。

「小頭……」

「お満、お頭たちみんながお奉行所だ……」

「捕まったの？」

「そうだ。お衣久は死んだよ」

「お衣久さんが死んだ？」

「駒吉が殺したそうだ。わしは小銀を助けるためお奉行から放免されたのだ……」

「放免？」

「うん、小銀は一人では生きていけないからだ」

「そうなの……」

「どうだ。お奉行さまを信じて自訴する気はないか？」

「自訴？」

「うむ、今夜、ゆっくり考えてみろ……」

お満は自訴するのは怖いと思う。死罪か、流罪か、いずれにしても自分のしたことは重罪だ。だが、もう逃げるところはない。お満が泣きそうになると小銀が顔を出した。

「お仕事はもういいの？」

「うん……」

お満は小銀が十二、三歳の頃、成田山新勝寺の境内で安太郎に拾われた。

その時、お満はまだ四歳だった。

二人は仲のいい姉妹のように育てられ、小銀はいつもお満にやさしかった。

「小銀さん……」

「どうしたの、辛《つら》いことでもあるの？」

「そうじゃない……」

「今夜、一緒、寝ましょ？」

「うん、いいよ……」

その夜、お満は又七から死罪になることはないだろうからといわれた。それを信じるしかない。行き場のないお満はその夜、自訴を覚悟する。

流罪なら仕方がない。

翌日、又七が小銀とお満を連れて奉行所に現れた。砂利敷きに座った三人から半左衛門が話を聞いた。小銀は何が起きているのか全くわかっていない。

「お満が悪いことをしたの？」

又七に小銀が聞くのだ。

「うん、だからお前も謝ってくれ……」

「いいよ……」

そんな小銀を半左衛門が見て又七とお満を問い詰めない。

「そこでしばらく待て！」

半左衛門が公事場から下がって勘兵衛に相談しようと向かった。話が通じたり通じなかったり、何《な》んとも扱いにくい三人なのだ。

勘兵衛は半左衛門の話を聞いてから公事場に出てきた。

「お奉行さまだ」

又七が小銀とお満を平伏させ自分も頭を下げた。勘兵衛はいつものように縁側まで下りてきて「三人とも顔を上げろ！」という。

「小銀とお満だな？」

「はい……」

小銀が返事をしてニッと微笑んだ。お満はうな垂《だ》れている。

「又七、神妙であるぞ」

「はい……」

「小銀、実はな、お満が人の物を盗《と》ろうとしたのだ。悪いことだな？」

「はい、とても悪いことです」

「悪いことをすれば罰を与えなければならない」

「あの、お奉行さま……」

「なんだ？」

「お満はやさしくていい子です。許していただけませんか？」

「小銀、お前の気持ちはわかるが、悪いことは悪いことなのだ。だが、お前の気持ちもわかる……」

「お奉行さま、ご免なさい。お満、お前も謝りなさいよ」

「ご免なさい……」

姉妹のような二人を見てニッと笑い、勘兵衛は又七がなぜ小銀を連れて来たかわかった。

「小銀、お前とお満が謝ったので許そう。ただし、江戸に住むことは許さぬ。三人で成田に行け！」

「お奉行さま……」

お満が勘兵衛を見て筵に平伏して泣いた。大きな温情だ。

「又七、これでいいのだな？」

「はい、ありがとうございます」

「小銀、不満か？」

「あの、小間物屋がありますので……」

「駄目だ。五日の間に三人で江戸から出て行け、又七はもう年だ。成田に行ったらやさしく面倒を見てやれ、これは奉行の命令だ。わかったか！」

「はい！」

勘兵衛が強引に小銀をねじ伏せる。

「小銀、お前の小間物屋をわしに十文で売れ、十文で……」

「お奉行さま、十文は安いですよ……」

「うむ、十文では嫌か、いくらでなら売る？」

「仕方ない。お奉行さまだからちょっと高いけど、百文でなら売りますよ」

「よし、買った。小銀、百文で買ったぞ！」

「ありがとうございます」

又七が泣いている。

「半左衛門、小銀に百文を渡してやれ……」

「はい……」

半左衛門も目を赤くしている。三方《さんぽう》に百文を載せて小銀の前に置いた。小銀がニッと笑って百文を又七に渡した。

小銀は小間物屋を百文で勘兵衛に売り、お満は江戸払いとなり成田に行くよう命じられた。

その夜、宇三郎が勘兵衛に呼ばれた。

「宇三郎、あの三人は明日には江戸からいなくなるはずだ」

「はい……」

「ここに百両ある。これを又七に渡せ。わしから二人の娘を頼むということだ」

「承知いたしました」

外に出ると月のない暗い夜だったが、宇三郎は晴れ晴れとした気持ちになった。

一〇〇字書評

切・り・取・り・線

購買動機（新聞、雑誌名を記入するか、あるいは○をつけてください）	
□（　　　　　　　　　　　　　　　）の広告を見て	
□（　　　　　　　　　　　　　　　）の書評を見て	
□ 知人のすすめで	□ タイトルに惹かれて
□ カバーが良かったから	□ 内容が面白そうだから
□ 好きな作家だから	□ 好きな分野の本だから

・最近、最も感銘を受けた作品名をお書き下さい

・あなたのお好きな作家名をお書き下さい

・その他、ご要望がありましたらお書き下さい

住所	〒				
氏名		職業		年齢	
Eメール	※携帯には配信できません	新刊情報等のメール配信を 希望する・しない			

この本の感想を、編集部までお寄せいただけたらありがたく存じます。今後の企画の参考にさせていただきます。Eメールでも結構です。

いただいた「一〇〇字書評」は、新聞・雑誌等に紹介させていただくことがあります。その場合はお礼として特製図書カードを差し上げます。

前ページの原稿用紙に書評をお書きの上、切り取り、左記までお送り下さい。宛先の住所は不要です。

なお、ご記入いただいたお名前、ご住所等は、書評紹介の事前了解、謝礼のお届けのためだけに利用し、そのほかの目的のために利用することはありません。

〒一〇一－八七〇一
祥伝社文庫編集長　清水寿明
電話　〇三（三二六五）二〇八〇

祥伝社ホームページの「ブックレビュー」からも、書き込めます。
www.shodensha.co.jp/bookreview

祥伝社文庫

初代北町奉行《しょだいきたまちぶぎょう》　米津勘兵衛《よねづかんべえ》　風月《ふうげつ》の記《き》

令和 4 年 12 月 20 日　初版第 1 刷発行

著　者　岩室忍《いわむろしのぶ》

発行者　辻　浩明

発行所　祥伝社《しょうでんしゃ》
東京都千代田区神田神保町 3-3
〒 101-8701
電話　03（3265）2081（販売部）
電話　03（3265）2080（編集部）
電話　03（3265）3622（業務部）
www.shodensha.co.jp

印刷所　堀内印刷
製本所　ナショナル製本
カバーフォーマットデザイン　中原達治

Printed in Japan ©2022, Shinobu Iwamuro　ISBN978-4-396-34857-1 C0193

祥伝社文庫の好評既刊

岩室　忍

初代北町奉行　米津勘兵衛②

満月の奏《そう》

〝鬼勘〟と恐れられた米津勘兵衛とその配下が、命を懸けて悪を断つ！　本格犯科帳、第二弾。

岩室　忍

初代北町奉行　米津勘兵衛③

峰月《ほうげつ》の碑《ひ》

激増する悪党を取り締まるべく、米津勘兵衛は〝鬼勘の目と耳〟となる者を集め始める。

岩室　忍

初代北町奉行　米津勘兵衛④

雨月《うげつ》の怪《かい》

江戸に大鳥逸平という途方もない傾奇者が現れる。しかも、勘兵衛の息子が仲間と発覚、家康の逆鱗に触れ……。

岩室　忍

初代北町奉行　米津勘兵衛⑤

臥月《がげつ》の竜《りゅう》

豊臣家を討ち勝利に沸く江戸には多くの人々が上方から流入してきた。勘兵衛は更なる治安の維持を模索する。

岩室　忍

初代北町奉行　米津勘兵衛⑥

荒月《こうげつ》の盃《はい》

十万両を盗んだ大盗の頭が足を洗うと宣言。その証拠に孫娘を北町の同心の嫁に差し出してきたのだが……。

岩室　忍

初代北町奉行　米津勘兵衛⑦

城月の雁《がん》

盗賊を尾行するも、家族を人質をとられ追跡を断念した北町奉行所。勘兵衛は、一味の隙にくさびを打ち込む。